KB045109

My Own Private City

나의 사적인 도시

My Own Private City

박상미 에세이

난다

contents

2부 (2007)

3부 (2008)

4부 (2009~2010)

서문

스스로 자귀 짚다

이 책은 2005년 12월부터 2010년 6월까지 내가 블로그에 기록한 글들을 간추리고 수정한 결과물이다. 나는 오랜 기간 뉴욕에서 살면서 줄곧 블로그에 글을 올려왔다. 그 블로그의 글을 추려 책을 내자는 제안들은 있었지만, 실행에 옮길 엄두가 나지 않았다. 뉴욕에서의 내 삶을 한국의 친구들과 일부라도 공유하기 위해 시작했던 일이었고, 글은 두서가 없었다. 맥락이 통하는 하나의 책으로 묶으려면 뭔가 기발한 아이디어와 많은 양의 작업이 필요했다. 통 엄두가 나지 않았다.

그러던 어느 날 누군가 내 블로그에 있는 글들을 일일이 긁어 파일을 만들고 그걸 출력해서 내 앞에 나타났다. A4 용지로 족히 700장이 되는 분량이었다. 원고 뭉치는 두껍고 무겁고…… 그 이상이었다. 나는 그 친구의 정성과 노력에 놀라 입을 다물지 못했고, 감동받았다. 나도 그 일을 앉아서 한 번 해봤다. 나는 20장을 넘기지 못하고 손들고 말았다. 눈이 아프고 손가락이 아팠다. 지루하고 고된 일이었다. 그 엄청난 원고 뭉치가 거실 테이블의 한 자리를 차지한 채 몇 달이 흘렀다. 여전히 엄두가 나지 않았지만 뭔가 해야만 한다는 생각은 떠나지 않았다. 그리고 서서히 가닥이 잡혀갔다. 이 원고의 본질은 블로그이고, 내가 쓰던 블로그는 절반쯤의 일기로, 대체로 사적인 글이었다. 이들은 시간순으로 나열되었고, 오랜 기간 정해진 주제 없이 그날 느낀 것을 지속적으로 써온 글이라는 특징이 있었다. 이 글들이 의미를 가진다면 그것밖엔 없다는 생각이 들었다.

'자귀 짚다'라는 말이 있다. 짐승을 잡기 위해 그 발자국을 따라간다는 뜻이다. 나라는 짐승은 무슨 먹이를 찾아 어떤 발로, 어떻게 걷고 있을까. 어떤 길을 다니고, 어떤 풀의 냄새를 맡고, 어디서 물을 먹으며, 가끔씩은 멀리 보기도 할까. 실제로 원고를 읽어나가니 길고, 암담하고, 눈물나고, 때로 눈앞이 환해지기도 하는 여행이 시작된 듯했다. 기분이 이상했다. 나 스스로 내 발자국을 쫓는 일은 낯익기도, 낯설기도 했다. 내 안에서 이미 체화된 어떤 사실들이 꿈틀거리며 내 몸안에 자리잡기 시작한 순간이 보였고, 내가 기억하지 못하는 어떤 순간들도 있었다. 어떤 글을 쓰던 무렵 일어났던 어떤 일들이 떠오르기도 했고, 마땅히 생각나야 하는 어떤 사실들은 아무리 애써도 기억나지 않았다. 내가 찍은 발자국 사이로 내가 잃어버린 것들도 보였다. 기억이란 상실의 역사이기도 했다.

뉴욕은 내가 오래 살던 곳이다. 그곳에서 내 젊은 시절의 대부분을 보냈고, 지금 갖고 있는 가치관의 대부분이 형성되었다. 그동안 나는 내가 누구보다 뉴욕을 사랑한다고, 나에게 뉴욕은 특별하다고 생각해왔다. 이것이 매우 특별한 일은 아닐 것이다. 누군가에게 용산이 특별하고 누군가에게 베를린이 특별한 것처럼, 나에겐 뉴욕이 특별했다. 여기 그려진 뉴욕은 나만의 특별한 뉴욕이다. 그 안에서 내가 본 것, 내가 느낀 것, 내가 생각한 것은 모두 뉴욕이란 도시의 일부이고, 나만의 사적인 뉴욕이다. 사적이라 해도 부끄러워하지 않기로 했다. 어차피 모든 일은 지독히 사적인 것에서 비롯하니까.

실제로 이 책은 두렵고 떨리는 첫 경험처럼 느껴졌다. 내가 쓰는 첫번째 책 같았다. 방대한 글의 교정 작업은 여전히 암담했지만 때로 즐거웠다. 이미 쓴 글을 삭제하고 다듬는 일이었지만 내가 지금 글을 쓰고 있는 건가 하는 순간도 있었다. 나의 생각과 내가 사랑하는 것들의 맥락이 느껴졌고 많은 것들이 말이 되었다. 아, 그래서 그랬지…… 발자국을 따라가다보니 그 짐승을 잡을 수 있을 것 같다. 발자국을 되짚는 일은 그만두고 이제 앞으로 함께 걸어나가고 싶다.

이 책이 나올 수 있었던 것은 앞서 원고 뭉치를 가져다준 그 누군가의 덕분이다. 일도 일이지만 그 친구는 나의 '사적인' 친구다. 우리는 처음 만날 때부터 '사적임'을 두려워하지 않았고, 새록새록 새로운 비밀들을 공유하고, 새록새록 비밀스럽게 아껴왔다. 내가 발 디딜 힘도 없을 때 곁에 머물러 준 친구다.

그동안 많은 것을 겪은 느낌이다. 오래 왔지만, 그럼에도 이 책이 미약하나마 시작이 되었으면 한다. 가장 사적인 것이 가장 멀리 갈 수 있다는 믿음으로, 함께, 한 발자국. 또 한 발자국.

2015년 4월

박상미

1부

(2005~2006)

오늘 휘트니Whitney Museum of American Art에서 **리처드 터틀**Richard Tuttle○의 전시를 보았다. 전시장 구석에 조그맣게 관을 만들고 조용히 거기 들어가 누워버리고 싶은 충동이 들었다. 어느 연작을 보면서는 눈물이 났다. 결국 나를 깊숙이 건드리는 것은 이런 미학이다. 터틀은 가장 가난한 재료를 가장 겸손하게 사용해 뭔가 다른 것으로 탈바꿈시키는 사람이다. 그는 이렇게 말한 적이 있다. "내가 이 보잘것없는 재료들을 자유롭게 할 수 있다면, 어쩌면 나 자신도 자유로워질 수 있을지 모른다. 내 작업들은 나보다 똑똑하고 나보다 나은better 존재들이라는 것을 알고 있다." 나보다 나은 어떤 것을 위하여 나의 삶을 바치는 것. 눈물나는 일이 아닐 수 없다. 더구나 터틀에게 '나보다 나은 것'은 크고 화려한 형태를 띠는 것이 아니라 사소해 보이고 아름답지 않아 때로 간과되지만, 끊임없이 속삭이고 끊임없이 벗어나면서도 있는 그대로 존재하는 것들이

○**리처드 터틀**(1941~)
1960년대 중반부터 활동해온 미국의 주요 작가로, 어떤 하나의 사조로 분류하기 힘든 작업 스타일을 갖고 있다. 회화와 조각, 설치, 어셈블리지, 드로잉 사이 어딘가에 그의 작업이 있다고 할 수 있다. 값싸고 일상적인 재료에서 예기치 못한 아름다움을 이끌어내는 그는 '작가들의 작가'로 불릴 만큼 다른 작가들에게 영향을 미쳐왔다. 소박하고 솔직한 미국의 정서를 담아내는 일군의 예술가 중 대표적인 작가라 할 수 있다.

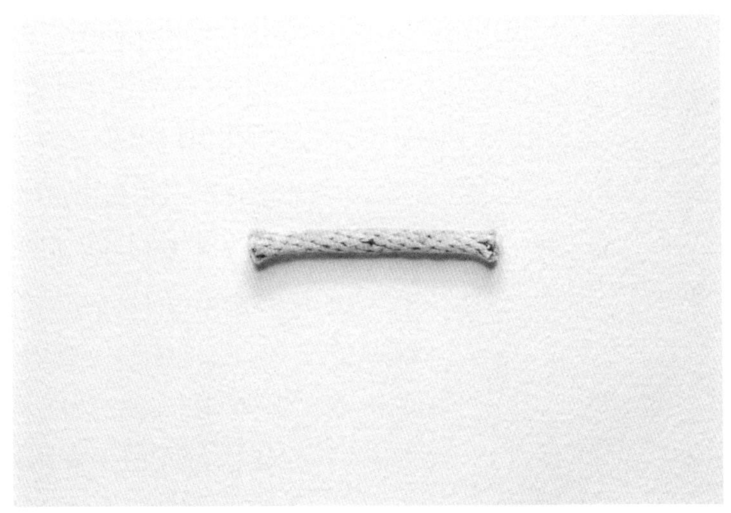

Richard Tuttle, *3rd Rope Piece*, cotton and nails, 1974

다(전시장 벽에 3인치 길이의 끈을 잘라 붙여놓은, 그의 유명한 작품 〈3rd Rope Piece〉가 그 훌륭한 예이다). 터틀의 이러한 미학은 윌리스 스티븐스의 "사물에 대한 개념이 아닌 사물 자체"라는 말이 대표하는 미국의 중요한 미학과 맞물리면서 사물의 현재성(현재 무언가 일어나고 있는 듯한)과 보잘것없음이 대표하는 반미학적 태도를 뿌리깊이 들여놓는 데 중요한 역할을 했다.

이번 전시는 그의 회고전이었고, 그의 옛 작업들을 보니 소호에 있던 스페로네 웨스트워터 갤러리Sperone Westwater Gallery에서 그의 작업을 처음 본 때가 기억났다. 달이 있다는 것을 나만 모르고 살다가 어느 날 밤 달을 발견하고 흠칫 놀란 기분이었다. 그 이후 본 몇 번의 전시들의 기억이 머리를 스쳤고, 전시를 본 후 그의 도록과 그를 소재로 한 다큐멘터리 〈Never Not an

Artist〉를 샀다. 영화는 큰 소득이었다. 터틀은 오래전부터 뉴멕시코와 뉴욕을 왔다갔다 하며 사는데, 영화에서 그의 뉴멕시코 집이 나온 것이다. 아무것도 없는 사막 위 절벽에 지어진 집이었다. 집이 무척 아름다워 보였지만 그는 그곳에서 사는 것이 무척 터프tough한 일이라고 말했다. 척박한 사막에선 터프한 식물들만 살아남는 것처럼 터틀 자신도 자신의 가장 터프한 무언가를 끌어내지 않으면 안 된다고 했다. 이 말이 마음을 쳤다. 가장 터프한 무언가. 터틀은 종이나 천처럼 사소하고 연약한 재료를 주로 사용하기에 왠지 터프함과는 거리가 멀 거라고 생각했었다. 그러고 보면 사막의 식물들은 적도의 그것들처럼 요란하지 않다. 최소한을 바탕으로, 최소한의 형태로 살아간다. 때로 보잘것없는 모습이지만 터프한 생명력이 낳은 옹골찬 존재감을 가진다. **도널드 저드**Donald Judd°의 미니멀리즘이 미국의 거대한 공간과의 대결이었다면 터틀의 (포스트) 미니멀리즘은 그 공간에서 햇빛을 받고 물을 먹고 숨쉬고 있음이다. 자신의 미미한 물질성을 잊지 않음이다.

°**도널드 저드**(1928~1994)
미니멀리즘을 대표하는 미국의 작가. 개인적인 경험과 정서에 의존하는 추상표현주의 회화를 포함한 전통적인 의미의 회화를 부정하고 공간 속에 배치되는 오브제를 제작했다. 이것들은 작가의 손을 거치지 않고 공장에서 기계로 제작되는 기하학적 형태의 오브제로, 보통 공간 속에서 받침대 없이 동일한 형태로 연속적으로 배열되고, 어떠한 은유적인 의미도 배제한 채 그 물리적인 형태로만 존재한다.

상실의 역사 2006. 1

런던 출장에서 돌아온 후 처음 시내에 나갔다. 정리할 것들이 산더미라 사무실에 가는 중이었다. 우체국에 들렀다가 유니언스퀘어 역 플랫폼에 서 있는데 누가 내 옆으로 다가와 말을 걸었다. "사라Sarah?" 깜짝 놀라 아니라고 대답하며 그 사람의 얼굴을 보았는데, 노숙자 같았다. 노숙자들은 보통 제정신이 아닌 사람이 많다. 지린내가 나고 더러워서 그렇지 실제로 공격적인 사람은 별로 없다. 나는 용기를 내어 "사라가 누구예요?"라고 물었다. 오십대쯤으로 보이는 눈빛이 흐릿한 여자가 더듬더듬 말을 시작했다. "아, 내 조카예요. 짙은 갈색 머리였어요. 마크와 같이 놀았는데…… 그날 비가 왔어요." 그러곤 뭔가 알아들을 수 없는 말을 중얼거렸다. 기차가 왔고 나는 가보겠다는 뜻을 눈빛으로 비치고 기차에 올랐다. 차창 밖으로 뒤를 돌아가는, 외투를 입은 여자의 뒷모습이, 벤치 가까이에 그녀의 것인 듯한 더러운 여행용 가방이 보였다. 내 머리카락 색이었을까. 그녀가 나를 다른 사람으로 착각하게 만든 것은. 잠시 이상한 기분이 들었다. 누구나 크고 작게 사람에 대해 착각을 하지만, 누군가 나에 대해 착각하면 서운하지만, 이 경우엔 오히려 내가 미안하고 쓸쓸한 기분이었다. 내가 듣지 못한 웅얼거림은 상실에 관한 얘기가 아니었을까. 그러고 보니 그녀의 얼굴은 뭔가 계속 잃어온 얼굴이다. 다 잃고 남은 것이 저 여행용 가방, 그리고 사라에 대한 기억……일 것이다. 그녀가 중얼거린 말속에 어떤 상실이 있었는지, 사람들의 말더듬이 같은 표정 속에 얼마나 큰 상실이 숨겨져 있는지 알 수 없다.

마감 후 신디

2006. 1

미술 책 번역을 끝냈다. 다른 일정들 때문에 힘겹게 끝냈다. 모든 책들이 그렇겠지만 미술 책도 저자의 의견이나 태도가 나와 다를 경우 번역하는 일이 어려워진다. 에드워드 루시 스미스를 보고 승낙한 책이었는데, 이 책에서 그는 재미가 덜했고, 주디 시카고가 약간 힘들었다. 그러면 텍스트를 밀고 나갈 힘이 떨어지고 나중엔 심술도 난다. 그래도 '그림 책'이었던지라 그림

Cindy Sherman, *Untitled Film Still #21*, gelatin silver print, 1978

은 실컷 봤다. 여성 미술가들 관련 책이라 앨리스 닐부터 한나 윌키, 루이스 부르주아, 신디 셔먼, 캐서린 오피까지……

『포트레이츠Portraits』에서 신디 셔먼Cindy Sherman, 1954~을 다시 들춰봤다.

마이클 키멜만이 신디 셔먼을 메트로폴리탄Metropolitan Museum of Art에서 만나는 장면부터 글이 시작되는데 셔먼은 "뭘 보죠?" 한다. 포스트모더니즘이 핫하던 시절, 그녀는 평론가들이 입혀준 온갖 멋진 '이론적' 옷들을 입고 스타가 된 작가다. 그런 그녀가 미술관에 와서는 뭘 보느냐, 이거 아느냐고 질문하면 잘 모른다고 대답한다. 미술관에 가지 않고 작품은 책으로 보고 시간이 생기면 텔레비전 앞에서 빈둥거린다고 한다. 미국의 지성인들은 대개 텔레비전을 안 본다고 말한다. 이론가들의 입을 가장 많이 탄 작가가 잘난 척할 수 있는 상황에서 그럴 때는 솔직함인지 책략인지 어느 쪽이어도 신선하다.

셔먼의 〈무제 필름 스틸Untitled Film Stills〉 시리즈는 어쩔 수 없이 나에게 중요하다. 시간이 지나도 내 머릿속에 머무르는 작품이다. 이 시리즈에서 셔먼은 B급 영화나 공포영화 같은 분위기로 자기 자신을 모델로 찍는다. 그녀는 배우처럼 사진마다 다른 분장을 하는데, 뉴욕에 갓 내린 금발의 배우 지망생에서 〈두 여자Two Women〉에서 나오는 소피아 로렌 분위기일 때도 있다. 현실인데 어딘가 현실이 아닌 것 같은, 픽션인데 픽션이 아닌 것 같은 미묘한 분위기. 그리고 유머가 돋보인다. 그녀가 1980년 즈음에 69점의 연작을 끝으로 이 시리즈를 중단했을 때 "패러디할 클리셰가 바닥이 났다"고 그 이유를 말했다. 보통은 클리셰를 피하기 위해 온갖 노력을 할 때 그녀는 클리셰를 유심히 보다가 정면 돌파했다. 자기 자신의 몸을 던져 클리셰를 비웃는 품. 그녀는 클리셰가 아닌 게 분명하다.

좁게 살기

2006. 3

집이 좁아졌다. 이제껏 제법 널찍한 곳에서 살아왔는데 아이러니하게도 가장 비싼 집세를 주며 가장 좁은 곳에 살게 됐다. 웨스트빌리지라는 이름값. 내가 원하지 않던, 바보 같은 일이다. 우선 '잠재적' 작업 공간이 없어졌고, 커피잔을 손에 들고 서성거릴 공간도 없어졌다. 스위스 고성에 살던 발튀스를 부러워하던 내가 이게 무슨 꼴인가. 고성은 아니었지만, 그 모든 불편을 감당하며 로프트에서 살아오지 않았던가. 창문 밖에 시멘트 공장이 돌아가고 있어도, 가끔 차가 불에 타긴 했어도, 옆집 여자가 강도를 당했다는 소식을 듣긴 했어도, 나의 로프트는 '화려한' 공간이었다. 천장이 3미터가 넘고 커다란 북향 창이 있고 진짜 쪽마루가 깔린, 아무리 일을 험하게 해도 죄책감을 느끼지 않게 하는, 삶은 안락함이 아니라 와일드함이라고 말해주던 공간이었다. 그런데 갑자기 예쁜 동네에 원 베드룸 아파트라니, 이 무슨 소시민적인 발상이란 말인가. 게다가 이렇게 좁을 줄이야. 가구 없이 보던 것과는 달라서 실제 살림을 옮겨놓으니 협소공포증을 불러일으킬 정도다. 정말로, 거짓말 안 하고 발 디딜 틈이 없다. 게다가 앞뒤로 건물이니 그야말로 사면초가다.

들판에 천막을 치고 살던 부족을 도시에 데려다놓으면 처음에 삼차원 지각을 못하듯이, 좁아진 집에 오니 갑자기 눈이 적응을 못 했다. 모든 게 너무 가까워진 것이다. 거리가 가까워지니 내 눈이 지각하는 사물의 크기도 커졌다. 사람은 거인 같고, 11인치 TV조차 부담스러워졌다. 로프트에 적당하던 테이블이 거대하게 거실의 반을 차지했고, 나머지 반을 점령해버린 소파도 유난히 길어 보였다. 나의 무관심에도 꿋꿋하고 예쁘게 살아주던 화초는 공간을 잡아먹는 괴물로 변신했다(결국은 아파트 정원으로 내려가야 했다). 20센티 높이의 쌀 병은 물론이고 보통의 올리브 오일 병조차 캐비닛에 들어가주지 않았다.

한데 재밌는 건 집밖도 마찬가지라는 거였다. 모든 게 갑자기 가까워지면서 이번엔 부담스러운 대신 다정해졌다. 밋밋한 공장 벽이 한 블록 전체를 차지하는 대신, 아기자기한 집들이 있고, 상점들이 있고, 나무가 있다. 그로서리도 가깝고, 요가 센터도 가깝고, 꽃가게도 바로고, 마음 내키면 사무실까지 걸어갈 수도 있다. 랄랄라 걸어다닐 수 있다니, 세상에서 가장 걷기 좋은 도시, 내가 이제껏 무척 걸었고, 또 걸을 것인 맨해튼이 내 동네가 된 것이다. 제일 반가운 건 우체국이었다. 한 블록을 끼고 돌면 우체국이라니, 이것이 하느님의 은총이 아니라면 무엇이란 말인가.

짐 정리를 좀 하고 나니 기분이 나아졌다. 소파에 앉으면 창밖으로 나뭇가지가 바람에 흔들리는 것이 보였다. 나무라니 이게 얼마 만인가. 창밖으로 손이 닿을 거리에 남의 집 창문들이 있는데, 같은 층의 맞은편 창문은 언제나 블라인드로 가려져 있는 데 반해 아래층 창은 항상 내부가 들여다보인다. 그 창 속엔 부부와 돌잡이 아기가 사는데 내가 왔다갔다하면 아기가 손을 흔들었다. 조그만 방엔 문도 달려 있고, 부엌에선 팔만 움직이면 요리가 됐고, 바람 부는 날에도 집안은 따뜻했다.

사는 방법엔 넓게 사는 방법과 좁게 사는 방법이 있을 것이다. 이를테면 피카소는 넓게 살았지만 모란디는 좁게 살았다. 어떤 사람은 주변에 많은 친구들을 두는가 하면 어떤 사람들은 평생 한두 명의 친구로 살아간다. 어떤 사람들은 여러 가지를 하고 살고, 어떤 사람들은 한 가지만 하고 산다. 어떤 사람들은 여행을 많이 하고, 어떤 사람들은 여행을 하지 않는다. 어떤 사람들은 큰 집에 사는가 하면 어떤 사람들은 좁은 집에 산다.

좁은 집에 살려면 집에 두는 것을 최소한으로 줄여야 한다. 불필요하고 탐탁지 않은 것은 과감히 내다버리는 것이 좋고, 그보다 좋은 건 애초부터 안목을 가지는 일이다. 그래서 유용하고 아름다운 것들만 곁에 두고 '크게' 보며 살아야 한다. 그 방법만 잘 터득하면 좁은 집에 사는 게 그리 답답한 일이 아닐지도 모른다. 난 지금 그 방법을 배우는 중이다.

하이힐을 신고 쓰다

2006. 3

번역을 시작하면서 가장 힘들었던 건 하루종일 앉아 있어야 한다는 사실이었다. 의사들은 건강에 가장 안 좋은 자세라고도 하지만 하루종일 해야 한다면 어떤 자세인들 괴롭지 않을까. 앉은 자세는 오래할 수 있는 데 해악이 있는 듯하다. 술에 강한 사람이 알코올 중독자가 되듯, 앉은 자세는 뇌를 돌리며 오래 일을 지속할 수 있게 하기에 어디가 망가지는 것도 모르는 채 앉아 있게 만든다. 작가들이 대개 술꾼이 되는 것은 마냥 앉아서 뇌를 제한 시간 이상 돌리는 일에서 오는 부작용임에 틀림없다.

무어 스트리트 로프트에 살 때였다. 어느 날 빌딩 입구에 붙어 있는 광고지를 봤다. 옆 빌딩에 사는 사람이 주문 제작한 작업 책상을 판다는 내용이었다. 책상은 큼직했고, 드로잉을 넣어놓을 수 있는 크고 납작한 서랍들도 있었다. 그때까지 옛날 식탁을 책상으로 쓰던 나는 잘됐다 싶어 책상을 보러 갔다. 그런데 책상은 여느 것보다 높이가 높은, 서서 작업하도록 만들어진 작업대용 책상이었다. 이를 사용하던 사진가가 좁은 집으로 이사를 간다며 책상을 처분하기로 한 것이다. 헤밍웨이도 서서 글을 썼다는 걸 읽은 기억이 났다. 150달러에 책상은 내 것이 되었고, 그 이후로 내가 제일 좋아하는 가구가 됐다. 책상 높이에 맞는 의자까지 덤으로 받았고, 그동안 이 책상에서 섰다 앉았다를 반복하며 글을 쓸 수 있었다.

이번에 이사를 하면서 불가피하게 책상을 팔았다. 도저히 이 아파트에는 들어올 수 있는 크기가 아니었고, 그 사진가와 같은 이유로 책상을 팔아야 했던 것이다. '보통' 책상에 자리를 잡았지만 영 적응이 안 됐다. 서서 쓸 수 있는 높은 책상 생각이 새록새록 났다. 그러다 며칠 전 가구점에서 우연히 바Bar 테이블을 보게 되었다. 물론 서서 술을 마실 수 있는 높이였다. 글과 술, 어차피 어울리는 조합이 아닌가. 처분과 장만이라는 일의 번거로움 때문에 며칠 고민했지만 결국 전화를 집어들어 테이블을 주문하고 말았다.

불행히도 엊그제 집으로 배달된 바 테이블은 내 키에 약간 높았다. 나는 보통의 미국인보다 작다는 걸, 가구점에서는 굽 높은 부츠를 신고 있었다는 사실을 기억하지 못했던 것이다. 아, 실수투성이 내 인생이여! 그러나 책상이 조금 높다고 업을 포기할 수는 없는 일. 난 몸을 돌리기만 하면 닿는 옷장으로 손을 뻗어 하이힐을 꺼냈다. 누가 그랬다. 맨해튼은 다른 방향이 없기 때문에 위로 팽창했다고. 나도 비슷한 것 같다.

절반의 주소, 시인의 집

2006. 3

길을 하나 발견했다. 베드퍼드 스트리트. 내가 사는 찰스 스트리트에서 카마인 스트리트에 있는 도화라는 한국 레스토랑에 갈 때 발견한 길이다. 번화한 블리커 스트리트와 평행한 길인데 블리커보다 좁고 매력적이다. 인도에선 두 사람이 나란히 걷기 어렵다. 이사 온 후 수확이다, 하며 두리번두리번 걷는데 어떤 명패가 보였다. 폭이 아주 좁은 집의 벽 위에 시인 에드나 세인트 빈센트 밀레이Edna St.Vincent Millay, 1892~1950가 살던 곳이라 쓰여 있었다. 『Savage Beauty』의 주인공. 피츠제럴드의 부인 젤다 피츠제럴드의 전기 『젤다Zelda』를 썼던 낸시 밀퍼드의 또하나의 역작이란 평을 받는 책이었다. 그 집은 이제까지 내가 뉴욕에서 본 어떤 집보다 그 폭이 좁았다. 주소는 이랬다. 75 1/2 베드퍼드 스트리트. 절반의 주소도 있구나.

3층짜리 이 집의 폭은 실제로 9피트 6인치로 약 3미터이고, 뉴욕 시에서 가장 폭이 좁은 집이라 한다. 밀레이는 이곳에서 1923년에서 1924년까지 1년 동안 살았고, 1923년에 퓰리처상을 수상했다. 밀레이의 「첫번째 무화과First

75 1/2 Bedford Street, 밀레이의 좁은 집

Fig」는 유행가 가사만큼이나 알려져 있다. "내 초는 양쪽에서 타들어온다/ 물론 이 밤을 넘기지 못하겠지/ 그러나 아, 나의 적들이여, 그리고 오, 내 친구들이여/ 그 불빛이 아름답지 않은가!" 토머스 하디는 미국이 두 가지 위대한 인공물을 생산했는데 그 하나는 고층 빌딩, 다른 하나는 에드나 세인트 빈센트 밀레이의 시라고 말한 적이 있다. 붉은 머리에 우유처럼 흰 피부를 가졌던 그녀를 가까운 사람들은 '빈센트'라고 불렀다. 오프브로드웨이브로드웨이 밖에 위치한 소규모 극장들을 통틀어 지칭의 명물이 된 '체리 레인 극장'을 1924년에 세운 것도 밀레이의 동료들이었다(근처 커머스 스트리트에 있다). 체리 레인 극장은 스콧 피츠제럴드를 비롯 오든, 거트루드 스타인, 베케트, 알비,

핀터, 샘 셰퍼드, 데이비드 마멧 등 주요 극작가들의 작품이 올라간 곳이다.

뉴욕타임스의 부고를 찾아 읽는 버릇이 있는데 오늘 밀레이의 부고를 찾아봤다. 밀레이는 뉴욕 주 아우스터리츠의 제 집에서 오후 3시 30분에 죽은 채로 발견되었고, 실크 잠옷을 입고 슬리퍼를 신은 채였다고 한다. 다른 부고에 비해 현장에 대한 묘사가 구체적으로 느껴졌다. 58세였고, 남편이 죽은 뒤 1년간 혼자 살았다고 했다. 지인에 따르면 "언제나 새로 산 댄싱 슈즈와 애인 같은 입을 가진" 여자였다고 한다. 일찍부터 모르핀과 알코올 중독이 있었고, 죽던 날도 술을 마시며 늦게까지 일했다고 한다. 죽은 그녀의 머리 옆에는 노트북이 있었고 그 안에 시 원고가 있었다. 밀레이는 마지막 세 줄에 동그라미를 쳐놓았다고 한다. "나는 정신을 차릴 것이다, 또는 안으로 들어갈 것이다 / 나의 슬픔으로 완벽함에 오점을 내지 않을 것이다 / 아름다운 날이다. 누가 죽었든 간에." 절반의 주소를 가진 좁은 벽의 집에 살던, 다른 시대의 이웃. 그녀의 초는 양쪽에서 타들어갔다. 친구를 만나러 가는 길, 한국에서 온 내가 걷는 이 길이 이로써 더 빛나거나 더 어두워졌다.

오늘의 디재스터

2006. 3

얼마 전 사무실에 설치할 비디오 작업을 구입했다. 오늘은 그 비디오 작업의 작가가 사무실로 찾아오는 날이었다. 사무실에서 잘 보이는 엠파이어 스테이트 빌딩과 쌍벽을 이루도록 엠파이어 스테이트 빌딩을 소재로 한 작업을 구입했고, 작가가 작업을 담은 시디와 보증서를 직접 들고 와준 것이다. 작가와 여러 얘기를 하다가 방에 걸려 있는 다른 작업들을 보여주었다. 뭘 확인한다고 액자 뒷면을 보다가 그만 잘못하여 캐비닛 위에 놓여 있던 꽃병과 촛대를 깨뜨렸다. 디재스터였다. 내 잘못이었는데도 작가는 미안해서 어쩔 줄을 몰랐고, 나는 현기증이 났다. 작가가 서둘러 떠났다. 사기 꽃병과 촛대가 왕창 깨진 모습이 거의 충격적이었다. 뭔가 아깝다는 생각에 사진기를 들었다. 그런데 신기하게도 사진을 찍고 나니 평정심이 되찾아졌다. 재앙과 나 사이에 사진기라는 제3의 눈이 끼어들었기 때문이리라. 정신을 차리고, 파편을 치우고, 방을 나가보니 엠파이어 스테이트 빌딩이 창밖으로 크게 다가와 있었다.

닫힌 과거, 빛나는 책

2006. 3

집이 좁아지니 책장이 가까워졌다. 나는 원래 무작위로 책 한 권을 뽑아 한두 줄 읽고 치워두는 버릇이 있는데, 책장이 가까워졌기에 더 자주 '랜덤 책 뽑기'를 일삼는다. 랜덤으로 하는 일이 갖는 속성이겠지만 때로는 '맛있는' 문장을 만나기도 하나 많은 경우 별 소득 없이 책을 덮는다. 얼마 전 『현대미술―그 철학적 의미』란 책을 무심코 뽑아들었다. "인간은 이제까지의 자신의 모습과 앞으로 그가 이루고자 하는 자신의 모습 사이에 놓여 있다"라는 문장이 눈에 들어왔다. 언제 읽었는지, 그때도 인상적이었는지, 문장의 앞뒤로 [ ] 이렇게 커다란 문들이 열리고 닫혀 있다. 글은 이어졌다. “닫힌 과거와 열린 미래 사이의 이러한 긴장이 없다면 현실에 이상을 대비시킬 필요가 없을 것이다.” 엄지손가락으로 책을 주르르 넘겨보니 군데군데 밑줄이 그어져 있다. 꽤 열심히 읽은 것 같은데 언제 읽었는지, 어떤 내용이었는지 기억나지 않았다. 책을 준 사람은 기억했다. 내가 미국으로 오기 전 당시 미학과 대학원에 다니던 친구가 준 것이었다. 책의 앞장을 펴고 그 친구의 필체를 확인했다. 그리고 이틀이 지났다.

32번가 한인타운에서 장을 보는데 한 얼굴이 눈에 들어왔다. 고개를 숙이고 있는 어떤 여자의 얼굴. 다가가 허리를 굽히고 얼굴을 들여다보니 그 얼굴이 화들짝 놀라며 다가왔다. 바로 그 『현대미술』 친구였다! 그 친구가 적어준 메모를 읽는 순간 그 친구가 보고 싶었던 것일까? 나의 관심이 이런 우연을 만든 것일까? 별별 생각들이 머릿속을 스쳐가는 동안 나와 친구는 간단한 안부를 건넸고, 한두 번 부둥켜안았고, 다다음 날 만날 약속을 하고 헤어졌다.

나는 미국으로 왔고, 그 친구는 프랑스로 갔었다. 미학 공부를 계속하겠다고 했었다. 우리는 한동안 연락을 하며 지냈는데 언제인지 스르르 연락이 끊어졌다. 집 근처 음식점에서 밥을 먹고 함께 집으로 와 차를 마셨다. 난 『현대미술』을 꺼내오며, “이거 네가 준 거야. 며칠 전 이 책 읽으면서 네 생각을 했었어” 했다. 그 친구는 내가 미국으로 떠나오기 전 잠깐 만난 것은 기억하지만, 나에게 책을 선물한 건 기억하지 못했다. 과거는 과연 닫혀 있는가.

책을 읽었는지, 책을 줬는지…… 한 쌍의 바보처럼 친구와 나는 지난 일을 기억하지 못했다. 내가 언젠가 열심히 색연필로 밑줄을 그으며 읽었던 그 책, 친구가 언젠가 따뜻한 메모와 함께 내게 주었던 책. 어떤 현명한 존재가 우매한 시간 사이사이에 끼워놓은 보석일까? 그런 보석들을 발견할 때면 아무리 손을 뻗어도 닿지 않는 과거지만, 대개는 기억조차 하지 못하는 과거지만, 완전히 닫혀 있지 않은 듯도 하다.

에드거 앨런 포와 주크박스

2006. 4

엘리자베스 비숍Elizabeth Bishop, 1911~1979의 미발표 시와 조각글을 모은 책이 출판됐다. 이러쿵저러쿵 말들이 많았다. 비숍은 무서울 정도의 완벽주의자여서 오랜 시간에 걸쳐 시를 손보고 또 손봤고, 평생 백 편이 안 되는 시만을 세상에 내놓았다. 이 책의 출간은 그녀 자신이 누구보다 반대했을 것이다. 스스로의 기준을 통과하지 못한 글들이다. 무덤 속 그녀가 몸을 뒤집을 일이지만, 죽은 사람은 화를 내지도 배신하지도 못한다. 그것은 살아 있는 우리가 하는 일이다. 살아 있는 우리가 그녀의 뜻을 배반하고, 미완성의 글들을 보는 것이다. 그녀가 미국의 가장 위대한 시인이라는 사실이 우리의 변명이 될까.

ㅇ**제임스 메릴**(1926~1995)
미국의 시인. 메릴린치의 공동 설립자 중 한 명인 찰스 E. 메릴의 아들로 태어났다. 1960~1980년대를 대표하는 시인으로, 대표작으로 『Divine Comedies』『The Changing Light at Sandover』 등이 있다. 퓰리처상, 내셔널북어워드 등 많은 상을 수상했다. 엘리자베스 비숍을 비롯하여 많은 예술가 친구들을 경제적으로 도와주었다.

비숍의 친구 **제임스 메릴**James Merrill은 그녀를 두고 "평생 평범한 여인을 연기한" 사람이라 했다. 실제 그녀의 삶은 평범함과는 거리가 멀었고, 시작부터 토네이도급 상실의 연속이었다. 태어나자마자 아버지가 죽었고, 그 슬픔을 극복하지 못한 어머니는 비숍이 다섯 살 때 정신병원에 입원해 두 번 다시 비숍을 보지 못했다. 대학 시절 남자친구는 그녀가 청혼을 거절했을 때 "지옥으로 가버려"라는 편지를 남기고 자살했고, 그녀가 브라질에서 함께 오래 산, 사랑했던 애인(비숍은 동성애자였다) 로타는 약물 중독으로 죽었다. 사람은 얼마나 견딜 수 있고, 사람의 재능은 얼마나 위대한가! 고통은 종종 과대평가되어왔다. 그녀는 파란만장한 삶의 고통 대신 종종 외부의 일상적이고 물리적인 세계를 묘사하고 기술했다(이런 점에서 그녀는 고통스런 자기 고백적 시를 쓰던, 그녀의 오랜 친구 로버트 로웰과 자주 비교된다). 남들이 다 알아줄 만한 고통조차 내보이기 싫어한 그녀가 미완성 원고를 내보이는 것은 아마도 그녀에겐 최고의 고통이었을지 모르겠다.

비숍이 X자를 해놓은 미발표 시의 제목 '에드거 앨런 포와 주크박스Edgar Allan Poe & The Juke-Box'가 이 책의 제목이 되었다. 이 책에 실린 미발표 에세이에서 그녀는 "시를 쓰는 것은 부자연스러운 행위이다. 자연스럽게 보이기 위해서는 엄청난 기술이 필요하다"라고 썼다. 시인의 목표는 "그가 말하고 있는 것이 필요불가결한 일, 즉 그 상황에서 자연스럽게 행동하는 유일한 방법이라는 것을 스스로 설득하는 일이다"라고 했다. 그리고 시에 있어 가장 중요하다 생각하는 세 가지 퀄리티를 꼽았다. 정확함과 자발성spontaneity(또는 즉각성? 번역이 어렵다. 이 말은 의도해서 사전에 준비하거나 누가 시켜서 하는 것이 아니라 갑작스럽고 자발적인 동력에 의해서 행동을 할 때 'spontaneous' 하다고 한다. 어떤 행동의 원인과 그 행동 사이에 시차가

○In the Waiting Room

Elizabeth Bishop
—The complete poems
1911~1979

In Worcester, Massachusetts,
I went with Aunt Consuelo
to keep her dentist's appointment
and sat and waited for her
in the dentist's waiting room.
It was winter. It got dark
early. The waiting room
was full of grown-up people,
arctics and overcoats,
lamps and magazines.
My aunt was inside
what seemed like a long time
and while I waited I read
the National Geographic
(I could read) and carefully
studied the photographs:
the inside of a volcano,
black, and full of ashes;
then it was spilling over
in rivulets of fire.
Osa and Martin Johnson
dressed in riding breeches,
laced boots, and pith helmets.
A dead man slung on a pole
—"Long Pig," the caption said.
Babies with pointed heads
wound round and round with string;
black, naked women with necks
wound round and round with wire
like the necks of light bulbs.
Their breasts were horrifying.
I read it right straight through.
I was too shy to stop.
And then I looked at the cover:
the yellow margins, the date.
Suddenly, from inside,
came an oh! of pain
—Aunt Consuelo's voice—
not very loud or long.
I wasn't at all surprised;
even then I knew she was
a foolish, timid woman.
I might have been embarrassed,

짧고, 그 동력 자체도 순수하다는 의미이기 때문에, 계획적이고 이성적이고 관념적이라기보다 자연스럽고 진정하고 몸으로 느낀 결과라는 의미가 강하다. 연주가 너무 좋아서 끝나자마자 자동적으로 벌떡 일어나 박수를 칠 때…… 이는 대표적으로 spontaneous한 반응이다). 그리고 미스터리. 그녀는 콜리지를 인용하면서 좋은 시란 "가장 환상적인 언어로 가장 하찮은 생각을 전달하는 지루한 행위"가 아닌, "정확하고 자연스러운 언어로 가장 환상적인 생각을 전달하는 것"이라고 했다.

내가 처음 읽은 비숍의 시 중에 「**대기실에서** In the Waiting Room」○라는 시가 있다. 부모를 다 잃은 일곱 살의 비숍이 고모를 따라 치과에 갔다가 치료받는 고모를 기다리는 장면이다. 낯선 어른들로 둘러싸인 대기실, 낯설고 기괴한 장면들이 실린 『내셔널지오그래픽』, 진료실에서 들려오는 고모의 비명소리. 어린 비숍은 갑자기 추락을 경험한다. 그때 나는 내가 경험했던 무언가를 공감

but wasn't. What took me
completely by surprise
was that it was me:
my voice, in my mouth.
Without thinking at all
I was my foolish aunt,
I—we—were falling, falling,
our eyes glued to the cover
of the National Geographic,
February, 1918.

I said to myself: three days
and you'll be seven years old.
I was saying it to stop
the sensation of falling off
the round, turning world.
into cold, blue-black space.
But I felt: you are an I,
you are an Elizabeth,
you are one of them.
Why should you be one, too?
I scarcely dared to look
to see what it was I was.
I gave a sidelong glance
—I couldn't look any higher—
at shadowy gray knees,
trousers and skirts and boots
and different pairs of hands
lying under the lamps.
I knew that nothing stranger
had ever happened, that nothing
stranger could ever happen.
Why should I be my aunt,
or me, or anyone?
What similarities—
boots, hands, the family voice
I felt in my throat, or even
the National Geographic
and those awful hanging breasts—
held us all together
or made us all just one?
How—I didn't know any
word for it—how "unlikely"…
How had I come to be here,
like them, and overhear
a cry of pain that could have
got loud and worse but hadn't?

The waiting room was bright
and too hot. It was sliding

했다기보다 완전히 새로운 어떤 것을 경험했다. 나 자신의 추락보다 훨씬 직접적인 추락의 경험이랄까. 전대미문의 추락. 『에드거 앨런 포와 주크박스』에 실린 시 중엔 비숍의 세 가지 요소를 다 갖추지 못한 것들이 내 눈에 보이기도 한다. 미스터리는 어디서 오는지 모르지만, 정말 알 수 없지만, 그래서 답답하기도 하지만, 미스터리의 부재는 눈에 보인다. 바로 갈망하게 된다.

이번 책의 서평 중 아주 명석한 글이 있었다. 필자는 이렇게 묻는다. 우리는 왜 비숍을 추앙해야 하는가? 그리고 이렇게 답한다. 그 답은 난해함과 미묘함subtlety의 차이에 있다고. 난해함이란 시에서 즐겨 쓰는 콘셉트이고 시를 논할 때마다 쟁점이 되어왔지만, 난해함이란 또 단순해서, 그 의미를 풀면 알게 되고 그렇지 않으면 알지 못하는 것이라고. 그뿐이라고. 반면 'subtlety'란 소수의 몇몇을 제외하면 놓치고 지나치도록 의도된 무엇이라고. 무심하고, 쉽게 내주지 않고, 귀족적인 무엇이라고. 이

beneath a big black wave,
another, and another.

Then I was back in it.
The War was on. Outside,
in Worcester, Massachusetts,
were night and slush and cold,
and it was still the fifth
of February, 1918.

론이나 기법처럼 배울 수 있는 것이 아니라 스타일과 감성에 관계된 것으로 직관적인 것이라고. subtlety에 대한 명석한 풀이가 아닐 수 없다. 짜릿함이 느껴졌다. 비숍은 미국에 subtlety를 가르쳐준 사람 중 하나이다. 자연이나 일상을 평이한 목소리로 이야기하는데, 그 목소리는 고백처럼 나지막하고 친밀하다. 숨죽여 듣지 않을 수 없다.

『뉴리퍼블릭』의 비평가는 작가들에게 후일에 미완성작이 발표되는 일을 당하지 않으려면 일찌감치 원고를 불태우라고 충고한다. 나는 적극 찬성한다. 완전범죄가 최고다. 하지만 천박한 관음증일까, 스승에 대한 갈망일까, 사랑하는 이의 서랍을 어루만지는 기분이랄까. 이 작고 일방적인 그녀의 환생이 솔직히, 그저 미안하지만은 않다.

subtlety 2006. 4

subtlety는 번역하기 어려운 단어다. 종종 미묘함이라 번역되고 상황에 따라 다른 말로 대체되기도 하지만 번역할 때마다 항상 부족한 감이 있다. 일단 얇고 섬세한 느낌을 떠올리게 되는데 subtlety는 미묘함, 미묘한 차이, 또는 그러한 차이를 가져오는 어떤 디테일을 말하기도 하고, 그런 차이를 갖고 있는 사물이나 사람의 어떤 퀄리티를 말하기도 한다. "그 사람은 다 좋은데 subtlety가 없어"라고 말한다면 지나치게 드러나지 않게 행동하는 능력이나 그런 퀄리티를 알아차릴 능력이 없다는 것이다. 이런 경우에는 어떤 덕목, 거의 도덕적인 판단으로까지 들린다. 모든 경우에 있어 subtlety의 핵심은 존재하는 어떤 차이가 눈에 잘 보이지 않는다는 것이다. 확연하게 보이지 않기에 단순하게 보는 것 이상의 '봄'을 요구하는 것. 주변의 조명을 내리고, 소리를 줄이고, 숨을 죽이고, 움직이지 않고 들여다보아야 하는 어떤 것이다. 미적 경험은 이렇게 모든 감각기관과 호흡기관이 거의 닫히는 순간, 세상이 정지하는 순간 일어난다. 그 순간으로 조용하게 안내하는 것이 subtlety다.

밤

2006. 4

하루종일 흐린 날이었다. 친구가 보낸 이메일 중에 죄의식이란 말이 있었다. 어떤 근본적인 죄책감 같았는데 나에겐 그보단 자괴감이 있다. 공기중에 내 두 뺨이 드러난 것이 견디기 힘들 정도로 부끄럽고 수치스러울 때가 있다. 이런 밤, 아무도 보지 않을 때.

호퍼의 동네

2006. 4

호퍼Edward Hopper, 1878~1955 번역 원고의 교정을 시작하다. 이 맛있는, 절묘한 일을 하기 위해 이제껏 모든 난센스를 감당해온 느낌이다. 호퍼의 유명한 그림 〈나이트호크Nighthawks〉의 거대한 사다리꼴이 한곳으로 수렴되듯 모든 것이 이 책 한 권으로 수렴되는 순간이다.

이사 온 후 생각하니 호퍼도 이곳에서 멀지 않은 데에 살았다. 3 워싱턴스퀘어 노스. 워싱턴스퀘어 파크 바로 위에 줄줄이 지어진 건물 중 하나다. 뉴욕에 온 지 얼마 지나지 않아, 눈이 많이 오던 날 호퍼의 집 앞에 간 적이 있다. '호퍼는 더이상 여기 살지 않는다' 만 실감하고, 아무것도 느낄 수 없어 실망했었다. 1913년부터 1967년까지 이곳에서 지냈다 하니 호퍼는 50년이 넘도록 이 집에서 산 것이다. 꼭대기 층에 살았는데, 월세가 쌌고 호퍼가 존경하던 토머스 에이킨스가 그림을 그리던 곳이었기 때문이라고 한다. 목욕탕도 따로 없었다는 이곳에서 소박하게 평생 지낸 것이다. 내가 그곳에서 하룻밤 지낼 수 있다면 호퍼의 기운을 느낄 수 있을까. NYU가 이 주변을 사들이면서 호퍼를 쫓아내려 했는데, 다행히 주변 친구들의 도움으로 그대로 머물러 살 수 있었다고 한다. 어쨌든 그의 집 앞에 다녀온 이후로 무언가 달라지긴 했다. 맥락이 깊어진 느낌이랄지.

작업실의 호퍼

〈나이트호크〉의 영감이 된 위치와 건물은 내가 사는 동네에서 더 가깝다. 똑같은 다이너가 있었던 것은 아니지만 호퍼가 '그리니치 애버뉴에 있는 두 거리가 만나는 곳' 이라고 한 것으로 미루어 그리니치 애버뉴와 11번가의 코너로 추정된다. 이 그림은 헤밍웨이의 단편 「살인자들The Killers」에서 영감을 받았다고 한다. 소설은 1920년대 금주령 시절 범죄가 한창일 때 쓰였고,

살인 청부업자인 두 남자가 이 그림과 크게 다르지 않은 한 다이너에 들어오는 것으로 시작된다. 밖이 어둡고 가로등이 켜진 것도 비슷하다. 소설에선 두 남자가 들어왔을 때 웨이터가 카운터에 앉은 남자와 이야기를 나누고 있었다. 그림 속엔 두 남녀와 웨이터, 그리고 등을 돌린 한 남자가 있으니 두 남자가 남녀로 대체된 것을 빼면 소설 속의 첫 장면과 거의 유사하다. 실제로 그 시절엔 이 근처가 상당히 외진 곳이었을 것이고(수년 전 이 근처에 왔을 때 얼마나 휑했는지) 범죄도 흔했을 것이다. 지금 이곳은 부유한 주택가와 쇼핑의 중심지로 변하고 있는 듯하다. 하긴 호퍼의 풍경은 특정 지역과는 상관없는 것이다. 북적이던 거리가 잠시 비어 있는 듯 느껴질 때 호퍼의 정서가 스민다.

〈나이트호크〉 속 거리는 실제 거리라기보단 무대 위처럼 느껴진다. 등을 돌린 남자는 호퍼 자신이 아닐까. 무대 위에 놓인 그. 그는 언제나 등을 돌리고 있다고, 마크 스트랜드가 말했었다. 이는 아마 호퍼가 세상에 대해 느끼는 정서일 것이다. 실제로 등을 돌린 것은 그에게 미스터리를 보여주지 않는 세상이었을 것이다.

---

calm inside **2006. 5**

패션 일이 끝난 오후. 머서 호텔 1층에서 시간을 보내기로 했다. 함께 간 모 브랜드의 대표 팀 시프터는 바로 소호의 거리들, 프린스 스트리트와 머서 스트리트가 내다보이는 이곳이 자기가 뉴욕에서 가장 좋아하는 실내라고 했다. 이런저런 얘기를 하다가 나는 팀 시프터에게 “어떻게 스트레스에 대처하느냐?”라고 물었다. 순간 나도 놀랐다. 왜 이런 엉뚱한 질문이 입에서 튀어나왔을까. 이른 와인을 마시며 앉아 있자니 낮 동안 바짝 긴장해 있던 뇌가 약간 풀어졌던가보다. 팀도 약간 놀란 듯 그의 눈빛이 잠깐 흔들렸다. 그 단어는 아주 오랜만에 듣는다는 표정이었다. “스트레스…… 난 문제가 있으면 풀려고 노력하는 편이에요.” 대개 사람들은 스트레스 상황에 처하면 스트레스를 ‘받는다’. 스트레스 상황에 감정적인 반응을 보이는 것이다. 예컨대 화를 내거나, 답답해하거나, 불안해하거나, 걱정하거나. 팀은 스트레스에 감정적으로 반응하지 않는다는 말일 것이다.

팀은 중년의 남성으로 작은 키에 날씬한 몸매, 그리고 푸른 눈을 갖고 있다. 그는 누구에게나 갈 길을 먼저 내어주고 자신은 그뒤를 따른다. 언제나 친절하고 공손한 말을 쓰고 겸손한 자세를 갖고 있다. 그건 그 자체로 하나의 성취다. 나이가 들면서 매무새가 풀어지는 경우가 있다. 동작 하나하나에 사려가 없어지고 아랫배에 힘이 빠지고 눈빛도 입도 느슨해지고. 내가 보충 설명을 했다. “항상 침착해 보이시거든요. 어떤 것에도 흔들리지 않는 듯한 모습이에요.” 나의 설명에 팀이 주저하지 않고 이렇게 답했다. “난 마음도 차분해요. 큰일이 일어나도 크게 흔들리지 않아요.” 팀은 저기 나무가 바람에 흔들리고 있다고 말하듯, 자신에 대해 말했다.

그와 이 짧은 대화를 나눈 지 하루, 이틀, 일주일이 지났다. 아직도 길을 걷거나 방을 치우거나 책을 읽다가 문득문득 그의 말이 머릿속에서 울린다. “I am calm inside.”

'마음대로' 보기 2006. 6

한 대중미술서의 저자는 사람들이 그림 보는 법 좀 가르쳐달라고 물으면 '그림 보는 법'은 따로 없으니 좋아하는 대로 보라고 말한다고 한다. 우리가 살고 있는 이 세상은 '즉각적 만족instant gratification'의 세상이다. 대중을 겨냥한 '상품'은 대개 독자들에게 즉각적인 만족감을 주기 위한 것이다. 시간의 경과, 기다림을 배제한 것이다. 텔레비전도 그렇고 포르노도 그렇다. 대중서도 마찬가지다. 대중서는 대중들이 이미 생각하고 있는 것을 크게 거스르지 않는다. 대중의 고정관념을 공고히 하면서 그들이 미처 모르는 지식들을 귀에 속삭여주는 것이다. 독자들은 안락감을 느낀다. 크게 생각을 바꾸지 않아도 되니 혼돈이 없다. 오래 배우고 익히지 않아도 된다. 그래서 이 미술책에서도 '마음대로 보라'를 외치고 있는 것이다. 이미 대중들은 '마음대로' 보고 있기 때문에.

나는 '그림은 논문 같은 것'이라고 말하곤 한다. 우선 그림을 최소한 존중했으면 좋겠다는 이유에서다. 사람들은 물리학의 역사를 바꾼 논문들을 두고 어렵다고 화를 내지는 않는다. 그런데 현대미술이나 동시대 미술 앞에서는 상황이 다르다. 아예 건성으로 보거나 아니면 "이런 걸 작품이라고. 이런 건 나도 하겠다"라고 역정을 내는 사람들도 있다. 예전에 친구가 **사이 톰블리**Cy Twombly°의 그림을 보고 "이런 건 나도 하겠다"라고 하기에 내가 "해보라"고 했다. 톰블리는 언뜻 보면 마구 낙서를 해놓은 것 같은 그림을 그리는 작가이다. 내가 그림 속의 휘갈긴 선들 중 일부를 가리키며 "이렇게 그려봐"라고 했다. 그리고 펜과 종이를 꺼내 그에게 건네주었다. 물론 잘 되지 않았다. 친구가 그린 선은 톰블리에 비해 훨씬 경직되어 있었다. 그의 선처럼 날아갈 듯 가볍고 자유롭지 않았다. "그럼 왼손으로 해봐." 내가 제안했지만 왼손 역시 역부족이었다. "그럼 발로 한번 해봐." 그는 미술관에서 신발을 벗고 발가락에 볼펜을 끼고 그리기 시작했다. 그의 발이 그린 선은 좀더 자유롭긴 했지만 역동감이 부족했다. 결국 그는 톰블리 같은 그림은 고사하고 단 하나의 선도 따라할 수 없다는 사실을 인정했다. 당연하지 않은가? 우리가 파가니니처럼 바이올린을 켤 수 없는 것과 같다. 친구는 책 읽는 것을 좋아하고 문학, 음악, 연극에 조예가 깊은 사람이었다. 그 친구가 롤랑 바르트가 사이 톰블리에 대해 썼던 아름다운 비평을 읽었더라면 과연 그의 그림 앞에서 '나도 할 수 있다'라는 말밖에 할 수 없었을까? 그는 아마 그림 앞에서 지중해의 하늘을 떠올리며 톰블리 그림의 '희박성'에 대해 숙고하고 있었을 것이다.

그림이 '논문 같은 것'이라고 말한 또하나의 이유는 그림을 즐겨 보고 공부한 사람이 아니라면 그림을 이해하지 못하는 것이 당연하기 때문이다. 사람들이 작품 앞에서 갖는 전

○**사이 톰블리**(1928~2011)
미국의 화가. 추상표현주의의 영향을 받았으나 그로부터 매우 개인적인 스타일을 발전시켰다. 커다란 캔버스에 연필이나 붓으로 아무렇게나 낙서한 것처럼 보이는 것이 그의 작품의 특징인데, 시인이나 시, 신화 등에 관한 문학적인 내용을 담고 있다. 주로 이탈리아에서 살며 작품 활동을 했다.

제는 '나는 볼 줄 안다'이다. 그래서 작품이 이해되지 않으면 인지 부조화가 일어나고, '나는 이 그림이 싫다' 또는 '이 그림은 좋은 그림이 아니다'라며 그림에 대한 인지를 조정하는 것이다. 그렇다면 물리학 논문을 이해하지 못하는 건 당연시 여기면서 그림을 이해하지 못하는 건 왜 인정하기가 어려울

Cy Twombly, *Untitled*, industrial paint and crayon on canvas, 1970

까? 우리에겐 생래적으로 색과 형태를 감상하는 능력이 있기 때문이다. 누구나 좋아하는 색이 있고, 좋아하는 스타일이 있다. 하지만 이런 일반적인 기호는 그림을 보는 눈의 바탕이 될 수는 있어도 그림을 보는 능력 자체가 될 수는 없다. 우리가 한국어를 안다고 해서 어려운 논문을 읽을 수 있는 것은 아닌 것처럼, 분홍색을 좋아한다고 해서 필립 거스턴의 그림 속 분홍색을

쉽게 감상할 수 있는 건 아니다. 그의 그림에서 분홍색은 도발적이고 잔인하기까지한데 분홍색의 그런 다른 면을 보기 위해선 노력이 필요한 것이다.

누구나 자신을 '문화적' '예술적'이라고 생각하길 좋아한다. 그림을 모르면 야만인이라고 취급받지 않을까 걱정도 한다. 그런데 그렇지가 않다. 특히 현대 이후의 미술은 모르는 게 당연하다. 텔레비전도 없고 신문도 없던 중세에는 대중에게 메시지를 전달하는 방법 중 하나가 예술이었다. 그랬기에 대중은 시각예술의 언어를 어느 정도는 이해하고 있었다. 우리가 광고 메시지를 이해하는 것처럼. 또 사진이 발명되기 전, 미술가들은 자연의 재현을 위해 그림을 그렸다. 누군가의 얼굴을 기억하기 위해 초상화를 그렸고 아름다운 자연을 담아내기 위해 풍경화를 그렸다. 자연의 재현이었기에 익숙한 이미지였고 감상을 위한 최소한의 이해가 가능했다. 그러나 누구나 사진을 찍을 수 있게 되면서 미술이 갖고 있는 재현의 기능은 더이상 절실하지 않게 되었다. 그러면서 미술은 그만의 정체를 가질 수 있는 방향으로 나가기 시작했고, 이때부터 미술은 메시지도 자연의 모방도 아닌, 좀더 미술 자체의 이슈를 위한 것이 되었다(그전의 미술이 전혀 그렇지 않다는 건 아니다). 현대 이후의 미술은 그전 미술에 대한 지적, 예술적 반격이다. 논문처럼 말이다. 논문이 새로운 이론을 제시한다면 미술은 새로운 미학을 제시한다. 그러니까 미술의 이슈들을 모른다면 미술을 이해하기 힘든 것이다.

물론 미술은 어려운 거라고 말해서 잠재적 미술 관객들을 긴장시키고 싶지는 않다. 하지만 언제까지나 미술을 마음대로 보라고 말할 순 없다. 그 대중서의 저자는 마음대로 미술을 보라는 말에 이어 "미술을 생활화하는 데 있어 가장 큰 적은 무지가 아니라 아름다움을 향한 자신의 정당한 욕구를 남의 눈을 의식해 억압하는 것이다"라고 했다. 언뜻 듣기에 맞는 말 같다.

이 말을 듣는 순간 갑자기 자유로워지는 것 같기 때문이다. 하지만 배움은 절대로 억압을 위한 것이 아니다. 배움은 자유로워지기 위한 것이다. 결국 미술은 '마음대로' 보는 것이다. 하지만 수영의 기본을 익히고 꾸준히 훈련해야 저기 보이는 섬까지 자유로이 헤엄쳐갈 수 있듯, 미술도 보는 능력을 키워야 '마음대로' 보는 감상이 가능한 것이다.

반복과 죽음

2006. 6

처음 모마에서 〈금색 메릴린〉을 본 감동을 잊지 못한다. 메릴린 먼로의 얼굴은 작은 사각형 안에서 창녀처럼, 혹은 시체처럼 짙은 화장을 하고 있었다. 미술사를 수놓은 모든 우아한 초상과는 질이 다르다. 더구나 〈금색 메릴린〉을 포함해 워홀Andy Warhol, 1928~1987의 모든 〈메릴린〉은 기본적으로 죽은 이의 초상이다. 워홀은 먼로가 죽은 순간 그녀의 초상을 그리기로 했으니까. 워홀의 의식적이고 공식적인 집착은 돈과 명성이었고, 무의식적이고 은밀한 집착은 죽음이었다. 언젠가 그는 "내가 하는 모든 일은 죽음과 연관되어 있다는 것을 깨달았다"고 했다. 메릴린 먼로만큼 그의 공식, 비공식적인 집착들을 소화해낼 소재가 있었을까?

바르트가 지적했듯 워홀은 초상화에서 유일무이함을 없애고 비장미를 없앴다. 주로 대중에게 이미 알려진(그러니까 반복된) 이미지로 반복해서 제작했다. 한 화면에서 반복되고 여러 화면으로 반복되었다. 메릴린도 반복되었고, 엘비스 프레슬리, 재클린 케네디도 반복되었다. 이렇게 반복되면서 이전 초상화가 가졌던 육중함, 비장함이 사라졌다. '표면 자체'를 외치던 워홀의 방법론이었다. 초상화 밑에 깔렸던 "인생은 짧고 예술은 영원하다"라는 전제를 흔들어보려는 듯, 심오한 개인도 없고 인격도 없는, 전단지처럼 흩어져 사라질 듯한 초상을 만든 것이다.

워홀은 돈과 명성을 대표하는 할리우드 스타에 집착했고, 그중에서도 메릴린이 중심이었던 듯하다. 이 그림에서 워홀은 화면 중앙에 메릴린의 얼굴을 타이트하게 잘라 배치했다. 그녀의 얼굴은 작은 창 속에, 감옥 속에, 또는 관 속에 있는 듯하다. 다빈치의 비밀스런 자화상이라 여겨지는 〈모나리자〉처럼 〈메릴린〉도 워홀 자신의 자화상이 아니었을까. 메릴린도 워홀처럼 불행한 어린 시절을 보냈고, 워홀은 그녀의 금발을 연상시키는 밝은 금색 가발을 쓰고 다녔다. 기이하게도 워홀의 작업실을 방문했던 사람이 〈빨간 메릴린〉에 총을 쏜 적이 있는데, 그로부터 몇 년 후 워홀이 발레리 솔라나스라는 여자에게 황당하게 총격을 당한 사건을 생각하면 약간 소름 끼친다. 결국 워홀은 그때의 총상 후유증으로 죽게 된다.

반복과 죽음. 같은 단어를 반복해서 말하면 단어의 의미가 사라지듯 그는 반복함으로써 의미를 없애고 죽음에 달하려 한 것일지 모른다. 〈금색 메릴린〉에서 그는 잠깐 반복을 멈추고 하나의 메릴린을 화면 중앙에 작게 놓았다. 화면 속으로 이미 멀어진 그녀의 얼굴은 멀리서 보면 웃고 있고, 가까이 다가가 보면 웃고 있는 건지 울고 있는 건지 분간이 되지 않는다. 더 오래 들여다보면 그녀의 얼굴은 곧 흔적도 없이 공중분해될 것 같다.

나를 만지지 마시오

2006. 7

미술사에서 가장 시적인 주제 중 하나가 '놀리 메 탄게레Noli Me Tangere'가 아닐까 싶다. '놀리 메 탄게레'는 예수가 부활한 직후, 무덤가에서 울고 있던 막달라 마리아가 예수를 알아보고 반가움에 부둥켜안으려는 순간 예수가 한 말이다. "나를 만지지 마라. 내가 아직 아버지께 올라가지 못하였으니." 수많은 화가들이 이 극적인 장면을 그렸지만, 난 그중에서도 **프라 안젤리코**Fra Angelico°의 버전이 사랑스럽다. 마리아는 이를 주제로 한 그림에서 종종 공격적으로 표현될 때가 많은데, 여기선 아이를 안으려는 듯 다정한 포즈다. 그러나 압권은 예수의 포즈. 오른손을 가볍게 내저으며 엉덩이를 살짝 빼는 동시에 오른발을 풀밭에 살포시 내딛었다. 누군가의 손길을 거절하는 방식이 이렇게 섬세하고 우아할 수 있을까. 어찌 보면 육신을 가진 존재에게 '나를 만지지 마시오'는 가장 기본적인 권리다. 내가 원하지 않을 때 내 몸에 아무도 손대지

°**프라 안젤리코**(1387~1455)
초기 이탈리아 르네상스의 화가이자 도미니크회 수사로, 생전에는 프라 조반니로 불리다가 죽은 후에 프라 안젤리코(천사 같은 수사)라는 이름이 붙여졌다. 바사리는 자신의 책에서 그를 두고 "드물게 완벽한 재능을 가졌다"고 평했다. 마사치오와 함께 논리적인 화면 구성, 양감 있는 표현 등 초기 르네상스를 구분짓는 스타일을 이룩한 화가로 평가된다.

Fra Angelico, *Noli Me Tangere*, fresco, 1440~1442

못하게 할 권리. 가만 내버려두길 요구할 권리. 너랑은 지금 다른 세상에 있어, 라고 주장할 권리. 거절하기 어려울 때는 우아함에 초점을 맞출 일이다. 우아한 거절. 프라 안젤리코의 예수처럼.

노트북 추리사건 2006. 7

가끔 옛날 수첩에 적어놓은 글들을 보고 이럴 수가, 할 때가 있다. 어떤 글들은 희미하게라도 기억이 나는데 어떤 글들은 내가 메모한 사실조차 전혀 기억에 없다. 배후 정황이라도 적혀 있으면 모르겠는데, 내 노트는 언제나 불성실하다.

오늘 우연히 펼쳐본 페이지에는 이렇게 적혀 있었다. 앞의 글들로 미루어 2000년 6월에서 7월 사이라는 걸 알 수 있다. 그러니까 6년 전 이맘때쯤이다.

Guston, Babel 자주 읽음.

"What I do is to get hold of some trifle, some little anecdote, a piece of market gossip, and turn it into something I cannot tear myself away from. It's alive, it plays. It's round like a pebble on the seashore. Its fusion is so strong that even lightening can't split it."
—Paustovsky

proscenium 고대 그리스 극장의 무대

아마도 책을 읽다가 이런 메모를 해놓은 것 같은데 어떤 책인지 기억나지 않는다. 아마도 거스턴 관련 서적이었던 것 같다. 첫째 문장은 화가 **필립 거스턴**Philip Guston°이 러시아 작가인 **이사크 바벨**Isaak Emmanuilovich Babel°을 자주 읽었다는 것이겠고…… 그런데 왜 하필이면 바벨을 읽었다는 사실이 중요했을까. 거스턴이 러시아문학에 심취해 있었다는 걸 배운 책 같은데 무슨 책인지. 화집에서 읽었나? 아니면 도어 애쉬턴이 썼던 평서인가? 그것도 아니면 거스턴의 딸이 쓴 전기? 모르겠다. 암튼 언제, 무슨 책을 읽은 건지 적어놨으면 좋았을 텐데 노트할 당시에는 무슨 책인지 너무 자명한 나머지, 그걸 언젠가는 잊어버리리라는 생각은 절대 안 했겠지.

그 아래 문장이 어디서 온 건지는 모르겠지만 왜 적어놓았는지는 알 것 같다. 쓴 사람이 러시아 작가인 것으로 미루어보아 아무래도 같은 책에서 인용한 글이 아닌가 싶다(파우스토프스키의 책은 읽은 것이 없으므로). 인용구는 작가의 작업 과정을 설명한 글 같은데 매우 공감했으므로 적어놓은 것 같다. 어떤 사소하고 소모적인 무언가를 채취해 단단하고 영구한 것으로 만드는 작업. 그런데 그 밑의 단어는 뭘까. 거스턴과 러시아 작가들, 그리고 무대? 별로 연관이 없는 것 같은데 그 책에 이 단어가 왜 나왔을까?

일요일 오후에 빈둥빈둥 이런 고민을 하다

○**필립 거스턴**(1913~1980)
미국의 화가. 초기에는 구상회화를 하다가 1950년대 잭슨 폴록, 윌렘 드 쿠닝 등과 함께 추상표현주의를 이끈 주요 화가이다. 추상표현주의 회화로 거둔 성공에도 불구하고 거스턴은 1960년대 말 갑자기 다시 구상회화로 화풍을 전환한다. 우스꽝스럽고 거칠게 그려진 만화 같은 이미지에 대한 평단의 혹평에도 불구하고 거스턴은 지극히 개인적인 스타일을 전개하는 데 성공했다.

○**이사크 바벨**(1894~1940)
20세기 초 러시아의 저널리스트, 극작가, 번역가, 단편소설 작가. 1920년 폴란드-소비에트 전쟁 당시 실제 군복무 경험을 바탕으로 쓴 『기병대Red Cavalry』와 자신의 고향 오데사를 소재로 한 『Tales of Odessa』 등은 러시아문학의 걸작으로 평가된다. 러시아 비밀경찰의 수장이었던 니콜라이 예조프의 부인과의 오랜 관계 때문에 스탈린의 대숙청 당시 사살되었다.

가…… 아차, 인덱스라는 것이 있었지 하는 생각이 났다. 아무래도 도어 애쉬턴의 책 같아 그 책의 인덱스를 뒤져봤더니 아니나 다를까 174페이지에 내가 노트한 내용이 있었다. 대단한 건 아니지만 실마리가 풀렸고 속이 시원했다. 일단 내가 적은 것은 Guston, Babel을 '자주' 읽음이 아니라 '자꾸' 읽음이었다. '자꾸'를 흘려 써서 '자주'로 본 것이다. 원문에 의하면 거스턴은 이 당시, 그러니까 그의 새로운 스타일이 무르익던 1970년대 초반 바벨을 읽고 읽고 또 읽었다고 한다. 그 사실이 인상적이었던 나머지 그걸 노트한 것이다. 그리고 인용구는 파우스토프스키가 한 말이 아니고, 바벨이 파우스토프스키에게 한 말이었다. 줄을 쫙 긋고 이름을 써놨으니 작가를 착각할 밖에.

인용구의 내용은 이렇다. "나는 사소하고 작은 일화들, 시장통의 가십을 가지고 나 자신과 분리될 수 없는 어떤 것(이야기)으로 만든다. 이는 살아 있고, 스스로 연주한다. 해변의 조약돌처럼 둥글고, 그 결합은 너무 강해서 번개로도 쪼갤 수가 없다." 인용구 밑에는 이런 구절이 있었다. "거스턴은, 바벨처럼, 사물에 완전히 집중한 나머지 사물을(형태를) 변형시켰다." 멋진 말이다. 그리고 이는 거스턴의 작품을 이해하는 데 중요한 사실이다. 거스턴의 후기 작품을 보면 작업실에 있는 물건들이 하나씩 동떨어져 그려지곤 했는데, 이 사물들에 대한 설명이 될 수 있다. 번개로도 깰 수 없는 바벨의 조약돌처럼 거스턴의 실존적 상황도 이런 사물들로 단단히 굳어져 형상화됐던 것이다.

'proscenium무대'이라는 단어가 튀어나온 이유도 풀렸다. 다음 페이지에 데 키리코의 영향을 받은 그림 얘기가 나오는데 당연히 거기엔 밑줄이 그어져 있다. 그 그림은 마치 무대 위에 사물들이 나란히 진열된 것처럼 구성되어 있었던 것이다. 그 그림 속 데 키리코의 영향이 나에겐 당연히 흥미로웠을 것이고, 그 문장에 있던 모르는 단어를 찾아봤을 것이다. 이리하여 오늘의 수수께끼는 해결이 됐고 탐정놀이는 끝났다. 과연 오늘의 이런 노고가 나의 게으른 근시안 노트 습관의 개선을 가져올 것인가.

이기와 이타

2006. 7

이기주의란 도덕 이론가들이 만들어낸 허구이다. 오로지 자기 자신만이 잘되기를 바라는 건 단순히 개인적인 감정의 문제라 할 수 없다. 순수한 이기주의란 완벽하게 정서적으로 닫혀 있거나 의식이 수반되지 않는 무의식에서만 있을 수 있는 일이기 때문이다. 다시 말해, 세상과의 정서적 연계가 일어나지 않는 상태, 감각을 일으키는 자극과 의지 사이의 짧은 회로 안에서만 가능하다는 얘기다. 방탕한 사람, 흉악한 범죄자, 냉혈한 들도 이타주의의 변형이라 할 수 있다. 돈 후안식의 사랑이 사랑의 한 형태로 생각되는 것처럼 말이다.

이 세상의 모든 이타적인 행동이 이기심에서 비롯한다는 것은 이미 밝혀진 사실이다. 마찬가지로 모든 이기적인 행동 속에 이타적인 동기가 숨어 있다는 것 또한 증명될 수 있다. 이타적인 동기 없는 이기심이란 있을 수 없다. 이 두 개념 모두 극단적으로 이해되고 있는 것을 보면 거의 코믹하다.

(중략)

실제로 이기주의의 경우를 파헤치면 언제나 드러나는 것은 주변과의 정서적 관계이다. 즉 '나'와 '당신'의 관계로, 이 관계는 양극단에서 모두 어렵다. 그러나 이는 이 세상에 순수한 이타주의란 없는 것과 마찬가지의 진실이다. 우리가 다른 사람들을 이용하고 해치기도 하는 이유는 그들을 사랑하긴 하지만 달리 표현 방법이 없기 때문이다. 아니면 미워서 그랬을 수도 있다. 하지만 사랑과 미움은 오해하기 쉬운 외양을 띤, 어떤 강력한 동력이 자아내는 돌발적인 증상들이다. 이 동력은 동료 인간을 향한 도덕적인 적극성 또는 완전히 희한한 충동이라고밖엔 표현하기가 어렵다. 그에게 매우 열렬한 방식으로 흘러들어가거나, 아니면 그를 없애버리거나, 또는 내적인 창조력이 가득한 하나의 무리를 만들고자 하는 것이다. 이타심과 이기심은 이러한 도덕적 상상력을 표현하기 위한 가능성들로, 이제까지 사람들이 생각지 못한 많은 형태의 도덕적 상상력 중 일부일 뿐이다.

이와 마찬가지 맥락에서, 악은 선의 반대 개념, 또는 선이 부재한 상태가 아니다. 선과 악은 유사한 현상이다. 이제까지 사람들의 생각처럼 이들은 도덕에 있어 근본적이고 궁극적인 안티테제가 아니다. 심지어 이들은 도덕 이론에서 그다지 중요한 개념들조차 아니다. 다만 실질적이고 불순한, 요약된 개념일 뿐이다. 선과 악을 정반대의 개념으로 나눈 것은 모든 것을 이원론적으로 생각하던 초기 사상의 전통에서 비롯한다. 어쨌든 이러한 개념의 대립은 별로 과학적인 것이 아니다. 도덕에 있어 이 두 개념의 나눔이 중요하다는 착각을 일으키게 된 것은 다음의 이원론과 혼동했기 때문이다. 즉 반대oppose할 만한 것/지지support할 만한 것. 이 안티테제는 모든 문제에 적용될 수 있고, 도덕의 중요한 측면을 내포하고 있어, 이를 흐리게 하거나 모호하게 하는 이론은 어떤 의미에서든 좋은 이론이라 할 수 없다. (중략)

이제껏 선언된 모든 도덕적 제안 중 가장 이타적인 분위기에 속하는 건 "네 이웃을 사랑하라"나 "선을 행하라"는 말보다는 도덕적 덕목들을 배울 수 있다는 명제이다. 인간의 모든 이성적인 활동은 타인을 필요로 하고 공유된 경험의 교환을 통해서만 이루어질 수 있다. 그러나 도덕성morality 자체는 타인들과 떨어져 혼자 있을 때 비로소 생겨난다. 자기 자신 안에 갇혀 소통할 수 없는 이 상태에서 사람들은 선과 악이 필요하게 된다. 선과 악, 의무와 의무의 위반이라는 형태 속에서 개인은 자신과 세계 사이에 정서적 균형을 만들어가게 되는 것이다. 이런 형태들의 유형학을 정립하는 것도 매우 중요하지만 결국 이 (형태)들을 낳게 된 압박이나 이들이 처한 곤궁을 이해하는 것은 더더욱 중요하다. 인간의 행동은 우리가 영웅인지 성자인지 또는 범죄자인지를 표현하기 위한 말더듬이 언어일 뿐이다. 심지어 강간살해범조차, 그의 깊숙한 영혼 속 어딘가에는, 깊은 내면적 상처와 숨겨진 매력들로 가득차 있다. 어떤 연유에서인지 세상은 그를 아이처럼 학대했고, 그는 세상이 그에게 찾아준 것 이외의 다른 방식으로 자기 자신을 표현할 방법을 찾을 능력이 없었던 것이다. 범죄자들은 연약함과 세상에 대한 저항감을 모두 갖고 있다. 이는 강력한 도덕적 숙명을 띤 모든 사람들에게 마찬가지이다. 아무리 경멸할 만한 사람일지언정, 그런 사람들을 파멸시키기 전에 우리는 그 안의 무엇이 저항하고 있고, 또 무엇이 그의 연약함 때문에 타락했는가를 받아들이고 기억해야 한다. 드러나는 현상이 가지는 형태에 겁먹은 나머지 이에 손대기조차 꺼리는 성자 같은 사람들만큼 도덕성에 해를 끼치는 사람은 없다.

※로베르트 무질의 에세이집 『정확성과 영혼Precision and Soul』 중 「도덕의 열매」(1913)

에서 발췌하고, 번역한 글이다. 이 글머리에 실린 편집인 글은 이렇다. "무질은 이 글에서 니체의 『선악을 넘어서』의 맥락에서, 정서적 관계의 복잡성과 도덕적 삶의 고독한 현실에 부응할 수 있는, 윤리적 사고에 대해 논하고 있다."

내 종류의 여름

2006. 8

파이어 아일랜드는 뉴욕의 롱아일랜드를 따라 나 있는 섬이다. 길이는 50킬로나 되지만 폭은 평균 1킬로밖에 안 되는 좁고 긴 섬이다. 섬은 나무들과 풀들 사이에 지은 집들로 빼곡히 차 있고 집들은 보드워크로 연결되어 있

보드워크boardwalk란 해변이나 물가에 판자를 깔아 만든 길이다. 파이어 아일랜드의 길들은 모두 이런 보드워크이다.

다. 이곳엔 차도 자전거도 없고 유일한 교통수단은 걷는 것이다. 짐을 나를 때는 손수레를 사용할 수 있다고 한다. 선착장에 내려 해변까지 가기 위해 섬을 가로지를 때는 꿈을 꾸는 기분인데, 그건 너무 황홀해서라기보단 좁은 보드워크가 집들로 연결되는 모양이 뇌 속에 있다는 여러 개의 방들을 연상시키기 때문이다. 꿈속에서나 나타날 만한 기억들을 떠올리듯 이 집 저 집 기웃거리며 섬을 가로지르고 나면 끝없이 길고 아름다운 해변이 나타난다. 물은 거칠다. 대부분의 사람들은 해변에 누워 있고, 몇몇은 물속에서 오르락내리락 파도와 부딪히고 있다. 파도는 인간의 흔적을 남기지 않겠다는 심산으로 열심히 해변을 쓸어내린다. 해변에는 모래 외에 아무 편의 시설이 없다. 파라솔도, 비치 의자도 직접 준비해야 한다. 수영복은 해변 위에서 대충 갈아입는다. 어떤 보헤미안의 후예들은 옷을 벗고 그대로 누워 있고 어떤 여자들은 모노키니 차림이다. 옆에는 랭보를 닮은 홍안의 남자가 베를렌을 기다리는 포즈로 잠들어 있다. 나도 책을 읽다 엎드린 채로 잠이 들었다. 잠에서 깨니 어깨가 따갑고 머리카락이 소금기와 모래 칵테일에 절어 뻣뻣했다. 내 종류의 해변, 내 종류의 오후.

폭력성

2006. 8

이틀 연속 두 명의 낯선 사람을 만났다. 한 사람은 중년 여성인데, 뉴욕에서 가난한 사람들을 치료하는 병원에서 간호사로 일한다. 지하철에서 나오는

Luc Tuymans, *The Architect*, oil on canvas, 1997

그녀의 팔에는 새로 산 펜디의 스파이백이 육중하게 걸려 있었다. 백의 흰색이 지나치게 희다는 생각이 들었다. 다른 한 사람은 필라델피아에서 디자인을 공부하는 이십대 초반의 가난한 학생인데, 용돈을 벌기 위해 레스토랑에서 일한다. 신록처럼 순하게 빛나는 얼굴의 소유자인 그는 트러블을 원치 않는다고 했다. 그래서 누구의 말도 거역하지 않는다고.

뤽크 튀이만 Luc Tuymans○의 그림이다. 외형상 그림의 소재는 스키 타다가 넘어진 사람의

○**뤽크 튀이만**(1958~)
벨기에의 화가. 앤트워프에서 작업을 한다. 정치적이고 역사적인 이슈 등을 소재로 작업하는데 매우 평이해 보이는 이미지 뒤에 불길한 사건이나 감정이 깔려 있는 경우가 많다. 성글고 단순한 붓질과 파스텔톤의 색채로 그만의 독특한 스타일을 전개해 많은 젊은 작가들에게 영향을 주었다.

모습이다. 마스크를 쓰고 있는 것 같은 얼굴이 특이하다. 한데 이 그림의 제목은 '건축가'. 알프스에서 휴가를 즐기는 알베르트 스피어의 모습을 누군가 비디오로 찍은 것을 보고 그린 것이다. 알베르트 스피어는 나치의 건축가였다. 스피어는 언젠가, 홀로코스트를 지휘했던 SS친위대 대장 하인리히 히믈러에게 수용인들이 너무 많은 공간을 차지하고 있다고 불평한 적이 있었다고 한다.

폭력성은 갖가지 형태로 삶 속에 잠복해 있다가 나도 모르는 사이에 펀치를 먹이고 달아난다.

솔직함 2006. 8

뭐든 다 말하는 것이, 똥 싸고 오줌 싸고 방귀 뀌는 걸 다 말하는 것이, 솔직한 것만은 아니다. 자기 자신을 최대한 노출함으로써 솔직함에, 진정함에 다다르고자 한다면 그것은 핵심을 벗어난 일이 될 것이다. 일이 핵심에서 벗어나면 부패한다. 매 순간 치열하게 나 자신에게 솔직해지도록 노력함으로써 어디선가 그 솔직함이 그보다 위대한 형태로 다시 태어나게 하는 것. 그것이 솔직함의 의미이고 핵심이다.

기억을 보다

2006. 8

프릭 컬렉션The Frick Collection에 갈 때마다 보게 되는 그림들이 있다. 물론 새로운 그림을 보고 새로운 것을 발견하는 날도 있지만 내 머릿속에 있는 몇몇 그림들로 자꾸 돌아가게 된다. 그중에는 베르메르가 있고, 피에로 델라 프란체스카가 있고, 한 점의 부셰가 있고, 티치아노가 있고, 고야가 있고, 그리고 렘브란트Rembrandt Harmensz. van Rijn, 1606~1669가 있다. 렘브란트는 매우 훌륭한 화가지만 난 렘브란트를 그리 즐겨 보지는 않는다. 그런데 프릭에 걸린 〈말을 타고 가는 폴란드인The Polish Rider〉은 올 때마다 거의 빠지지 않고 보는 그림 중 하나다. 이 그림은 진짜 렘브란트가 그린 것이냐 하는 논란이 많았던데다가 렘브란트의 다른 그림들처럼 안정감 있는 구성을 보여주지도 않는다. 구성은 어딘가 어정쩡하고, 배경은 해질 무렵 눈을 똑바로 떠도 잘 보이지 않는 상태처럼 흐릿하고 어둑해서 볼 때마다 약간 답답함이 느껴지곤 한다. 말을 탄 사람이 누구냐에 대해서도 말들이 많다. 역사적인 인물이라는 설도 있고, 그냥 외국인을 묘사한 거라는 설도 있다.

프릭에 올 때마다 이 그림 앞으로 돌아오는 것은 나의 기억 때문이다. 그림을 처음 보았을 때의 어떤 감각인데, 잘 알 수 없다고 생각했던 것 같다. 렘브란트의 그림들은 봐도 봐도 깊이가 느껴지는 강력한 내면의 힘을 갖고 있는데, 이 그림은 좀 달랐다고 할까. 그렇다고 다비드의 나폴레옹처럼 영웅적이지도 않고, 도미에의 돈키호테처럼 희기적이지도 않다. 저녁나절 길을 가고 있는 어떤 사람으로 느껴졌던 것 같다. 이 그림을 다시 볼 때마다 기억에 의존하게 되는데, 첫 대면 당시의 감각으로 되돌아가려는, 그 감각을 회복하고자 하는 의도를 느끼는 것이다. 물론 봤던 그림이 새롭게 느껴질 때도 있고, 새로운 것이 보일 때도 있다. 하지만 처음 보는 그림이 아니라면 기억은 내가 보는 대상이 되기도 한다.

루소가 『고백록』에서 이런 말을 한 적이 있다. "나는 내 눈앞에 있는 것을 어떻게 보아야 할지 모른다. 나는 오직 회상 속에서 선명하게 보는데, 기억 속에서만 내 머리가 제대로 돌아간다." 현재는 항상 혼란스럽다. 그림을 처음 대할 때도 마찬가지다. 첫인상이 강렬할 때는 더욱 그렇다. 눈앞에 펼쳐지는 어떤 것, 색과 면과 구성과 놀라움의 요소들. 눈으로 보고 머릿속에 인지하기에 바쁘다. 그것이 하나의 경험으로 구체화되는 것은 그림 앞을 떠났을 때다. 그 경험은 세 시간 후 집에 돌아간 뒤 오기도 하고 이틀 후 다른 일을 할 때 엉뚱하게 찾아오기도 한다. 심지어 몇 년 후가 될 때도 있다. 루소는 회상할 때만 제대로 지각할 수 있다고 했는데 기억이란 말하자면 과거에 일어난 사실이 몸에 가라앉는 시간이고, 기억이 사실과 일치하리라는 건 장담할 수 없다. 루소는 『고백록』까지 썼지만 사실 따위는 전혀 중요하지 않았을지도 모르겠다. W. S. 디 피에로Di Piero는 『기억과 열정Memory & Enthusiasm』에서 예술가는 진실을 말하기 위해 과거라는 재료를 자유롭게 '윤내고, 새로 칠하고, 변형시키고, 재배열' 한다고 했다. 우리에게 기억은 맞고 틀리고 증명해야 할 대상이 아닌, 불가피한 변형을 거쳐 체화되고 만 어떤 진실이다.

이런 기억을 갖고 그림 앞에 선다. 기억이 끼어든다. 〈말을 타고 가는 폴란드인〉 앞에 서서 그림이 내 기억과 일치하지 않음에 혼란스러울 때도 있다. 얼굴이 더 하얘졌나, 말이 이 각도로 걷고 있었나 싶기도 하다. 하지만 여전한 게 있다. 내가 이 그림 앞에서 느끼는 어떤 미스터리. 어둑해질 무렵 시야가 가장 어두울 때 혼자 말을 타고 가는 이 사람. 누군지, 어디로 가는지 알 수 없다. 혼자 그렇게 말을 타고 가는데 외롭거나 비장한 표정이 아니다. 호기심에 차거나 기쁜 것 같지도 않다. 렘브란트의 자화상처럼 깊은 내면이 표현된 것 같지도 않다. 그저 어둑한 길을 말을 타고 가고 있다. 어쩌면 일종의 데자뷔일까. 내가 언젠가 한 번은 그랬던 적이 있는 것 같기도 하다.

시인의 산문

2006. 8

지금 교정을 보고 있는 **마크 스트랜드**Mark Strand○의 『빈방의 빛Hopper』은 에드워드 호퍼 작품에 대한 평론이기도 하지만 시인의 산문prose이기도 하다. 여기서 내가 말하는 산문이란 '운문'에 대치되는 광의의 개념이라기보다 수전 손택이 「시인이 쓴 산문」에서 지적한 것과 같은 협의의 개념이다. "산문은 비교적 최근에 생긴 개념이다. 수필이 예전에 수필이라 불리던 것처럼 읽히지 않을 때, 길고 짧은 허구의 이야기들이 예전에 장편소설과 단편소설이라 불리던 것처럼 읽히지 않을 때 우리는 이를 산문이라 한다."

○**마크 스트랜드**(1934~2014) 미국의 시인, 번역가, 산문가. 2014년 세상을 떠나기 전까지 시대를 대표하는 미국의 시인이었다. 1990년 미국의 계관 시인으로 위촉되었고, 1999년 그의 시집 『Blizzard of One』은 퓰리처상을 받았다. 언어의 정확한 구사와 초현실적인 이미지, 부재와 부정에 관한 시정으로 알려져 있다.

손택이 이런 얘기를 한 데는 이유가 있다. 전통적으로 운문에 비해 열등한 것으로 취급되던 산문이 거듭나는 것을, 특히 시인의 손에 의해 거듭나는 것을 목격한 것이다. 그러니까 시인이 쓴 글인데 기존의 수필이나 소설 등 어떤 장르에 부합하지 않는 경우를 말하는 것이다. 이러한 시인의 산문들은 시와 같은 '열정과 밀도와 속도와 내적인 근력'을 갖는다. 이런 맥락에서 스트랜드의 『빈방의 빛』은 평론이라기보다 그림을 소재로 한 시인의 산문이라 할 수 있다. 스트랜드는 『빈방의 빛』에서 시적 자아를 버리지 않을 뿐 아니라(그의 어둡고 부조리한 면이 그대로 살아 있다) 호퍼 그림에 힘입어 이를 확장시킨다.

문제는 스트랜드의 산문 언어가 오히려 그의 시보다 '조밀' 한 나머지 읽기는 물론, 번역은 더더욱 어렵다는 것이다. 그의 시어는 일상적이면서도 단순한 언어로 어둡고 부조리한 시상을 불러일으켜서 나에게 적잖은 인상을 남겼다. 반면 그의 산문이 내적으로는 그의 시정을 지녔지만 산문이 지녀야 할 우아함을 성취했느냐에 대해선 의문이다. 산문의 우아함에는 사고의 정교함과 형태의 경제성이 불가피한데, 스트랜드는 『빈방의 빛』에서 후자를 곧잘 희생시키고 있는 것이다. 거트루드 스타인이 그랬다. 시는 명사고 산문은 동사라고. 스트랜드의 산문에선 주어와 동사의 간결함보다는 어려운 명사들이 난무하고 있다. 보이기 싫어하는 그의 태도 때문일까. 산문에서조차 명백하게 '읽히고' 확연하게 '보이기'를 용납할 수 없었기 때문일까.

쓰도록 달콤한

2006. 8

식중독 때문에 이틀째 흰죽과 캐러멜로 버티고 있다. 하루종일 열이 나서 누워 있는데 뜬금없이 구반포 상가 미제가게에서 팔던 큼직한 캐러멜이 먹고 싶었다. 그게 흰죽 다음으로 깨끗한 음식처럼 느껴졌다. 캐러멜을 입에 물고 누워 보나르를 본다. 언젠가 내 친구가 심통 사납게도 보나르의 그림은 "디저트 후에 또 디저트를 먹는 것 같다"고 한 적이 있었다. 보나르의 책을 쓴 사라 휫필드는 이렇게 말한다. "그는 종종 '쾌락'의 화가라 묘사된다. 하지만 그는 쾌락의 화가가 아니다. 그는 쾌락의 비등점을, 그리고 그 사라짐을 그린 화가이다."

내게 보나르는 언제나 깊이를 알 수 없는 어둠의 화가였다. 라벤더와 오렌지 같은 환하고 화려한 컬러들을 그렇게 남용(?)하는 건 이 모든 빛을 흡수할 만한 어둠을 바탕에 깔지 않으면 할 수 없는 일이다. 아내인 마르트의 얼굴에 드리운 모든 그늘은 차치하더라도 그의 그림엔 산산이 부서지는 색 조각들을 다잡는 어둠의 징조가 있다. 물론 그 어둠은 '표현'이 아니다. '배어남' 일 뿐.

철학으로의 소풍

2006. 8

『빈방의 빛』 초교가 끝났다. 일단 책을 덮었지만 계속 맘에 남는 그림이 있다. '철학으로의 소풍'이란 제목의 작품이다. 이 그림은 사실 호퍼 그림 중 '별로'를 고르라면 뽑힐 만하다. 일단 제목부터 그렇다. '이른 일요일 아침' '도시의 빛' '아침 7시' 등 호퍼의 제목은 언제나 의뭉스럽다. 그런데 이 그림은 거창하게도 '철학으로의 소풍'이라니. 미심쩍었다. 게다가 그림 자체도 그랬다. 다른 호퍼에 비해 너무 개념적이랄까. 아랫도리를 드러낸 여자와 생각에 잠겨 있는 남자, 상자같이 생긴 침대, 성의 없이 그려진 엉덩이, 펼쳐진 책. 회화가 전달할 수 있는 감각보단 어떤 아이디어를 전달하려고 애쓴 느낌이다.

스트랜드의 생각도 같았다. 다른 그림들에 비해 그림의 의미와 서사가 주는 부담감이 커졌다면서 '한심할 정도로 환원적인 시각을 갖는 만화'처럼 되어버렸다고 아쉬워했다. 글을 읽으며 백번 동의했다. 그런데 왜 이 그림이 내내 마음에 남는 것일까.

호퍼는 '표현'에 대해 지독히 결벽증적인 사람이었다. 말없는 그를 남편으로 둔 그의 아내 조Jo는 혼자 말하다 지쳐 매일 일기를 썼는데, 아내의 일기마저도 그는 발레리의 말을 빌려 비아냥거릴 정도였다. 모든 고백은 타락한 것이라며. 그런데 오늘 그의 전기를 찾아 읽어보니 그가 이 그림을 그리고 나서(이 그림은 후기작에 속한다) 아마도 자기 생애의 최고작이 아닐까 생각했었다고 한다. 물론 그가 죽을 때까지 이 생각을 바꾸지 않았는지는 아무도 모른다. 그가 자신의 그림 중에 가장 표현적인 속성이 강한 이 그림을 좋아했던 이유는 무얼까.

가장 좋아하는 그림은 아니지만 그럼에도 마음이 끌리는 부분이 있다. 햇빛에 살짝 들여놓아 반만 노랗게 물든 남자의 왼발이다. 호퍼 자신과 조에 의하면 펼쳐진 책은 플라톤이다. 남자는 뒤늦게 플라톤을 다시 읽고 있다고 했다. 호퍼야말로 뒤늦게 플라톤의 이원론에 집착하고 있는 것일까. 창밖으로 열린 가지런한 풍경은 이데아의 세계이고 그는 여자가 벗고 누워 있는 감각의 세계에 앉아 있다는 얘기처럼 보인다. 그는 이데아의 세계가 드리운 햇빛에 발을 들여놓고 있는 듯하다. 그런데 발은 왠지 바닥에 찰싹 붙어 빛에 묶여 있는 것만 같다. 감각을 상징하는 벌거벗은 여자는 그에게서 등을 돌리고 있고, 이데아를 상징하는 햇빛에 들여놓은 발은 꼼짝할 수 없다. 스트랜드는 〈휴게소Automat〉란 그림에서 여자가 '림보limbo 천국과 지옥 사이, 이도 저도 아닌 세상'에 있는 것 같다고 했다. 호퍼는 새삼스레 또는 '뒤늦게' 인간들이 나누어놓은 이원적인 세상 사이에 갇혀 있는 느낌을 알리고 싶었던 것일까. 그래서 이 그림을 그리고 나서 후련했던 것일까.

평소에 말을 않던 사람이 말을 하면 귀기울이게 되는 것처럼 포커페이스를 유지하던 호퍼가 갑자기 이 그림에서 인상을 쓰고 있는 것 같아 마음이 쓰이나보다.

정면

2006. 9

오늘도 위험한 짓을 했다. 아무에게도 어디로 가는지를 말하지 않고 돌아다닌 것.

첼시에서 괜찮은 사진 작품들을 보았다. 사진작가 렌 프린스와 아티스트 샐리 만의 딸 제시 만이 함께 작업한 사진이 특히 인상적이었다. 로베르 브

Jessie Mann, *Untitled*, gelatin silver print, 2006

레송 감독의 〈부드러운 여자A Gentle Woman〉에서 여자가 자살하는 장면이 생각났다. 아파트에서 뛰어내렸는데 얼굴을 정면으로 한 채 땅에 떨어졌었다. 아무리 죽고 싶어 죽는 상황이라지만 바닥에 떨어지는 순간엔 반사적으로 얼굴을 돌릴 텐데. 하긴 떨어지며 기절했을 수도 있겠다. 어쨌거나 내 눈에는 자기 모욕적(또는 충족적) 자살 판타지의 재현으로 보인다. 사진에서

여자가 구석에 얼굴을 묻고 있는 모습은 자살처럼 폭력적인 절박함을 전달한다. 하지만 천장에서 갈라져 뻗어나가는 두 개의 선을 보면 여자가 뭔가 속삭이고 있을 거란 생각도 든다.

닮음 **2006. 10**

지금 첼시 잭 포이어Zach Feuer Gallery 갤러리에서 전시중인 안톤 헤닝Anton Henning, 1964~의 그림이다. 그림은 카스파르 다비드 프리드리히의 장엄한 풍경을 연상하게도 하고 마그리트의 초현실주의적인 위트도 떠오르게 한다. 바다는 왠지 북유럽의 차가운 온도를 전하고 그 속에 나무처럼, 또는 사람처럼 서 있는 형태는 로이 리히텐슈타인의 조각을 닮기도 했다.

Anton Henning, *Untitled*, oil on canvas, 2006

그런데 이렇게 잡다하게 닮았으면서도 아무것도 닮지 않았다. 그러면서 또 곰곰이 들여다보면 외롭고 허무하고 우스꽝스럽고 비어 있고 지나치게 진지하고도 별 볼 일 없는 게 나를 닮은 것 같기도 하다. 그렇게 생각하니 좀 감동이다.

Life and Death **2006. 10**

뉴욕은 이래서 위대하다. 내가 로버트 크릴리Robert Creely, 1926~2005 같은 시인과 인사를 나눌 수 있었다니. 그가 뉴욕 공립도서관에서 화가들과의 합작품을 전시할 때였다. R. B. 키타이, 게오르그 바젤리츠, 알렉스 카츠, 수잔 로텐버그, 프란체스코 클레멘테. 크릴리는 평생 미술가들과 합작을 해왔고 그 합작품들이 전시되고 있었다. 작품도 작품이었지만 나는 크릴리를 보았다. 그는 사람들에 둘러싸여 벽에 몸을 비스듬히 기대고 서 있었다. 왼쪽 눈을 찡그리고(그는 어릴 때 왼쪽 눈을 잃었다) 부드럽게 말하던 그에게서 죽음의 그림자는 보이지 않았는데. 하긴 그게 벌써 7~8년 전이다. 그는 작년에 세상을 떠났다.

크릴리는 흔히 블랙마운틴 시인이라고 불리는데 그가 블랙마운틴 칼리지Black Mountain College에 몸담았던 적이 있기 때문이다. 블랙마운틴 칼리지는 1950~1960년대 미국 아방가르드의 형성에 큰 영향을 미친 일종의 대안학교로, 유럽의 바우하우스와 미국의 철학자 존 듀이의 합작품이다. 1933년부터

1957년까지 20년 좀 넘게 운영됐고, 이 학교를 거쳐간 학생의 숫자는 1200명 정도지만, 요제프 알베르스가 학교를 맡았고, 월터 그로피우스, 라이오넬 파이닝어, 아메데 오장팡 등이 수업을 했고, 존 케이지, 머스 커닝엄, 로버트 라우센버그 같은 사람들이 거쳐갔다. 알베르스가 떠난 후 시인 찰스 올슨이 뒤를 이었는데, 하버드에 다니던 젊은 로버트 크릴리가 이곳으로 불려와

『블랙마운틴 리뷰』의 편집을 맡았다(그가 여기서 쓴 글이 내가 나중에 읽은 「프란츠 클라인에 대한 노트」였다). 벅민스터 풀러가 최초로 돔의 제작을 시도한 곳도, 존 케이지가 퍼포먼스를 처음 선보인 곳도, 커닝엄의 댄스 컴퍼니가 세워진 곳도 여기였다. 크릴리는 이곳을 떠난 후 샌프란시스코로 건너가 앨런 긴즈버그와 잭 케루악 등 비트와 만났고, 또 블랙마운틴에서 생긴 인연으로 뉴욕의 시다Cedar 바에서 잭슨 폴록, 프란츠 클라인, 드 쿠닝 등과 교류했다.

미국에서 현대시는 화가들에 의해 시작되었다고 말할 정도로 시인들과 화가들의 교류가 밀접했다. 시인들은 화가들이 재료를 직접 다루고, 몸을 움직이고, 내재적인 리듬을 갖는다는 사실을 부러워했다. 크릴리는 에즈라 파운드와 윌리엄 카를로스 윌리엄스의 계보를 잇는다고 일컬어지는데 에즈라 파운드가 "'사물'을 직접 다룬다direct treatment of the 'thing'"는 원칙을 외쳤고, 윌리엄스가 "개념이 아니라 사물no idea but in things"이라고 말한 것도 이런 맥락이다. 크릴리 역시 "형태는 내용의 확장 그 이상도 이하도 아니다"라며 잭슨 폴록에게서 예술이란 "재료가 가진 고유한 에너지를 끌어낼 수" 있어야 한다는 걸 배웠다고 말했다. 직접성, 자발성, 내재적 리듬, 재료의 중시는 시, 회화, 음악, 무용 등 미국 아방가르드 예술의 정체성을 이루는 커다란 맥이고, 이 맥락을 알게 되면 이 모두를 사랑하지 않을 수 없다.

얼마 전 서점을 지나다 갖고 있지 않던 크릴리의 시집 『Life and Death』를 샀다. 작업실에 갖다놓고 한 구절씩 읽는다. 제목대로 삶과 죽음, 노화에 관한 시들이다. 크릴리가 살았고, 늙었고, 한순간 그가 내 망막 위에 맺혔고, 이제 그는 죽었다. 남겨진 나는 그의 솔직한 언어들에 여전히 흠칫흠칫 놀란다.

코끼리 드레스

2006. 10

크로스비 스트리트에 거의 아무도 모르는 옷가게가 있다. 옷가게 주인의 안목은 훌륭하나, 시대가 요구하는 약삭빠름은 결여된 듯하다. 그래서 요즘은 더욱 장사가 안 된다. 작년에 그곳에서 세일할 때 커다란 드레스를 발견했다. 비비안 웨스트우드 디자인으로 큰 티셔츠 모양이다. 미국 사람들은 티셔츠를 매우 사랑하므로 이 드레스를 입을 때마다 칭찬을 듣는다. 이 드레스를 발견했을 때 깜짝 놀랐다. 그 위에 너무나 큰 코끼리가 그려져 있었으므로. 게다가 옆에 아기 코끼리까지. 영어에 '방안의 코끼리elephant in the room'라는 표현이 있다. 너무 명백한 사실이나 진실을 사람들이 못 본 척하거나 무시할 때 쓰는 말이다. 나는 우울해질 때 코끼리를 떠올리곤 했었다. 코끼리같이 짙은 회색의 커다란 동물이 방안을 가득 채운 것 같은 느낌이 들었기에.

이 티셔츠를 발견한 전후로 특히 코끼리에 대한 생각을 많이 했다. 누군가 코끼리 꿈을 꾸었다고도 했다. 여행을 갈 때도 이 드레스를 챙겨 갔다. 티셔츠와 청바지보다 입는 것도 간편했다. 지우기 힘든, 내 머릿속 너무나 명백한 사실들, 기억들이 있다. 내가 아무리 변명하고 변형하고 지우려 해도 그곳에 그렇게 남아 있다. 놀랍도록 선명하게 방안을 채우며, 커다랗고 잔인하게.

헬무트 랭

2006. 11

오늘 뉴욕타임스에는 '헬무트 이후'라는 제목의 기사가 났다. 1990년대 초 미니멀리즘을 대표하던 브랜드 헬무트 랭이 디자이너 헬무트 랭Helmut Lang,

1956~ 없이 계속하게 되었다는 내용이었다. 작년 헬무트 랭이 프라다 그룹이 소유하고 있는 그의 이름의 브랜드를 떠난다는 기사를 읽었던 것이 기억났다. 무척 마음이 아팠었다.

얼마 전 패션계에 종사하고 있는 선배에게 "요즘 패션의 키워드가 뭐죠?"라고 물었더니 그는 한마디로 잘라 발렌시아가라고 했다. 미니멀리즘과 구조로의 복귀라는 말이다. 지난 3~4년간 시에나 밀러나 린지 로한으로 대표되는 소위 '보호 시크boho chic 보헤미안하면서 고급스런 룩'가 대유행이었다. 자연히 장식이 없고 컷이 강조된 미니멀한 룩을 정체로 한 브랜드들이 고전했었다. 그중의 하나가 헬무트 랭이었고, 그의 브랜드도, 디자이너 개인도 철저하리만치 몰락했다. 작년 1월 그가 떠난 이후 프라다 그룹은 헬무트 랭을 Theory를 소유하고 있는 일본 회사 Link Theory Holdings에게 팔았다. Theory의 설립자이자 현재 Theory의 미국측 사업을 맡고 있는 앤드루 로젠은 브랜드 인수 직후 헬무트 랭에게 브랜드로 복귀할 의사를 타진했으나 랭은 조심스레 거절했다고 한다. 자세한 연유는 알 수 없으나 파티나 사교석상에는 좀처럼 얼굴을 드러내지 않고 예술을 좋아한다는 그의 취향으로 미루어 모종의 타협을 거부한 건 아닐까 하는 생각이 든다(새로 선보이는 헬무트 랭은 디자이너 라인이 아니라 중가 라인이다).

헬무트 랭은 죽고 나면 패션 교과서에 남을 이름이다. 무엇보다 그는 이제 하나의 아이템으로 자리잡은 프리미엄 청바지와 티셔츠의 선구자가 아닌가. 하지만 지금은 몰락한 디자이너일 뿐이다. 브랜드를 책임지는 패션 디자이너의 몰락은 어떤 예술가들의 그것보다 끔찍할 거란 생각이 든다. 소비에 전적으로 의존하는 것이 패션이고 소비자 없는 디자이너란 있을 수 없지 않은가. 그래서 그런지 헬무트 랭에겐 더 큰 연민이 느껴진다. 그는 심플한 구조를 벗어나지 않으면서 몸의 섹시함을 살려주는 옷을 만들었다. 생각해보면 내가 뉴욕 와서 처음 산 디자이너 옷이 그의 톱top이 아니었던가 싶다. 세일가였는데도 톱치곤 비쌌지만 그냥 살 수밖에 없었다. 너무 많이 입은 나머지 닳고 닳아 얼마 전 그 톱을 폐기처분했는데 다시는 그의 손길이 간 옷을 입을 수 없다니 마음이 아프다.

들어올림

2006. 11

우리가 하는 모든 일이란 궁극적으로 인간 존재의 '들어올림'을 위한 것이다. 그것이 일이 됐건, 사랑이 됐건, 공부가 됐건. 그 노력이 때로 코믹하거나 비극적인 결과를 초래한다 할지라도 궁극은 그렇다는 것이다.

'걷기' 위하여

2006. 11

오후에 NYU 근처에 있는 치과에 갔다가 집으로 곧장 돌아가지 않고 유니언스퀘어까지 걸었다. 가을 옷을 입기에 좋은 날씨, 걷기에 좋은 쾌적한 날씨였다. 공원을 한 바퀴 돌고 반스앤노블에 들렀다가 책을 몇 권 사 왔다.

사 온 책을 뒤적이다 'saunter' 라는 단어를 만났다. '어슬렁거리며 걷다, 한가로이 걷다' 라는 뜻이다. 헨리 데이비드 소로Henry David Thoreau, 1817~1862에 의하면 이 단어는 중세에 전국을 한가로이 돌아다니며 적선을 구하던 사람들에게서 왔다고 한다. 이 사람들은 'a la Sainte Terre', 즉 성스러운 땅으로 가고 있는 척했고, 아이들은 이런 사람들이 오면 "Sainte-Terrer가 지나간다" 외쳤다 한다. 이 말이 Saunterer가 되었다는 것이다. 또하나의 이론은 Sans Terre, 즉 땅 또는 집이 없다는 말에서 왔다는 것. 특정한 집 없이 어디나 집인 사람들을 일컫는 말이다. 소로는 첫번째 어원이 더 마음에 든다고 했지만 난 둘 다 멋진 것 같다. 둘은 대조적인 뉘앙스를 갖지만 결국 비슷한 말이 아닌가. 소로는 아무리 짧은 산책이라도 다시 돌아오지 않겠다는 모험심을 갖고 시작해야 한다고 말한다. "만약 부모와 형제와 아내와 자식과 친구 들을 떠날 준비가 되어 있다면, 그리고 그들을 다시 보지 않을 생각이라면, 만약 빚을 다 갚았고 유언을 썼고 온갖 일들을 다 처리했다면, 당신은 자유로운 인간이다. 당신은 비로소 걸을 준비가 된 것이다."

산책이 이런 깊이를 가질 수 있다니. 걷기와 자유와 죽음이 겹쳐짐을 느낀다. 나는 산책을 나서며 이렇게 엄청난 생각을 가져본 적은 없지만, 실제로 목적지 없이, 아무 생각 없이 산책을 나갈 때는 그게 익숙한 지역이라도 언제나 미묘한 두려움과 흥분감이 있다. 혹시 잘 모르는 길로 들어설지 모른다는, 위험한 사람이 나타날지도 모른다는, 언젠가 사랑했던 사람을 우연히 마주칠지도 모른다는. 소로의 말대로 산책하러 집을 나설 때마다 다시는 집에 돌아오지 않겠다는 상상만이라도 한다면…… 벌써 기분이 이상하다.

큐비즘 읽기

2006. 11

거트루드 스타인 Gertrude Stein, 1874~1946°의 『피카소Picasso』를 다시 들춰본다. 파리에 있던 그녀는 다른 유럽 사람들을 제쳐두고 피카소와 그녀가 20세기의 '혁신'을 주도했다고 생각했는데, 그 이유는 피카소가 스페인 사람이고 자신은 미국인이기 때문이었다고 한다. 다른 유럽인들이 여전히 19세기에 젖어 있을 때 스페인은 그 정도의 체계마저 결여되어 있었고, 미국은 체계가 앞서갔기에 혁신이 가능했다면서. 그녀가 큐비즘에 대해 정리한 부분은 연필로 표시해놓았다. 큐비즘이란 것이 생겨난 세 가지 이유. 첫째, 구성이 달라졌다. 삶의 방식이 달라지며 구성이 확장되어 모든 것이 비슷하게 중요해졌다. 둘째, 눈이 보는 방식을 더이상 믿지 않게 되었다. 셋째, 삶의 프레임이 달라지고 그림의 프레임도 달라졌다. 그림은 더이상 프레임 속에 머물고 싶어하지 않는다.

스타인은 시대가 달라져도 사람들은 크게 변하지 않는다고 했다. 욕망이나 가치관, 능

°**거트루드 스타인**(1874~1946)
미국의 소설가, 시인, 예술 후원자. 펜실베이니아 주에서 태어나 유년시절을 비엔나와 파리에서 보냈다. 다시 미국으로 돌아와 하버드, 레드클리프에서 심리학을, 존스 홉킨스 대학에서 의학을 공부했다. 이후 파리로 건너가 30년 이상 그곳에서 살았다. 동생 레오, 파트너인 앨리스 B 토클라스와 함께 살았던 그녀의 파리 아파트는 20세기 초반 중요한 작가와 화가들이 모이는 중요한 살롱이었다. 마티스, 세잔, 고갱, 피카소 등의 작품을 수집했고 후원했으며 그녀 자신도 서사와 문법에 파격을 준, 모더니스트 스타일의 선구자가 되었다.

력 등은 비슷하다고. 달라지는 것은 주변이라고. 거리가 달라지고 건물이 달라지고 집이 달라지는데 아티스트들은 이러한 변화에 민감한 사람들이고, 이들이 그 시대의 구성을 반영한다고. 큐비즘도 그런 구성을 반영한 결과라는 것이다. 그녀가 염두에 두었는지 모르겠지만 큐비즘은 현상학적 사고의 반영이고, 의뭉스런 그녀의 글에서도 그러한 암시가 있다. 하나의 시점을 전제로 한 원근법이 무너지고 다양한 각도에서 관찰한 모습이 화면에 재현된 것이 큐비즘이기에. 큐비즘이 획기적인 이유는 시간성을 화면에 들여놓았기 때문인데, 큐비즘 화면에 악기가 등장하고 음악이 암시되는 것은 우연이 아니다.

이방인

2006. 11

얼마 전 읽은 말이다. "자신의 고향을 아름답다고 생각하는 사람은 아직 미숙한 초보자이다. 모든 땅을 자신의 고향으로 생각하는 사람은 이미 강인한 자이다. 그러나 전 세계를 타향으로 볼 수 있는 사람은 완벽한 자이다."

아무래도 내가 모국을 떠나 살다보니 이런 문구에 예민한 것 같다. 언젠가 "사람은 아무데서나 잘 잘 수 있어야 한다"라는 조언을 들은 적이 있다. 잠자리가 바뀌면 잠을 잘 못 자는 나에게 누군가 해준 말이다. 이 말은 당시 나에게 충격이었다. 새로운 세상이 열린 기분이었다. 어디서나 제 집처럼 편안할 수 있어야 한다는 말. 물론 아직도 잠자리가 바뀌면 잠이 잘 안 오지만 세상을 향한 나의 태도에 변화를 가져오기는 했다. 더욱 와일드하고 더욱 넓어지라는 말이었다. 강인하고 완벽하고를 떠나서 내가 뉴욕을 타향이라 생각하고 있는지, 고향이라 생각하고 있는지 궁금했다. 뉴욕은 나에게 어떤 곳일까. 어느 쪽이라 말하기 쉽지 않음을 느낀다. 나는 뉴욕에서 미학적으로 훨씬 만족하고 있고, 그 이유 때문에 어쩌면 나는 고향보다 뉴욕에 더 끈끈한 감정을 갖게 되었는지도 모른다. 붕 뜬 이방인 신세인 것도 그리 싫지만은 않다. 하지만 내가 여기서 어린 시절을 보내지 않았다는 사실이 상처가 될 때가 있다. 그건 아마도 말과 관련된 이유일 것이다. 경험하지 않은 것에 대한 상실감.

유명하기 때문에 유명한 2006. 12

요즘 바니스 뉴욕에 가보면 앤디 워홀로 거의 도배가 돼 있다. 홀리데이 시즌 광고 테마를 앤디 워홀로 잡은 것이다. 백화점 구석구석 앤디 워홀의 드로잉과 함께 그의 잠언들이 붙어 있다. 앤디 워홀이 이 미친 소비 시즌 한가운데 서 있는 이유는 그의 주가가 요즘 상승세라는 이유도 있지만, 그가 무척이나 '소비적'인 인물이었기 때문이다. 그는 가장 생산적인 예술가였지만 또한 소비적이고 소모적인 사람이었다. 그런 그가 가장 크게 소모한 것은 다름 아닌 사람들이었다. 팩토리워홀의 작업실 이름에 모여든 사람들. 앤디 워홀은 일종의 새디스틱한 관음자였고, 그런 성향에는 마조히스틱한 노출자들이 필요했다. 마조히스틱한 노출자들은 그 파괴적인 생활 속에서 오래 가지 못했다. 하나둘씩 앤디 워홀의 식욕 속에 소모되어간 것이다.

그중 하나가 에디 세즈윅Edie Sedgwick, 1943~1971이다. 12월, 시에나 밀러가 주연을 맡은 에디 세즈윅의 영화 〈팩토리 걸Factory Girl〉이 개봉된다고 한다. 개봉되기도 전에 이렇게 미리 관심을 모은 영화도 드물다. 지난여름부터 에디의 룩이 유행하더니, 요즘은 영화 개봉과 때를 맞추어 에디를 소재로 한 책들이 속속 출판되고 있다. 에디 세즈윅은 앤디뿐 아니라 대중의 관음/소모적인 속성에 부응하고도 남는다. 귀족적이나 정신 병력이 있는 집안 배경, 매력적인 외모, 와일드한 행동, 흥미로운 사생활, 비극적인 죽음에 이르기까지. 에디 세즈윅은 모든 것을 갖추었지만 이렇다 할 성취는 이루어내지 못한 인물이다. 모델로서도 배우로서도. 그런 그녀가 죽은 지 30년도 더 지난 지금에 와서 패션 아이콘이 되고 있는 이유는 무엇일까.

에디는 요즘의 패션 아이콘들처럼 스타일리스트가 있는 것도 아니었고, 언제나 완벽한 모습으로 존재하지도 않았다. 얼굴은 창백하고 구두는 구겨져 있다. 하지만 리퀴드 아이라이너를 검게 칠한 눈, 보이시한 헤어스타일, 커다란 귀고리, 극도로 짧은 치마, 검은 스타킹, 길고 가는 다리, 손가락 사이에 들려 있는 담배…… 이러한 이미지는 패션사에 길이 남을 그녀만의 룩이다. 그녀가 패션 아이콘이 된 데는 '유명세' 도 한몫을 했다. 그녀는 유명하기 때문에 유명했다. 에디를 보자마자 매혹당한 앤디는 그녀를 영화에 출연시키고(다른 팩토리 인물들처럼) 그녀를 어디나 데리고 다녔다. 당시의 파티는 앤디와 에디가 함께 나타나면 성공한 것으로 간주됐다고 한다. 앤디와 사이가 멀어지면서 에디는 첼시 호텔에 살기 시작했고, 역시 그곳에 살던 밥 딜런과 가까워진다. 그의 앨범 〈Blonde on Blonde〉의 〈Just like a

Woman〉의 소재가 에디라는 건 알 만한 사람은 다 아는 사실이다. 이후 자신의 삶을 다룬 영화 〈차오 맨해튼Ciao Manhattan〉을 찍었고 결혼도 했지만 결국 에디는 팩토리 시절부터 시작된 약물 중독에서 헤어나지 못했고, 약물 남용으로 스물여덟의 나이에 세상을 떠난다. 독특한 룩, 유명세, 비극의 그림자라는 삼박자가 요즘의 '에디 세즈윅 트렌드'를 설명해줄 수 있을까.

패션 아이콘인 패리스 힐튼(힐튼가의 상속녀)이나 니콜 리치(라이어넬 리치의 딸), 시에나 밀러(주드 로의 애인) 등도 유명하기 때문에 유명한 사람들이다. 화려하지만 텅 비어 있는 사람들. 이 텅 비어 있음에 열광하게 되는 무언가가 있는 것일까? 어쩌면 이들은 '패션'을 닮아 있다. 화려하고 매력적이나 아무리 소비하고 또 소비해도 채워질 수 없는 그 무엇. 앤디 워홀의 그림값이 오른 것처럼 패션도 그 어느 때보다 상종가를 치고 있다. 패션 자체가 '유명인'인 것이다. 어쩜 이 모든 문화의 시작이 에디 세즈윅이 아니

었을까? 좋은 집안, 유명한 애인, 거식증, 소비 성향, 약물 중독…… '유명인'의 필수 요소들이다. 대중의 관음증을 잔인한 수준까지 몰고 가는 유명인celebrity 문화의 시작은 에디 세즈윅이었고, 우린 새삼스레 그녀를 추모하고 있는 건 아닌가 말이다.

세 번 멈추다

2006. 12

약속 시간까지 조금 남아 그랜드센트럴 역에 들르기로 했다. 크리스마스 쇼핑을 나도 최소한 해야 할 듯하여. 그랜드센트럴 마켓은 내가 뉴욕에서 쇼핑하기 좋아하는 곳 중 하나다. 길쭉한 형태가 재래식 시장을 연상시키는데다 맛있는 커피와 치즈, 과일, 꽃 등을 살 수 있는 곳이다. 아침까지도 기분이 저조했다. 계절병에 더하여 크리스마스 우울증이랄까. 어딜 가나 들리는 캐럴 소리가 한 해가 또 다 갔다는 것을 알리고, 사람들은 스트레스에 가득 차 쇼핑을 해대고, 차는 더 심하게 막히고, 남들처럼 갈 집도 없으니 별로 기분 좋을 일이 없다. 그런데 오늘 그랜드센트럴 역에 들어서는 순간 기분이 달라졌다.

역사 벽에는 온통 칼레이도스코프 이미지가 돌아가고 있었고, 천장에는 눈송이들이 왈츠에 맞추어 춤을 추고 있었다. 따라란, 따라란, 따라란…… 빙빙 도는 칼레이도스코프의 이미지들은 뉴욕의 노란 택시들이 줄줄이 늘어선 모습, 크라이슬러 빌딩, 그랜드센트럴 역사 등 눈에 익은 모습이었지만 거대한 역사의 벽에서 새로운 형태로 피어나고 있었다. 일상의 기차역이 갑자기 무도장이 된 듯, 온 공간이 화려함과 그에 걸맞은 기대감으로 술렁이고 있었다. 우리가 기대할 수 있는 최대의 것, 크리스마스. **올라퓌르 엘리아손**Olafur Eliasson ○이 했다는 루이뷔통의 쇼윈도를 보러 갈 작정을 하고 있던 터였다. 약속 장소에 가기 전 두번째 멈춤이다. 마크 제이콥스가 디자인한 루이뷔통의 커다란 반지를 연상시키는 이 작품의 제목은 〈Eye See You〉. 나는 눈 속의 뉴욕을 보는데 뉴욕은 나에게 시선을 되돌려줄 것인가.

세번째 멈춘 곳은 수잔 시핸 갤러리Susan Sheehan Gallery였다. 올라퓌르의 작품 속에 비친 뉴욕이 그 전조였다는 듯, 리처드 에스테스Richard Estes, 1932~가 뉴욕을 그린 전시가 걸려 있었다. 리처드 에스테스는 포토리얼리즘의 대가이다. '닮음likeness'에는 언제나 사람의 눈을 다 잡는 파워가 있다. '아름다움은 복제를 낳는다'라는 말에서 추측할 수 있듯, 인간에겐 아름다운 것을 복제하려는 본능이 내재되어 있다(웅시도 복제라는 설이 있다). 따라서 뭔가 아름다운 것이 복제된 것을 보았을 때 그 욕

○**올라퓌르 엘리아손**(1967~)
덴마크와 아일랜드에서 자라 덴마크 로열 아카데미에서 미술을 공부했다. 조각, 회화, 영상, 설치 등 다양한 매체를 아우르고, 물과 대기와 빛 등을 이용한, 관객의 물리적인 지각과 감각적인 경험을 목표로 한 작업으로 널리 알려졌다. 미술 자체의 이슈를 다루는 동시에 사회 전반의 문제들을 조명하는 데 관심을 갖고 있다. 2003년 베니스 비엔날레에서 덴마크 대표 작가로 선정되었고, 이후 전 세계 주요 미술관에서 전시했으며 여러 공공 미술 프로젝트를 진행해왔다. 1995년 베를린으로 건너가 '스튜디오 올라퓌르 엘리아손'을 설립했고, 현재 베를린과 코펜하겐에서 살며 작업중이다.

망의 정도와 비례한 만족감 또한 따라온다. 하지만 그가 그린 도시는 아름다운가? 그가 그린 도시는 우리가 사는 도시의 복제인가? 왜 이리 비현실적으로 느껴질까? 그의 그림은 지나치게 또렷하고, 움직임이 없고, 게다가 크리스마스의 뉴욕은 붐비기만 하는데 그의 그림 속엔 인적이 없다.

겁쟁이 사자 재스퍼 존스

2006. 12

작년 이맘때쯤 『보그』에 '오즈의 마법사'를 테마로 한 에디토리얼이 실렸다. 애니 레보비츠Annie Leibovitz, 1949~가 사진을 찍고 잘나가는 아티스트들이 '오즈의 마법사'의 배역을 맡았다. 그때 **재스퍼 존스**Jasper Johns°가 겁쟁이 사자로 등장해서 깜짝 놀랐었다. 일단 그가 『보그』에 나온 것도 놀라웠고, 배역도 의외였다. 심각한 그의 이미지와는 너무 달랐으니까. 생각해보면 나는 재스퍼 존스와 이상한 관계다. 그가 미술사에서 큰 자리를 차지하는 주요 작가임에도 불구하고 난 그의 작품에 그다지 애정을 느껴본 적이 없다. 예를 들어 한때 그의 '절친한 친구' 였던 라우센버그의 작

°**재스퍼 존스**(1930~)
미국의 아티스트로, 로버트 라우션버그와 함께 추상표현주의 이후 팝아트의 등장에 큰 역할을 한 작가로 평가받는다. 미국 국기, 지도, 과녁 등과 같은 일상생활 속의 평평한 이미지들을 그려 큰 주목을 받았다.

품 앞에선, 음―아―를 반복하며 가슴 찡하게 감상하곤 하는데 존스와는 그런 기억이 없는 것이다. 그의 작품엔 사람을 달뜨게 하는 힘찬 다이내믹이나 유머도 없고, 그렇다고 아스라한 가벼움이나 평이한 요소도 없다. 어느 작품에나 중대한 개념과 테두리를 벗어나지 않는 손놀림이 느껴진다. 심각하고 헤비하다. 말하자면 존스의 작품은 체온이 느껴지는 사람보단 개념적인 왁스 인형을 보고 있는 느낌이랄까. 이게 그의 스승뻘인 뒤샹이나 그의 애인이자 친구였던 라우센버그와의 차이점이다. 그런데도 난 그의 작품에 대한 논문이나 책은 사두는 편이다. 물론 대충 보고 처박아두기 일쑤지만.

이번 주 『뉴요커』에 재스퍼 존스 인터뷰 기사가 나왔다. 얼마 전 그의 빗살무늬 모티프가 뭉크의 페인팅에서 왔다고 해서 잠시 그에 대한 생각을 했었고, 또 휘트니에 키키 스미스 전시를 보러 갔다 우연히 그의 그림들을 보

기도 했다. 평소 나의 '이상한' 관심에 이런 워밍업까지 더했으니 난 맛있는 치즈케이크라도 발견한 듯, 한 입 한 입 아껴가며 기사를 읽었다. 기사에선 은둔 성향이 짙은 존스가 『보그』에 나타나기로 한 건 수전 손택과의 친분 때문이었을 거라 추측했다. 손택의 파트너였던 애니 레보비츠가 사진을 찍었으니까. 손택은 일기에 그가 좋다고 썼었다. "재스퍼는 나에게 도움이 된다. 그는 크레이지하게 사는 걸 자연스럽고+좋고+옳은 것으로 느끼게 만드는 사람이다." 손택과 그의 친분을 아는지 모르는지, 『보그』의 모습을 본 일부 아티스트들은 "부와 유명세와 패션에 작품을 정복당하지 않고 어떻게 사는가를 보여주는 예외적인 예술가"인 그가 어떻게 그랬냐며 흥분하기도 했다고 한다.

똑똑한 필자는 결국 나의 가려운 곳을 긁어주었다. 언젠가 존 케이지가 그의 작품에 대해 '가볍기보단 무겁다'고(존 케이지도 같은 생각을!) 지적한 것에 대해 어찌 생각하느냐고 물었던 것이다. 그는 이렇게 답한다. "그가 그렇게 말한 뜻이 정확히 뭔지는 모르겠지만, 맞는 말이라 생각해요. 내 작품에는 일종의 망설임 같은 게 있어요. 그게 작품을 가볍기보단 무겁게 만들어요. 우아하게 앞으로 나가지지 않는 거예요." 필자는 또 존스에게 요즘 들어 작품에 어떤 변화가 느껴지느냐고 물었다. 그는 그리 급하게 표현할 건 별로 없다고 한 뒤 한참 침묵하다 이렇게 말했다. "내게 있어 작업이란 언제나 불안감을 포함한 거예요. 불안감과 망설임과 권태가 있어요. 난 뭘 하기 전에 오래 생각할 때가 많아요. 소용없는 일이란 걸 잘 알면서 말이죠. 실제로 일을 하면 앉아서 생각하는 것보다 훨씬 빨리 해답을 얻죠. 근데 난 그게 잘 안 돼요. 그냥 앉아서 망설이는 거죠." 그의 말을 듣고 보니 그가 겁쟁이 사자가 된 게 정말 어울리는 일인가 하는 생각이 들었다. 그러면서 왠지 흐뭇했다. 이런 미술계의 걸출한 '사자'도 나랑 다르지 않은 우유부단한 겁쟁이라니.

어찌됐든 나의 존스에 대한 '이상한' 애정엔 별 해답이 없다. 아무래도 젊은 시절 그의 모습 때문이 아닌가 싶을 때가 있긴 하다. 유머도, 여유도 없는 지독히 젊기만 한 서늘한 젊은이의 모습. 그래서 이번 『뉴요커』에 실린, 클로즈업된 칠십대 노인네 모습엔 사실 가슴이 철렁했다.

2부

(2007년)

친구와 전화 통화를 하다가 신문에 뉴욕에 관한 칼럼을 쓰게 됐으니 좋은 생각이 있으면 말해달라고 했다. 열성 '문화 소비자'인 그 친구는 곧, "아, **피어폰트 모건 도서관**°에서 솔 스타인버그 전시를 하잖아" 했다. 괜찮은 아이디어였다. 렌초 피아노가 디자인했다는 도서관의 새 건물을 아직 보지 못한데다가, 솔 스타인버그Saul Steinberg, 1914~1999라면 진정 '뉴욕스러운' 인물이 아닌가. 루마니아에서 태어난 그는 뉴욕으로 건너온 후 평생 『뉴요커』의 삽화가로 일하며 뉴욕을 그림으로 표현했다. 당시 세계적으로 부상하던 뉴욕 미술가들과 어깨를 나란히 하며 삽화를 예술의 수준으로 끌어올렸다. 쟁쟁한 뉴욕 갤러리들에서 작품을 전시했고, 1946년에는 모마에서 열린 '열네 명의 미국인' 전시에 포함되기도 했다. 대학에서 건축을 공부했기 때문인지 그의 드로잉은 파삭거릴 정도로 명료하고 삽화가 갖는 이차원적인 평평함을 뛰어넘는다. 작품마다 예상을 뒤엎는 혁신적인 시각 언어의 추구가

°**피어폰트 모건 도서관**
지금은 모건 라이브러리 앤드 뮤지엄The Morgan Library and Museum으로 이름이 바뀌었다. 뉴욕 225 메디슨 애버뉴(36번가와 만나는)에 위치하고 있다. 1906년 금융가이자 컬렉터인 J. P. 모건의 개인 장서와 수집품을 소장하기 위한 개인 도서관으로 설립되었다. 모건은 이 도서관에 자신이 수집한 드로잉, 판화, 도서 희귀본, 원고, 악보, 편지 등을 소장했고, 현재는 모건 성경, 다빈치나 미켈란젤로의 드로잉, 찰스 디킨스의 원고, 베토벤의 악보 등 35만 점 이상의 값진 소장품이 보관되고 전시되어 있다. 2006년 렌초 피아노가 설계한 건물이 합해져 재개장하였고, 전시장이 두 배로 늘어났다. 이곳에서는 주로 드로잉이나 판화 등 소장품과 맥락이 통하는 '종이 작품works on paper'들을 위주로 한 전시들을 연다.

돋보이면서도, 뉴요커 특유의 소박함과 기지가 항상 공존한다. 그라면 '뉴욕 통신'의 첫 원고를 장식해도 좋을 듯했다. 하지만 전화를 끊고 생각해보니 솔 스타인버그는 너무 일반적인가 싶기도 했다. 토박이 뉴요커가 떠올릴 만한 정통 뉴욕 아이템.

지난 연말 칼럼 청탁을 받고 나서 '나에게 뉴욕'이란 문구가 계속 머릿속을 맴돌았다. 비단 새로운 칼럼 때문만이 아니었다. 책 생각도 해야 했다.

솔 스타인버그의 〈9번 애버뉴에서 바라본 세상〉을 담은 엽서

사람들이 내가 쓴 책에서 원하는 것은 결국 뉴욕일 것이다. 돌이켜보면 사람들이 원하든 원하지 않든 거의 처음부터 나에게 뉴욕이란 도시는 중요했다. 내가 태어난 도시가 아니라 내가 살기로 선택한 도시. 뉴욕은 나라는 개인에게 매우 사적인 은유였다. 내가 자라나며 불만을 품었던 중산층적 가치들의 전복이 일어날 수 있는 장소. 안정과 위생과 효율보다 도전과 거침과

우회가 인정되는 곳. 불가능하게 치솟은 빌딩들처럼 위대함이 꿈꾸어지고 시도되는 장소로서의 은유. 뉴욕은 내 삶의 변명들을 뭔가 다른 것으로 바꾸어가는 데 필요한 나만의 내면적 장치였다.

솔 스타인버그의 삽화 중에 〈9번 애버뉴에서 바라본 세상View of the World from 9th Avenue〉이란 작품이 있다. 그림은 상하 두 부분으로 구성되는데, 하단에는 창문에서 바라본 뉴욕 시내가 사뭇 자세하게 묘사돼 있다. 나머지 반인 상단에 허드슨 강이 흐르고, 줄처럼 가늘게 뉴저지가 있고, 나머지 미국이 대충 그려졌다. 그 너머로 허드슨 강보다 조금 넓은 태평양이 있고, 그 다음 손톱만한 중국, 일본, 러시아가 나란히 붙어 있다. 세상의 반쯤은 뉴욕이라는 자기중심적인 뉴요커의 시각을 풍자한 것이다. 물론 스타인버그 자신이 세상을 바라보는 개인적인 시각이란 건 말할 것도 없다. 뉴요커들의 콧대를 아는 사람이라면 낄낄거리며 웃지 않을 수 없다.

생각해보면 나는 『뉴요커』로 뉴욕의 언어를 배웠다. 처음에는 무슨 말인지, 무슨 기사인지 종잡을 수 없었지만 친구가 권해 얼결에 구독했고 다른 뉴요커들처럼 그렇게 지하철이나 거리의 구석에서 잡지를 길게 반으로 접어 읽곤 했다. 그렇게 몇 년을 하면서 나도 남들처럼 이번에 누구누구가 쓴 그 기사 읽었어? 따위로 시작하는 대화에 낄 수 있게 되었다. 솔 스타인버그는 내가 글과 말을 배운 『뉴요커』의 삽화가요, 아티스트이다. 그도 나처럼 그의 지도에선 보이지도 않는 나라에서 뉴욕으로 왔다. 만나면 아마 할 얘기도 많을 것이다. 그가 살아 있었다면 나에게 이런 말을 해주지 않았을까. 책을 쓰든 뭘 쓰든 자기중심적으로 뉴욕을 느끼고 살라고. 모든 것의 시작은 지독하게 사적인 거라고.

솔 스타인버그의 춤

2007. 1

오늘 서울에 있는 친구가 전화를 걸어 'commitment'가 무슨 뜻이냐 물었다. 여러 상황에서 쓰일 수 있는 말이지만 일상적으로 사람의 관계를 두고 흔하게 쓰인다. 마음놓고 풀어서 얘기하자면 commitment는 몸과 마음을 들여놓는, 진지한 개입이다. 예를 들어 누군가를 사귀는데 미래를 논하지 않고 한 발 빼고 대하는 듯한 태도를 보일 때, 또는 정부가 어떤 안을 추진하기로 해놓고 적극적인 실행이나 예상되는 결과물을 보이지 않을 때 commitment가 부족하다고 한다. 그러고 보면 모든 진정한 관계에는 크고 작은 약속들이 전제되어 있다.

이렇게 번역이 힘든 단어들이 있다. 어제 스타인버그 얘기를 하다가도 그런 단어에 부딪히고 말았다. '(un)pretentious'가 그것이다. commitment만큼이나 자주 쓰이는 단어인데, 한 단어로 그 뜻을 전달하기란 어렵다. 그건 이 개념이 우리 문화에서 일상적으로 쓰이지 않기 때문일 것이다. pretentious는 사전에 나오는 것처럼 잘난 체한다는 뜻이지만 그것보단 좀더 구체적이다. 흔히 잘난 척한다는 표현으론 'cocky'라는 단어도 쓴다. 실제로 잘났건 못났건 시건방을 떤다는 뜻이다. 반면 pretentious는 거창함과 관련이 있다. 즉 사람이나 작품이 스스로 대단해 보이려는 의도가 역력할 때, 거창하게 느껴지는 경우에 쓰는 말이다. 고급 옷이라는 사실이 눈에 보이게 명품 브랜드의 로고로 몸을 휘감고 다니는 경우, 굳이 그럴 필요까지 없는데 대단한 단어와 개념을 쓰는 경우, 심오한 의미를 전달하기 위해 개연성은 저버리고 요란한 스타일을 추구한다든지 할 때 pretentious하다고 한다. 이와 상반되는 성향을 특징으로 하는 솔 스타인버그의 드로잉을 설명해야 하는데 마땅한 표현을 찾기 힘들었던 것이다.

그의 작품이 대단하기보다 소박하고 사소하게 느껴지는 이유는 일단 드로잉이기 때문이고, 두번째는 의도된 순진함 때문이다. 짐짓 그림을 '못 그리려' 한다는 뜻이다(많은 삽화가들, 화가들이 이런 목표를 갖고 작업을 한다). 나는 이런 작업 태도와 관련해 종종 'unlearning'이라는 표현을 쓰는데

Saul Steinberg, *Dancing Couple*, pencil and crayon on paper, 1965

이는 머릿속에 들어 있는, 이제까지 보고 배운 것을 허무는 작업을 말한다. 암만 아이처럼 그린다 하더라도, 누구나의 머릿속에 '편안히' 존재하는 형태를 따르는 경우가 대부분이기 때문에 이걸 허물지 않으면 형태는 그저 지루할 뿐이다. 다시 말해 의도된 순진함 속에 이제까지진 보지 못한 변혁의 요

소가 있어야 하는 것. 기존의 형태에 안주하지 않고 새롭고 진정한 방법을 끈질기게 모색하는 (그야말로!) commitment가 있어야 한다. 스타인버그는 후자의 경우다.

이 커플만 봐도 그렇다. 뭔가 대단한 걸 말하려 하는 분위기가 아니다. 오히려 바보스럽다. 그래서 웃기다. 비실비실 웃다가 뭔가 치명적으로 외로워짐을 느낀다. 우린 모두 다른 스타일로 그려진 삽화들인가. 너무 다른 스타일이어서 나란히 놓으면 웃음을 자아낼 정도의, 도저히 스무스하게 어울릴 수 없는 그런 존재들인가. 그런데도 함께 춤을 춘다. 어쩌면 남자는 스타인버그 자신일 수도 있다. 우스꽝스런 드로잉을 껴안고 평생 춤을 추는. 여자의 웃는 모습과 대조되는 그의 얼굴 또한 웃음을 자아내지만 그의 표정은 계속해서 진지하기만 하다.

흔적 위에 다시 쓴 2007. 1

나는 가끔 고어 비달Gore Vidal, 1925~2012의 동영상을 본다. 주로 인터뷰다. 고어 비달은 미국에서 흔히 마지막 대중 지식인이라 일컬어지는데 텔레비전에 많이 출연했기에 동영상이 많다. 그는 열아홉 때부터 소설을 써서 평생 소설을 스물다섯 권이나 낸 다작 작가이지만 에세이와 독설로 더 알려져 있다. 노먼 메일러가 그에게 화가 난 나머지 박치기를 한 사건, 윌리엄 버클리와 TV 토론에서 시작한 논쟁이 법정 공방까지 간 사건도 유명하다. 논란에 휩싸일 만한 말들을 자주 해서 욕을 먹고, 남과 원수지는 것도 개의치 않는 듯하다. 대중 지식인이 아니라 거의 공공의 적 수준이다. 그의 친구였던 이탈로 칼비노는 그를 가리켜 "무의식이 없는 사람"이라고 했고 그 자신은 "나는 정확히 보이는 대로이다. 내면에 따스함이나 사랑스러운 구석은 없다. 나의 차가운 겉모습, 외면의 얼음을 깨뜨리면 아마 차가운 물이 흘러나올 것이다"라고 했다. 이런 사람을 좋아할 수 있을지는 매우 의문이지만, 동영상으로 보면 나에게 어필하는 매력도 있다. 막대한 교양의 유산을 바탕으로 위트 넘치는 대화를 하고, 정치적 올바름political correctness에 개의치 않고, 몸가짐과 제스처에서 품위가 배어나고, 신사답게 옷을 입는다. 게다가 요즘은 말할 수 없이 늙었고, 항상 지팡이를 손에 쥐고 있어 눈길을 끈다. 하지만 무엇보다 내가 그의 동영상을 보는 이유는 웃을 수 있어서다. 오스카 와일드의 인용구들을 읽으며 재미있어하는 것과 비슷한데, 그는 오스카 와일드보다 괴팍한 것 같다.

언젠가 그의 자서전 얘기를 듣고 책을 사 읽는 대신 서평들을 찾아 읽었다. 『팰림프세스트Palimpsest』라는 제목의 메모아르이다. 이 단어는 한때 내가 좋아했던 단어로, 쓴 글을 지우고 그 위에 다시 쓴 문서라는 뜻이다. 주로 양피지에 쓰고 지우고 쓴 문서를 가리키는데 파피루스 중에도 이런 문서가 있다고 한다. 썼던 글씨는 주로 우유나 귀리로 지웠다고 하는데, 지우고 한참 시간이 지나면 그 밑의 글씨가 살짝 보여 학자들이 그 내용을 읽을 수 있었다. 쓰고 지우고 쓰고 다시 지우고 쓰고…… 이러한 반복적인 행위는 은유의 폭이 크고, 과정과 시간이 물리적이고, 시각적으로 드러난다는 측면에서 미학적으로도 매력적이다. 얼굴 위로 잠깐씩 미묘하게 개인적인 비극이 비치듯, 양피지 위에 형태를 드러내는 오래된 글자는 아름답다.

고어 비달은 메모아르memoir와 자서전autobiography의 의미를 구분하면서, 자서전은 사실에 충실해야 하는 반면 메모아르는 자신이 기억하는 대로 쓰는 것이라고 했다. 자신의 책은 메모아르라고 했다. 기억을 팰림프세스트에 비유한 것은 적절해 보인다. 기억은 사실과는 차이가 있는, 시간을 거쳐 구성된 세계이다. 선택하고, 삭제하고, 지워지고, 다시 프레임하고, 지워졌던 것이 결국 희미하게 되살아나는 기억의 구성 과정은 썼다 지우고 다시 쓰는 고대 문서의 형태와 닮았다. 고어 비달은 이 책에서 남의 가십을 많이 해서 욕을 먹은 모양이다. 무의식이 없다는 사람이 왜 그렇게 선택적으로 구성해서 기억하는지 궁금해지지만 말이다.

한 가지 관심을 끄는 것은 사랑에 대한 그의 언급이다. 젊은 시절 사랑했던 한 친구가 있었고, 그 사람 이후로 천 명이 넘는 사람과 성관계를 했지만, 애초의 그런 감정은 다시 느껴보지 못했다고 한다. 찰리 로즈와 인터뷰한 동영상을 찾아 보니 그는 아리스토파네스 얘기를 하고 있었다. 플라톤의 『향연』에서 아리스토파네스는 인간은 원래 남자, 여자, 그리고 남녀 동체가 있었다고 했다. 이들은 모두 네 개의 팔과 네 개의 다리, 두 개의 머리, 두 개의 성기 등을 가졌고 여덟 개의 팔다리를 이용해 빠르게 달렸고 힘도 막강했다고 한다. 이들의 힘을 걱정한 제우스가 이들을 절반으로 나누기로 했고 절반으로 나누어진 인간들은 그 이후부터 나머지 절반을 찾아 헤매게 되었다고 한다. 남자에서 쪼개진 남자는 남자를, 여자에서 쪼개진 여자는 여자를, 남녀 동체에서 쪼개진 남녀는 이성을 갈망하게 된다는 것인데, 그가 이 얘기를 인용한 이유는 물론 자신의 동성애 정체성을 정당화하고, 또한 사랑에 대해 말하기 위한 것이었다. 어린 시절 친구 지미 트림블이 자신의 일생을 통틀어 유일한 절반이었다는 사실.

쓰고 지웠다가 다시 쓴 양피지 위에 오래전 글씨가 배어나오듯, 나이가 든 사람의 기억 속에 첫사랑도 배어나오나보다. 물론 자서전을 낼 즈음 40년 이상 함께 산(그들은 결국 53년을 함께 살았다) 그의 파트너 하워드 오스틴을 생각하면 냉혈한 비달이 또 못할 짓을 한 것 같다. 하지만 역으로, 그런 냉혈한에게 온도가 느껴지는 기억이 있다는 것은 반가운 일이다. 정말 누구나의 절반이 이 세상에 있는 거라면, 그 절반을 만나는 건 언제인지 알 수 없다. 이미 만났는지, 앞으로 만날지, 아니면 영원히 못 만나게 될지. 그는 어쩌면 인생의 초기에 인생의 결론을 경험했고, 그 이후로 내리막길 인생을 걸은 것인지도 모르겠다.

배우들 vs 배우들 　2007. 1

오늘은 아침부터 바빴다. 오후에 전부터 가기로 했던 뮤지컬 리허설에 가야 했다. 리허설 장소는 흔히 브로드웨이라 부르는 타임스스퀘어에 있었다. 아침에 트라이베카의 작업실로 가서 뮤지컬 대본을 다시 한번 읽어본 후 지하철을 타고 타임스 스퀘어로 올라갔다. 주소는 1501 브로드웨이였는데 브로드웨이와 7번 애버뉴가 만나는 곳이라 빌딩을 찾기가 쉽지 않았다. 두 개의 커다란 도로가 합류하는 곳에서 두리번거리자니 머리가 멍해지면서 어지러웠다. 낮이라 그런가. 브로드웨이는 역시 밤이 제격이다. 불빛 없는 낮의 빌보드들은 지남력을 방해하는 시각적 소음에 불과했다.

리허설 장소는 극작가 조합 사무실이 위치한 층에 있었는데 여느 사무실과 다름이 없었다. 다르다면 방 가운데 그랜드피아노가 놓여 있고 사람들이 그 주변에 빙 둘러서 있다는 것. 리허설을 처음 보는 나에겐 신기하고도 재밌는 장면이었지만, 리허설 자체는 지루하고도 힘든 '일'이었다. 글쓰는 일과도 다를 게 없었다. 생각하고, 고치고, 다시 해보고, 생각하고, 다시 고치고. 배우들은 허름해 보였다. 후줄근한 티셔츠에 유행이 지난 청바지를 입고, 얼굴은 모두 까칠했다. 한 소절 한 소절 노래를 다시 배우고 대사의 호흡을 고쳐가며 연습하는 것을 지켜보다보니 어느새 세 시간이 흘러 있었다. 모마에 가기로 했었다.

요즘 모마의 정원에선 밤마다 영화가 상영되고 있다. 미술가 더그 아이트켄Doug Aitken, 1968~의 비디오 작업이다. 〈몽유병자〉라는 제목의 이 작품은 여덟 개의 프로젝터로 모마의 건물들 위에 커다랗게 영상으로 쏜, 장소 특정적 설치 작업이다. 영화는 뉴욕을 이루는 다섯 개의 구에서 촬영되었고, 각 구에서 살아가는 다섯 명의 인물들의 삶을 보여준 것이다. 이들의 직업은 메신저, 전기공, 우체부, 사업가, 회사원. 아침에 침대에서 일어나 샤워를 하고 커피를 마시고 긴 복도를 지나 출근하고 거리를 걷는 일상적인 이미지들이 모마의 빌딩벽 위로 전혀 일상적이지 않은 모습으로 펼쳐졌다. 어쩌면 이 거대한 이미지들은 불 켜진, 브로드웨이의 빌보드를 닮았다. 실제로 어떤 장면들은 캘빈 클라인의 광고처럼 미니멀하고 아름다웠다. 이 이미지들 위로 수백 개의 불을 밝힌 창문이 있는 빌딩들이 솟아 있었다. 모마의 빌딩 겉을 멋지게 장식하는 이 사람들이 저 빌딩들 속에 있는 사람들의 모습이다. 생각해보니 나도 오늘 저 빌딩 속으로 걸어들어가 그곳에서 일하는 사람들의 모습을 볼 수 있었다. 아까 피곤한 얼굴로 노래를 부르던 배우들의 모습에 비하면 이 영화 속 배우들은 어딘지 지나치게 화려해 보인다는 생각이 들었다.

항생제

2007. 2

얼마 전 뮤지컬 리허설에 갔을 때 모두 세 명의 배우가 연습하고 있었다. 그 중 하나가 론다(극중 이름)였다. 뮤지컬을 쓴 작가는 다른 배우와 비교하며 그녀를 아낌없이 칭찬했다. 아주 프로페셔널한 좋은 배우라고. 연습을 마친 그녀는 피곤해 보였고 바로 내 옆에서 요가 동작을 몇 번 하더니 배낭을 챙겨 연습실을 떠났다. 그날이 금요일.

이틀 후인 월요일은 투자자들이 참석하는 리딩이 있는 날이었다. 월요일 아침 나는 리딩 시간을 확인하기 위해 작가에게 전화를 걸었다. 그의 첫마디는 "나쁜 소식이 있다"였다. 론다가 죽었다는 것이다. 토요일 오후 뇌막염으로. 그는 말끝을 흐리며 조금 울먹였다. 그러고는 리허설에서 그녀와 함께 있었던 사람들은 모두 항생제를 먹어야 한다고 말했다. 공기 전염도 아닌데 항생제는 왜 먹느냐고, 난 항생제를 싫어한다고 말했다. 내 생각이지만, 항생제는 언제나 그걸 먹지 않아 걸리는 병보다 나를 더 아프게 한다. 다행히 새로운 론다는 역을 완벽하게 해냈고 리딩은 성공적이었다.

오늘 구두굽을 고치고 있는데 작가에게 전화가 왔다. 죽은 론다의 의사가 자원해서 항생제를 나누어주기로 했으니 병원에 들러 받아 가라는 얘기였

다. 론다의 뇌막염은 다른 뇌막염과 성격이 좀 다르니 항생제를 먹는 게 좋겠다는 것이 의사의 판단이란다. 마침 콜럼버스 서클 쪽에 볼일이 있었던 나는 작가를 만나 병원에 가서 항생제를 받았고 타임워너 빌딩의 붐비는 식당에서 인도 음식과 함께 알약을 먹었다. 점심을 먹고 건물을 나오며 이런 생각이 들었다. 한 번 인사를 나누고 다시 만나지 못하는 사람들이 이 세상에 얼마나 많은가. 그런데 다시 만나지 못한 이유가 죽음인 것은 그녀가 처음이었다. 얼굴을 보고 노래를 들은 지 하루 만에 죽다니. 나는 싫어하는 항생제까지 먹어가며 그녀를 죽인 바이러스를 죽이며 또 이렇게 살아가는구나. 아니나 다를까 약을 먹은 후 하루종일 어지럽고 토할 것 같았다.

몸은 지칠 대로 지쳤는데 잠이 안 와서 일어났다. 새로 산 향수를 두 번 뿌리고 컴퓨터 앞에 앉았다. 항생제 기운이 아직 남아 있는지 어지러웠다. 그렇게 쉽게 죽어버린 사람의 얼굴을 떠올려본다. 안경을 끼고 있던 창백한 그녀의 얼굴을 머릿속 커다란 지우개 같은 것이 쓱쓱 지워버린다. 무슨 만남이 이런가. 얼굴만 보여주고 죽어버린 그 사람과 나를 이어주는 건 지금으로선 이 독한 항생제뿐이다.

눈과 쌀

2007. 2

눈이 와서 그런가…… 아침부터 쌀이 먹고 싶어졌다. 한국 음식을 오래 '굶으면' 가장 생각나는 건 김치도 아니고, 된장찌개도 아니다. 쌀, 라이스다. 이태리 산골에서 함께 지내던 친구 카티아가 나를 이렇게 놀렸었다. "넌 필드 트립만 나가면 쌀을 먹자고 했어." 거의 첫눈이다시피 한 눈을 보니 갑자기 멀리 떠나온 것 같은 기분에 쌀 생각이 났나보다. 막상 밖을 나섰더니 눈이 아니라 우박이었다.

처치 스트리트로 걸었다. 알 만한 뉴요커들은 다 아는 홈메이드 파키스탄 음식점 파키스탄 티하우스에 들러 쌀과 양고기 스튜를 사 들고 작업실로 돌아왔다. 오래전 이윤기 선생 책에서 읽었던가. '탄'은 '땅'과 어원이 같다고. 음식을 담아주는 아저씨나 나나 쌀 먹는 사람들이 빵 먹는 나라까지 참 멀리도 왔다.

'My Funny Valentine' 들 2007. 2

1. 언제인가 매우 오래전 쳇 베이커가 부른 이 노래를 처음 들었을 때, 남자인지 여자인지 모를, 매력적인 목소리가 부른 이 노래는 가히 충격이었다.

2. 〈리플리〉에서 맷 데이먼이 부른 버전. 멋도 욕심도 내지 않고 성실히, 감정 표현 없이, 건조하게 불러냈다. 영화에서 돋보인 그의 연기와 거의 같은 룰이 적용되었다.

3. 얼마 전 디지스 클럽 코카콜라타임워너 빌딩 안에 있다에서 빅터 고인즈가 클라리넷으로 불어준 버전. 풍성하지만 지적인 연주를 보여준 고인즈였는데, 그런 만큼 그의 '밸런타인'은 더욱 아팠다. 손이 가슴에 저절로 올라갈 만큼. 고등학교 국어시간에 처음 들었던가. '낭만'이란 파도가 해변으로 조용히 밀려드는 것이 아니라 바위에 부딪혀 산산이 부서지는 거라고. 낭만주의는 실제로 격렬한 감정과 그 표현에 관한 것이지만 좋은 낭만주의 작품에선 언제나 고전주의적 요소가 발견된다. 쇼를 시작하며 사랑은 달콤한 면만 있는 것이 아니라 거칠고 아픈 면도 있다고, 오늘밤엔 사랑의 그런 다양한 면을 보여주겠노라고 말한 고인즈의 연주는 밸런타인데이를 그야말로 '낭만적'으로 만들어주었다.

상실

2007. 2

"부활절 아침이었다. 두 살 아니면 세 살 때였을 것이다. 엄마는 집밖 어딘가에 부활절 달걀을 숨겨놓으셨다. 눈부시게 밝고 따스한 봄날이었다. 헬렌 고모가 내가 파스텔 색깔의 달걀 찾는 것을 지켜보며 나와 함께 계셨다. 야자수 뒤에, 또는 화단 속에 엉뚱하게 놓여 있는 달걀들이 내 눈에 하나씩 하나씩 들어왔다. 물론 그런 시각적 발견이 달걀을 손에 넣는 것 자체보다 내겐 훨씬 재밌는 일이었다. 헬렌 고모는 검정색 아니면 군청색의, 물방울무늬 원피스를 입고 계셨다. 아마 내가 달걀을 찾는 동안 나를 좇아다니셨을 것이다. 난 환한 햇살 속, 그 원피스의 분위기를 기억한다. 거기엔 봄기운이 서려 있었다." 옷에 관한 가장 오래된 기억을 묻는 나의 질문에 대한 친구의 답이었다.

내가 갖고 있는 옷에 대한 인상 깊은 기억 속에도 무늬가 있는 원피스가 있다. 몇 살 때였는지 정확히 기억나지 않지만 아마 일곱 살 이전이었을 것이다. 기자촌에 있던 집이었으니까. 엄마가 입고 계시던 원피스로 미루어보아 초여름이었을 거다. 엄마는 화장대 앞에서 외출 준비를 하고 계셨다. 원피스가 기억난다고 했지만 떠올릴 수 있는 건 전체적인 모습이 아니라 엄마 원피스의 허리춤 정도다. 엄마를 붙들고 있었기에 내 시야는 좁았던 것이다. 원피스는 톡톡한 흰 옥스퍼드지 같은 감이었고, 그 위에 빨간색, 파란색 다이아몬드와 스페이드 비슷한 무늬가 있었다. 난 엄마에게 나가지 말라고 졸랐고, 엄마는 "너 보기 싫어서 엄마 나간다. 엄마 도망갈 거야" 하셨다. 지금 생각하면 으레 엄마가 아이를 놀리는 투였지만, 난 어린 마음에 엄마가 진짜로 돌아오지 않는 걸 상상했고 순간 변기 손잡이를 내린 것처럼 가슴속에서 뭔가 쏴악 빠져나가는 걸 경험했던 것 같다. 초여름처럼 환하고 상큼한 엄마의 원피스. 그 위로 배어나던 향기와 기대감. 내가 아무리 잘해도 이길 수 없는 밝고 흥미로운 바깥세상. 좀 드라마틱하게 말하면 그날 난 세상에 엄마를 뺏겼던 거다. 그러고 보면 옷이 아니라 상실감의 기억이다.

매혹과 사랑 사이

2007. 2

엊그제 친구와의 패션 인터뷰에서 이야기가 옆길로 샜다. 나는 그에게 문학작품 속에서 가장 인상에 남는 옷이나 패션에 관한 구절을 물었다. 그는 제임스 조이스의 『지아코모 조이스Giacomo Joyce』에 나오는 구절을 들었다.

"그녀는 팔을 들어올려 까만색 망사 드레스의 목덜미에 있는 고리를 끼우려 했다. 그녀는 하지 못했다, 아니, 하지 못했다."

내 상상에 의하면 위 구절은 이를테면 이런 장면이다. 남자가 침대 위에서 팔을 괴고 비스듬히 누워 여자가 옷 입는 모습을 바라보고 있다. 여자는 목까지 올라오는 드레스를 입고 있는데 목덜미 부분에 달린 고리를 끼우려 하고 있다. 하지만 고리는 잘 끼워지지 않는다. 남자는 여자의 등뒤로 가서 그녀를 도와줄 수도 있겠지만 그냥 누워 그걸 보고 있다. 왜냐면 그녀를 보고 싶으니까. 여자의 사소한 곤궁을 지켜보며 남자의 입가에는 미소가 서려 있었을 것이다.

친구는 이 작품이 완전히 'adoration' 에 빠진 남자의 시선을 그린 거라

했다. 난 adoration이 무슨 뜻이냐고 물었다. 'I adore you'(나는 네가 예뻐, 네가 좋아)라는 사랑의 속삭임을 여기저기서 들어보긴 했지만 그 말이 'I love you'나 'I like you so much' 같은 말들과 어떤 차이가 있는지 언제나 궁금했었다. 그는 내 질문에 'I adore you'는 'You are absolutely delicious'란 뜻이라고 했다. 점점 미궁이었다.

시인들의 단어 정의는 사전보다 정확한 경우가 많다. 난 질문을 계속했다. adoration은 'infatuation'과 어떻게 다르냐고. infatuation이란 사랑의 초기 단계로 서로에게 완전히 반해 있는 상태를 말한다. 그는 adoration은 infatuation보다 깊을 수도, 얕을 수도 있는 상태라고 했다. 서로와 함께 있는 것을 강렬히 열망하며 서로에게 지극한 애정의 감정을 느끼는 거라고 했다. 여전히 헷갈린다.

친구는 나의 멍한 표정에 이렇게 답했다. "그에 비해 사랑은 자신의 모든 것을 걸고 포기할 수 있는 상태를 말해요. 인류 역사 중에 사랑, 하면 떠오르는 커플이 누구죠? (내가 '로미오와 줄리엣'이라 답했다) 그들은 사랑을 위해 모든 걸 걸었어요. 그게 사랑이에요. 조이스의 그 구절은 그가 바람을 피울 때의 경험을 바탕으로 쓴 거예요. 그는 그녀를 adore했지만 그녀를 위해 아무것도 포기하지 않았어요. 그가 정말로 사랑했던 건 그의 부인 노라예요."

포기와 희생. 인간의 진화론적 이해가 속시원할 때도 있는데 이들도 진화론적 차원에서 설명이 가능할까? 궁극의 짝짓기를 위한 희생이라 할 수도 있겠지만 사랑은 언제나 짝짓기 이상을 암시한다. 인간에게만 시가 있고 예술이 있듯, 인간에게만 사랑이 있고 역설이 있다. 사랑이 위대한 건 그렇게도 잘난 자아가 지워지기 때문이다. 자기 자신을 지울 수 있는 상태. 이 세상에서 자기 자신을 삭제할 수 있는 불가능에 이르는 위력. 사랑하는 건 인간만이 가능하다.

극단적인 상황에 처하지 않고 평생을 사랑하며 살아가는 사람들도 있을 것이다. 하지만 힘든 상황 속에서 사랑 때문에 자기가 가진 것들을 포기하며 불가능을 향해 걸어가는 사람들이 있다. 이런 사람들을 두고 "여자 때문에 신세 망친 사람" 또는 "여자는 남자를 잘 만나야 해"라고 말하며 매도한 적은 없는지. 그들이야말로 에우리디케를 따라 저승으로 내려가는 것도 서슴지 않은 오르페우스이고 아벨라르를 위해 수녀가 되었던 엘로이즈일지도 모르는데 말이다.

'시인적' 의복 2007. 3

파리 런웨이 쇼들을 훑어본다. 존 갈리아노도 멋지고 발렌시아가도 힙하지만 기억에 남는 건 릭 오웬스Rick Owens, 1962~다. 미국 서부 출신 디자이너면서 파리에서 활동하고 있는 그는 이번 쇼의 영감을 프랑스인 카투니스트에게서 받았다고 했다. 즉 폴 푸아레Paul Poiret, 1879~1944의 옷을 입은 여자들을 곤충으로 묘사한 카툰들. 아이러니한 접근 방법일까. 그 결과물인 이번 시즌 컬렉션을 보면 꼭 그런 것 같진 않다. 어딘가 굉장히 시적이다. 또는 '시인적'이다. 버려진 고성에서 귀까지 덮는 양털 코트를 입고 뭔가 쓰고 있을 시인이 떠오른다. 인기 없는 언어라도 갈고닦고 있을 시인이라면 모두 저렇

릭 오웬스, 2007 F/W 컬렉션에서

게 믿을 수 없도록 우아한 양털 코트를 걸치고 있을 것만 같다. 고성도 양털 코트도 이 알량한 두 눈에는 보이지는 않을지라도 말이다. 거기다 자른 머리카락을 붙여 만든 크레이지한 슬리퍼를 신고 있다면 더할 나위 없겠지.

언어와 슬픔

2007. 3

『이름 뒤에 숨은 사랑The Namesake』은 이민 1세대와 2세대의 삶을 그린 것이라 책을 번역할 때 내 얘기 같은 생각이 들어 줄곧 감정적이 되곤 했었다. 어느 민족이든, 누가 되었든 뿌리를 내릴 토양이 바뀌는 경험은 거의 비슷한 것이다. 통째로 뒤집히는 경험. 요즘 내 책꽂이 앞쪽에는 몇 달 전에 산 무라카미 하루키의 『슬픈 외국어』가 꽂혀 있다. 의도적인 외국 생활의 이야기를 담은 에세이집인 이 책에서 하루키는 "자명성을 갖지 않은 언어에 둘러싸여 있다는 상황 자체가 슬픔에 가까운 느낌을 내포한다"고 말한다.

덜컹거리는 리무진

2007. 3

뉴욕에 온 사람들이 종종 내게 묻는다. "저 기다란 리무진은 누가 타는 거예요?" 이런 질문을 상당히 자주 받을 정도로 뉴욕엔 리무진이 많다. 여기서 사람들이 관심 있는 리무진이란 스트레치 리무진이다. 보통 세단을 반 토막 내어 길게 늘인 차를 말한다. 이런 질문들에 대한 나의 대답은 이렇다. "아무나요. 돈만 있으면 돼요." 리무진은 보통 택시보다 '길고' 고급인 종류이다. 물론 대개 미리 예약을 해야 한다. 그저 편안하고 고급스러운 환경을 위해 타기도 하고, 차 안에서 중요한 회의를 할 때, 여러 사람이 함께 움직일 때 이용하기도 한다.

예전에 친구들과 떼거리로 파티에 간 일이 있었다. 미드타운에서 있던 파티에 갈 땐 모두 따로 움직였지만 파티가 끝나고 집에서 2차를 하기로 했으므로 파티의 흥을 깨지 않기 위해 우리는 스트레치 리모리무진을 줄여서 리모라고 한다를 불렀다. 파티가 있었던 호텔의 컨시어지에 부탁해서 부른 것인데, 우리를 한참 기다리게 한 뒤 느지막이 도착한 리모는 완벽한 리무진의 형상이 아니었다. 차 길이만 길었을 뿐 길게 늘여진 보디 부분에는 덕지덕지 칠한 페인트가 보였고, 전체적인 컨디션도 말이 아니었다. 그때 모두 거나하게 취해 있었던지라 나중에 눈치챈 사실이지만 운전사의 분위기도 영 이상했다. 우린 차 안에서 왁자지껄 떠들고 노느라 어디로 해서 가는지 전혀 모르고 있었는데 운전사가 맨해튼 이스트사이드 쪽 어딘가에 차를 세웠다. 그러더니 차 트렁크 안에서 1갤런짜리 병에 든 보드카를 꺼내 우리에게 주었다. "흐흐흐. 이거 마시면서들." 차창으로 커다란 보드카 병을 건네주는 그의 얼굴은 어딘가 맛이 간 뱃사람을 연상시키는 데가 있었다. 남자애들 몇 명이 얼씨구나 하면서 보드카를 한 모금씩 홀짝거리며 계속해서 떠들었다. 이상하게 좀 오래 걸린다 싶긴 했는데, 보드카 병을 들고 집에 도착한 우리는 오는 데 한 시간도 넘게 걸렸다는 사실을 알게 됐다. 다른 차로 미리 온 팀이 확인시켜준 사실이었다. 자정이 넘은 시각이었으니 먼저 도착한 팀처럼 제대로 왔으면 20분밖에 안 걸리는 거리였다. 모두 이상한 생각이 들었는지 그다음부턴 아무도 그 보드카에 손을 대지 않았다. 다음날 서로 전화를 걸어 "그 리모 도대체 뭐야?" 하며 일의 진상을 알아보려 했지만 우리를 일부러 끌고 다닌 건지, 아니면 그도 취해 길을 잃었던 건지, 제대로 아는 이가 아무도 없었다. 어쨌거나 1갤런짜리 그 보드카 병은 그 집에서 이사 나오기 전까지 술병들을 놓은 한구석에 미스터리처럼 남아 있었다.

오늘 작업실에 오다가 덜컹거리며 지나가는 리무진을 보고 지난 일이 생각났다. 이름과 이미지에 걸맞지 않은 구닥다리 기다란 자동차. 몸체가 길어 더 심하게 덜컹거렸다. 저 덜컹거리는 몸체 속에 어떤 이상한 기억들을 실어나르고 있을지.

미래로부터 아이디어를 훔치다 2007. 5

지난해부터 패션쇼에서 유난히 폴 푸아레의 이름이 자주 들린다 했었다. 그 이유는 2005년 파리에서 폴 푸아레의 부인 드니즈의 소장품 경매가 있었던 사실과 무관하지 않을 것이다. 그러더니 지난 9일부터 뉴욕 메트로폴리탄 미술관에서 '푸아레 : 패션의 왕'이라는 제목으로 전시를 시작했다. 메트로폴리탄 미술관 역시 경매에 관심을 집중했을 뿐 아니라, 그 소장품들을 사들였다. 메트로폴리탄 패션 전시의 오프닝 갈라는 대단하다. 이번 푸아레의 전시도 예외는 아니어서, 전 세계 패션계 인사들과 유명인들이 푸아레 풍의 의상, 즉 색이 현란하거나, 수공이 많이 들어가거나, 허리선이 올라간 엠파이어 드레스 등을 입고 모여, 푸아레 풍으로 꾸며진 실내에서, 1928년 그가 편집한 요리책에서 영감을 받은 음식을 먹으며 파티를 즐겼다. 단순히 미술관 측에서 파티 준비에 법석을 떤 것만은 아니다. 폴 푸아레야말로 의상과 향수, 홈 디자인을 아우르는 라이프스타일 브랜드 개념을 만들어낸 최초의 패션 디자이너였기 때문이다.

그뿐 아니다. 그는 패션을 예술과 접목시킨 최초의 디자이너이기도 하다. 그를 생각하면 이태리의 디자이너 미우치아 프라다가 미술 전시를 방불케 하는 패션쇼를 하고, 루이뷔통이 일본의 미술가 타카시 무라카미와 합작하는 요즘의 트렌드가 전혀 새로운 일이 아니다. '아라비안 나이트' 등 동양 문화에 매혹되었던 푸아레는 '예술'에 가까운 화려한 장식의 옷들을 만들었을 뿐 아니라, 화가 라울 뒤피에게 옷감과 벽지의 디자인을 맡겼고, 당시엔 무명이었던 만 레이와 에드워드 스타이컨을 고용해 사진을 찍게 했으며, 페기 구겐하임과 같은 예술계 여성들의 지극한 사랑을 받았다.

이 모든 이유에 더하여 푸아레가 중요한 또 하나의 이유는 그가 여성들을 코르셋으로부터 해방시켰다는 사실 때문이다(대신 브래지어를 만들었다). 허리를 죄지 않는 편안한 실루엣의 드레스와, 판탈롱이란 헐렁한 바지를 디자인해 여성들의 활동을 편하게 했던 것이다. 하지만 푸아레의 관심은 실용성 자체에 있지는 않았다. 특히, 샤넬의 트레이드 마크였던 남성적이고 스포티한 의상에 대해선 적의에 가까운 감정을 감추지 않았다고 한다. 당시의 신여성들은 푸아레가 원하던 것처럼 옷을 입을 때마다 '예술적 재탄생'을 할 수는 없었고, 결국 그의 브랜드는 몰락의 길을 걷고 만다. 80년 전 『뉴요커』에 푸아레에 관한 이런 글이 실렸었다고 한다. 푸아레는 "미래로부터 아이디어를 훔쳐 당대 사람들에게 강요하는 사람 중 한 명"이라고. 자신이 아이디어를 훔쳤던 그 미래에서 푸아레는 지금 기분 좋게 빛을 쬐고 있는 듯하다.

12월 31일, 1958년 2007. 7

만 스물다섯의 수전 손택이 다음과 같이 썼었다. 창작을 향한 그녀의 어리고 건강한 욕망이 느껴진다. 새롭다.

일기 쓰는 일에 관하여On keeping a Journal

일기를 자신의 개인적인, 비밀스런 생각들을 적어놓는 곳이라고 생각한다면 그건 얄팍한 생각이다. 귀머거리에, 벙어리에, 문맹인 사람에게 비밀을 털어놓는 것과 매한가지가 아닌가. 나는 일기에서 나 자신을 어느 누구에게보다 더 솔직히 표현할 뿐 아니라, 나 자신을 창조한다.

일기는 나의 자아를 발전시키는 수단이다. 일기장에서 난 정서적으로, 영적으로 독립된 존재가 된다. 그러므로 일기는 나의 일상생활의 기록일 뿐 아니라, 많은 경우에 있어 그 대안을 제시해준다. (……)

글쓰는 일은 왜 중요한가? 내 생각엔 아마도 나의 자기중심성, 이기심 때문인 것 같다. 왜냐하면 나는 그 작가라는 페르소나가 되고 싶기 때문에. 꼭 할말이 있어서가 아니다. 하지만 그것도 나쁘진 않다. 내 자만심을 토닥거리며(이 일기가 내게 제공해주는 기정사실) 나는 할말이 있다는, 어떤 말을 해야 한다는 자신감을 얻어내야 한다.

나의 '나'는 보잘것없고, 조심스럽고, 너무 제정신이다. 좋은 작가란 엄청나게 자기중심적이고 이기적인 사람들이다. 때로 아둔할 정도로까지. 제정신인 사람들, 비평가들이 그들을 바로잡아주지만 그들의 제정신이란 천재들의 바보스런 창조성에 붙어 기생하는 것일 뿐.

이사무 노구치의 정원 미술관 2007. 7

롱아일랜드시티 끝자락에 자리잡은 이사무 노구치 정원 미술관The Isamu Noguchi Garden Museum은 찾아가기 수월한 곳은 아니다. 그런 만큼 어렵사리 찾아가 얻은 조용함과 평화로움이 마치 내 소유물인 것처럼 빛나는 곳이다. 그의 정원 미술관처럼 노구치도 나에겐 여정이 느껴지는 발견물이다.

언젠가 나는 『마지막 사무라이』에 몰두해 있었다. 톰 크루즈가 출연하는 영화 제목이 아니라 헬렌 디윗Helen DeWitt, 1957~이라는 작가가 쓴 두툼한 소설책이다. 소설은 런던에서 옥스퍼드 대학을 중퇴하고 살아가는 미국 여자와 그녀가 혼자 키우는 아들에 관한 이야기이다. 아들은 네 살 때 호머를 그리스어로 읽어버린 천재다. 아버지를 모르는 천재 소년과 미혼모인 엄마가

함께 중독되어 있는 영화가 구로사와의 〈마지막 사무라이〉. 엄마는 영화 속 일곱 명의 사무라이들이 자신의 아들에게 결핍되어 있는 '남성 역할 모델'이 되어주리라 믿는다. 하지만 천재 소년은 자신의 친아버지를 찾아 나서고 결국 아버지를 만나지만 실망만 하게 된다. 그래서 소년은 자신이 생각하는 이상적인 아버지를 찾아 사회의 명사들이나 석학들을 한 사람 한 사람 만나게 된다는 스토리였다. 모국을 떠나 낯선 땅에 산다는 건 어쩌면 극단적인 '아버지 부재'의 상황이다. 책을 읽을 당시 나는 그 결핍을 경험하고 있었고, 만나는 사람마다 그 사람이 나를 이끌어줄 스승이요, 천사요, 아버지이기를 바랐다.

디윗의 소설 속 소년처럼 **이사무 노구치**Isamu Noguchi○도 아버지 없이 자랐다. 뿐만 아니라 혼혈아였다. 일본인 아버지 요네지로 노구치는 시인이고, 미국인 어머니 레오니 길모어는 교육자이자 작가였다. 두 사람은 뉴욕에서 만나 이사무 노구치를 갖게 되지만, 노구치가 태어날 당시 아버지는 일본으로 돌아간 후였고, 어머니는 로스앤젤레스에서 혼자 이사무를 낳는다. 길모어는 두 살배기 아이를 데리고

○**이사무 노구치**(1904~1988)
일본계 미국인 조각가. 1920년대 뉴욕에서 조각을 공부한 후 파리로 건너가 브랑쿠시 밑에서 수학했다. 1940년대 초현실주의의 영향을 받은 조각 작품들을 내놓았고 공원, 정원, 놀이터 등 수많은 공공미술 프로젝트에 지원하고 참가했다. 마사 그레이엄, 머스 커닝엄 등을 위한 무대장치를 디자인했고, 조명과 가구도 디자인했다. 1960년대부터 일본의 석조각가 마사토시 이즈미와 함께 일하며 동양의 영향이 깊게 느껴지는 석조 작업을 많이 했다. 뉴욕과 일본의 시코쿠에 개인 미술관을 남겼다.

일본으로 가지만, 이사무가 아버지와 한집에서 살 수 있었던 건 고작 두 달 뿐. 열세 살에 미국으로 돌아올 때까지 일본에서 이사무는 자신이 남과 다르다는 사실과 아버지의 부재로 인해 큰 상처를 받는다. 지금이야 혼혈이 오히려 멋지다고까지 하지만 그때야 어디 그랬을까. 아이들은 끊임없이 그를 '아이노꾸'라 놀렸고, 제 아버지의 성격을 닮아 팍팍하기만 했던 이사무는 외톨이였다. 어머니, 그리고 자연에 대한 기억만이 달콤했을 뿐이었다.

오랜만이어서 그런지 정원 미술관이 있는 롱아일랜드시티로 가는 길은 멀게 느껴질 뿐 아니라 낯설기까지 했다. 그만큼 새로운 것도 사실이었다. 롱아일랜드시티로 가는 지하철은 고가철도로 지나는데 이스트리버를 건너는 다리를 통과하고 나서 보이는 맨해튼 전경이 새삼 놀라웠다. 꾸불거리는 위장 속에서만 살다가 밖으로 나와 비로소 매끈한 몸의 곡선을 보는 기분. 맨해튼 전경은 보는 위치마다 맛이 다르지만 미술관이 위치한 롱아일랜드시티 쪽에선 특히 극적이다. 맨해튼 미드타운의 바로 건너편이라 전면 파노라마를 볼 수 있다. 텅 비어 있는 지하철에서 창문에 코를 박고 서서 밖을 내다보았다. "우리는 우리가 알고 있는 모든 것이 그려내는 풍경이다" 라고 언젠가 노구치가 말한 적이 있다. 그렇다면 뉴욕은 뉴욕이 알고 있는 모든 것이 그려내는 풍경? 도착한 역이 고가 위에 있어 그런지 뉴욕은 생각도 못할, 경기도 어디쯤에 있는 간이역에 온 것 같다.

지하철역에서 20분 정도를 걸어 정원 미술관에 도착했다. 작은 입구를 통과해 미술관으로 들어서니 콘크리트 벽으로 둘러싸인 전시장이 나왔다. 노구치의 후기 작품들은 돌의 자연적인 형태를 살린 것이 많다. 그의 젊은 시절 작품들에 비해 동양의 정서가 강하다. 전형적인 동양의 역설, 크게 주장하지 않는 물성, 그런 느낌이다. 나이가 들면서 자신의 뿌리로 돌아가듯 동양적이 되어간 걸까. 그는 이렇게 말한다. "내 조각은 점점 돌에, 특히 일본에서 발견되는 매우 단단한 화강암과 현무암에 집중되었다." 노구치는 어릴 때 몇 년을 제외하곤 미국과 유럽에서 성장했다. 컬럼비아 대학에서 의대 과정을 포기하고 예술가가 되기로 결심했을 때 그는 자신의 이름을 샘 길모어에서 이사무 노구치로 바꿨다. 그에게 아티스트가 되는 것은 곧 일본인의 정체를 되찾는 일이라고 선언하듯, 다소 낭만적이고 극단적인 제스처를 했었다. 후기 작업에서 노구치는 마침내 일본인이 된 듯하다.

정원을 한 바퀴 둘러본다. 흐린 날의 기온이 잘 맞는 옷처럼 몸에 와서 착 감긴다. 노구치가 작업실을 미술관으로 남기겠다는 아이디어를 얻게 된 건 그의 스승이었던 브랑쿠시의 영향이 컸을 것이다. 죽음을 앞둔 조각가에게 공간 문제는 거의 악몽일 터. 일단 미술관들이 작품을 받아줄지도 문제고, 받아준다 해도 작품이 항상 전시되리란 보장도 없다. 그래서 그의 미술관은 작품의 보전을 해결한 공간이자 그의 '에고'의 초월적 탈바꿈이기도 하다. 브랑쿠시는 자신의 작품을 프랑스 정부에 기증하는 조건으로 작업실을 미술관으로 보전해줄 것을 요구한 것이었지만, 노구치는 자신의 힘으로 기금을 끌어모아 사설 재단을 만든 것이어서 그 노고의 종류가 좀 다르다. 게다가 동양과 서양으로 갈라진 자신의 정체성 문제를 마무리짓기라도 하듯, 일본 시코쿠에 하나, 뉴욕에 하나, 정원 미술관을 둘이나 만들었다. 한 조각가의 괴팍하고 혼란스런 에고가 남긴 커다랗고 유의미한 흔적이다.

노구치에게 정원은 하나의 세계였다. 노구치는 일본의 료안지 정원일본 교토에 있는 사원으로, 그 정원은 돌과 모래로 꾸며졌다을 처음 보았을 때 느낀 감동을 이렇게 말했다. "이 정원을 보고 있으면 무한한 공간 속으로, 다른 차원의 세계로 빠져드는 것 같다. (……) 티 한 점 없는 완벽한 순결의 우주이다." 또한 그에게 정원은 조각의 확장이었다. 정원이란 공간의 조각이라고 자주 말하곤 했다. 정원 속에 놓인 조각은 조성된 공간과 좀더 능동적인 관계를 가지며 존재하게 되고, 그 관계의 형태를 빚어내는 것이 그의 일이었다. 이런 의미를 갖는 정원은 그의 생애를 걸쳐 하나둘씩 그 의미를 더해가게 된다. 예

를 들어 1958년도 작품인 파리의 유네스코 정원 이후 그에게 정원은 일본식 전통과 서양식 감성이 조화를 이루어야 하는, 엄청난 갈등과 도전의 장소가 되었고, 1965년 완성된 예루살렘의 빌리 로즈 예술 공원은 그가 찾아 헤매던 '한 뼘의 땅'으로서의 상징성을 지니게 된다. 하지만 지금 내가 앉아 있는 이 정원이야말로 그에겐 궁극의 공간이 아니었을까.

흐린 날인데 대숲을 보니 바람 한 점 없다. 그러고 보니 개보수중 이전한 곳까지 합쳐 대충 2년에 한 번 꼴로 그의 미술관에 오는 것 같다. 내가 이곳에 돌아온 건가 싶기도 하다. 노구치는 태어나면서부터 끊임없이 전 세계를

돌아다녔지만 언제나 뉴욕으로 돌아왔다. 그는 뉴욕을 자신의 '집' 이라고 생각하지만, 한편으론 그렇지 않다고 선언하듯 말한 적이 있었다. 자신은 집이 없다고도 했다. 어디에도 온전히 속할 수 없는 처지를 이렇듯 자신의 정체성으로 내세우곤 했지만, 동시에 평생을 자신의 '이중' 정체성으로 힘들어했다. 미국에선 일본인이요, 일본에선 미국인이라고 한탄하곤 했다. 어찌 보면 내가 여기서 얻는 평화로움은 정원이 간직하고 있을, 내가 공감할 수 있는 '이방인'의 요소에서 얻는 편안함일지도 모르겠다. 미국에 와서 미국인들보단 유럽인들과 더 친하게 지내는 이치다. 어떤 기대감을 갖고 대숲을 지나 미술관 안으로 들어간다. 내가 지금껏 열거할 수 있는 '아버지' 들이 있다. 노구치는 평생 아버지의 모습을 기다리며 살아간 사람이지만, 이제 그는 긴 여행을 마친 오디세우스로서 나에게 아버지의 모습으로 돌아온 건지도 모르겠다.

나와 돌과 정원과……

2007. 7

아직도 고향하면 떠오르는 곳이 지가사키예요. 맑은 공기와 바다, 소나무 향 때문에 죽어가던 사람도 살린다는 곳이었어요. 소나무를 그린 히로시게의 목판화 기억해요? 바로 지가사키의 소나무예요. 처음엔 바로 그 소나무 숲 근처에 있는 농가에 방을 얻어 살았어요. 뽕나무 잎 위에 누에를 치던 집이었죠. 그곳에서 난 전형적인 일본의 시골 아이였어요. 어린 버들가지를 벗겨 휘파람을 불고, 뱀장어를 잡으려면 어디로 가야 하는지 알고 있던. 아이들과 가을 장작불에 모찌를 구워먹었고 저녁노을을 보면서 〈아카돈보〉를 부르던 기억도 나요.

말하자면 시골에서 보낸 서정적인 어린 시절이죠. 하지만 그게 전부는 아니에요. 지가사키는 모리무라 유치원과는 달랐어요. 보호막이 없는 자연이라 할까…… 아무리 다른 아이들과 똑같은 일본 아이가 되고 싶어도 그럴 수 없다는 걸 깨달은 곳이에요. 뭘 해도 순간순간 그들과 다르다는 의식이 머릿속에 있었지요. 내가 커가고 있었던데다가, 시골 아이들은 뭘 숨기질 못하니까 때론 더 잔인하잖아요. 게다가 일본이란 나라가 그렇죠. 일본 사람은 일본 사람이고, 나머지는 그들과 절대 동등할 수 없는 외국인인 거죠. 전통과 규칙이 중요한 곳에서 파생된, 난 일종의 '불규칙동사' 였던 셈이에요.

어머니는 지가사키를 좋아하셨어요. 기후와 풍경이 좋은 이유도 있었지만 고립된 느낌이 오히려 편안하셨나봐요. 동생 아일즈가 생긴 이유도 있지요. 그때 지가사키에 세 사람이 살 만한 셋집이 나온 게 없었어요. 그래서 어머닌 아예 집을 짓기로 하셨어요. 여기저기서 돈을 융통한 어머닌 목수들에게 값싸게 짓되 그렇게 보이지 않도록 하라고 하셨대요. 살 집이 절실하기도 했지만 이 집은 사실 어머니가 아들에게 준 값비싼 프로젝트 같은 거였어요. 어머니는 그 집이 여러 의미에서 내 집이 되길 바라신 거예요. 아버지를 모르는 동생의 출생으로 인한 나의 충격을 달래기 위한 이유도 있었고, 내가 직접 집을 짓는 일에 참가하면서 뭔가 배우길 바라셨던 거지요. 어머니는 일본의 목수들을 존경해 마지않으셨는데, 바로 나에게 그 목수들을 감독하게 하셨어요. 하루종일 꼼꼼하게 목수들의 일을 보고 그 진척 사항을 저녁때 어머니께 보고드렸죠. 처음으로 뭔가가 된 것 같은 느낌이었고, 대단한 경험이었어요. 지가사키의 집짓기는 내 인생의 일대 사건이라고 할 수 있죠.

서쪽으로 난 창으로 후지산이 보이고 이층에선 바다가 보였어요. 창밖으로 바라보던 저녁노을은 정말 아름다웠어요. 어린 시절에 한 사람의 삶을 결정짓는 순간이 있다고 하잖아요. 아마 그 순간의 경험이었을 것 같아요. 드디어 삶 속으로 입성했다고 할까요. 내가 직접 일부가 되어 지은 집의 창밖을 보며 느낀 자연의 아름다움…… 그 경험은 언제나 내 의식 속에 존재하는 내 일부가 되었어요. 집엔 작지만 정원도 있었어요. 어머니는 그 정원 역시 제게 맡겼고, 난 그때부터 다른 건 아무것도 생각할 수가 없었어요. 어머니께 그랬죠. 커서 정원 조경사나 원예사가 되겠다고. 어머니의 학생이 가져다준 장미 관목들을 심고, 미국의 캐서린 이모가 보내주신 씨앗들을 심었어요. 곧 보라색 팬지며 노란 앵초꽃들이 정원에 피어났죠. 일요일이 되면 산으로 거의 10킬로나 되는 길을 걸으며 산진달래나 신기한 식물들을 찾으러 다녔어요. 또 펌프에서 넘치는 물을 끌어다 작은 냇물을 만들기도 했고요. 꽃이 있고 나무가 있고 물이 있으니 난 돌이 필요하다고 생각했어요. 어린 마음에 궁여지책으로 이웃집의 돌을 몰래 가져다 우리 정원에 갖다놓았죠. 이게 바로 나를 오랫동안 죄책감으로 괴롭힌 사건이지만 내 정성을 보신 어머니께선 가마쿠라에 있는 절로 나를 데려가서 그 정원들을 구경시켜주셨어요. 나와 돌과 정원의 인연은 이렇게 시작되었어요.

※이사무 노구치의 전기를 읽고 그의 목소리로 그의 어린 시절을 재구성해보았다.

윌리엄스버그 2007. 7

다시 윌리엄스버그로 이사 간다. 내가 기억하는 윌리엄스버그는 1990년대 중후반부터다. 그때만 해도 예전의 어두운 그림자가 남아 있던 곳이었다. 그보다 전으로 더 거슬러올라가면 윌리엄스버그는 19세기 초반 독일과 오스트리아계 금융인들이 사업을 시작한 곳이었고, 밴더빌트가나 휘트니가의 사람들이 이곳에 별장을 짓기도 했었다고 한다. 파이저 같은 제약회사나 오일 정유, 설탕 정제업 등 산업이 들어서고 자본가들이 은행을 세웠다. 1887년부터 역사를 자랑하는 피터 루거 스테이크 하우스가 당시 독일인들이 들락거리던 이곳의 분위기를 전해준다. 1903년 윌리엄스버그 다리가 세워지면서 맨해튼 로어이스트사이드에 살던 유대인들과 동유럽인들이 대거 건너와 윌리엄스버그는 뉴욕에서도 인구 밀도가 높은 곳이 되었다. 2차대전 후 경제가 기울고 산업이 내리막길을 걸으며 윌리엄스버그는 가난과 마약과 범죄가 만들어내는 어두운 캐릭터를 가진 곳이 되었다. 어린 시절 윌리엄스버그의 드릭스 애버뉴에 살던 헨리 밀러가 『남회귀선Tropic of Capricorn』에서 자신이 살던 동네에 대해 이렇게 말했다. "어린 소년에게, 사랑에 빠진 연인에게, 미친 사람에게, 술주정뱅이에게, 사기꾼에게, 난봉꾼에게, 깡패에게, 천문학자에게, 음악하는 사람에게, 시인에게, 재봉사에게, 구두장이에게, 정치가에게 이상적인 거리이다."

사람들은 윌리엄스버그가 변해간다고 하지만, 아직도 한 블록을 차지하는 커다란, 빈 공장 건물들이 내뿜는 흉흉함이 있고, 늙은 폴란드인이 경영하는 빵집과 푸에르토리코인들이 하는 보데가 들이 있다. 1990년대 이곳을 드나들 때의 기억이 아직 생생하다. 내가 이곳에 갖고 있는 매력엔 그때의 기억이 크게 작용할 것이다. 아직 뉴욕이 낯설 무렵, 그중에서도 낯설었던 지역. 매우 다른 풍경이 주는 매우 다른 기대감. 하지만 지금은 무엇보다 내가 좋아하는 서점과 커피집이 가까이에 있다. 낡은 옷을 입고 부스스한 머리를 한 아이들이 책을 읽고 음악을 듣고 커피를 마시는 이곳이 편안하다. 거의 이상적이다.

내부의 부조리함

2007. 8

최근 집 공사 때문에 작업실이 짐으로 가득차 엉망이 되면서 나는 때로 화장실을 피난처로 삼았다. 어두컴컴하고 널찍한 화장실 바닥에 주저앉아 프란체스카 우드맨Francesca Woodman, 1958~1981의 흑백사진들을 들여다보곤 했다. 그녀 작품은 1972년부터 1981년 사이에 나온 것들이니 한창 '몸'의 담론이 예술계를 휩쓸 때였다. 하지만 우드맨의 작품은 정치적이고 '정체적'이라기보단 시적이다. 그녀는 1974년부터 RISD로드아일랜드 디자인 스쿨에 다녔는데, 재학중 로마에 교환학생으로 선발되어 가게 된다. 그녀는 캄포디피오리 근처에 머물렀고 동네 작은 서점에서 아토닌 아르토, 발튀스, 조르주 바타유, 앙드레 브르통, 로트레아몽, 첼린, 니체의 책들을 접하게 되었다고 한다. 이 리스트를 보면 그녀의 작품들에서 정치적인 색채보다 부조리한 시정이 느껴지는 이유를 알 수 있을 듯하다.

그녀는 로마에 머물 당시 친구, 슬론 랜킨 켁과 함께 포르타 포르테세 같은 벼룩시장을 돌아다니며 촬영에 필요한 옷들과 소품들을 사 모았다고 한다. 그리고 자신이 직접 모델이 되지 않을 때는 슬론을 모델로 세워 작업을 했다. 화장실에 앉아 우드맨이 '거울 이미지'와 같은 여자친구와 로마의 거

Francesca Woodman, *Untitled(Rome)*, gellatin silver print, 1971

리 구석구석을 헤집고 돌아다니는 상상을 하니 웃음이 났다. 그녀 사진의 매력, 플레이풀playful 한 면은 바로 거기서 연유한 것일지도 모른다. 이미지는 기이해도 여자친구와 장난치듯 시시덕거리며 작업하지 않았을까. 아무

리 심각해도 그들은 이 작업을 할 당시 십대였고, 이십대 초반이었다. 우스꽝스러울 정도로 부조리한 실존적, 성적 에너지로 가득차 있을 때다. 오늘 아침 화장실에 들어앉아 다시 그녀의 사진들을 보며 새삼스레 배신감을 느꼈다. 그녀는 로마에서 뉴욕으로 돌아온 후 스물두 살에 첼시에 있던 작업실 창문에서 뛰어내려 자살했다. 자살치고도 너무 이른 자살이었다. 젊었을 때 집중적으로 한 작업들이기에, 요절한 시인의 시들처럼 작품들은 기이하고 강렬하다. 하지만 그녀의 삼십대 작품들은 어땠을까 절실하게 궁금해진다. 십자가에 못박힌 예수를 연상시키는, 그녀가 문틀에 매달려 있는 사진을 들여다보면 죽음은 다른 형태가 되더라도 내내 그녀와 함께 있었을 것이라는 생각이 든다. 내부의 부조리함. 그녀만큼 잘한 사람은 없는 듯하다. 건물의 내부와 자신의 내부를 소통하게 하고 이토록 쇼킹하게 아름다움으로 형상화한 사람은 보기 드물다. 좀더 나이를 먹은 그녀가 할 수 있는 일이 무엇이었을까 궁금해지고, 삼십대로 접어들고 마침내 사십대가 된 그녀를 보며 더욱 공감하고 싶어지는 것이다.

살과 피와 똥의 에로스

2007. 8

얼마 전에 에로스란 주제로 글을 쓸 기회가 있었다. 난 나름대로 이 주제를 생각하며 책도 들추어보고 머릿속에 맥을 잡아보며 하루를 보냈지만 그 기회는 무산되고 말았다. 에로스란 얼마나 좋은 주제인가! 에로스가 좋은 주제인 이유는 요즘의 세상이 '포르노적'이 되어가기 때문이다. 포르노에 맞설 수 있는 건 결국 에로스가 아닌가.

수전 손택은 「포르노적 상상력」이라는 글에서 포르노의 특성을 이렇게 네 가지로 분류해서 얘기한 적이 있다.

1. 성적인 자극만을 유일한 목적으로 삼는다(따라서 문학의 복합적인 기능과는 상반된다).
2. 기승전결이라는 서사 구조가 결핍되어 있다.
3. 문학적 표현 등 언어에 관심을 갖지 않는다.
4. 느낌, 감정 등이 연루되는 인간관계를 다루지 않는다.

인터넷과 함께 포르노는 우리의 삶 속에 아예 편재하는 것이 되어버렸다(특히 한국 웹사이트에선 더욱 심한데 포르노성 이미지, 정력 어쩌고 하는 얘기가 일면에 등장하지 않는 주요 일간 신문이란 없다). 이런 세상 속에 사는 우리가 포르노적 존재가 되는 건 시간문제가 아닐까. 자극적인 쾌락에만 관심을 갖는, 기본적으로 기승전결이 없는 인간, 문학이든 미술이든 인간의 조건을 드러내는 형식에 대해선 몰라라 하고, 열정적이고 격한 감정이 생기는 어떤 인간적 관계도 자제하는 인간.

내가 에로스와 함께 얘기하고 싶었던 작가는 사이 톰블리40페이지 참조였다. 사이 톰블리의 작업들은 거의 모두 에로틱할 정도로 감각적이지만, 흔히 '바로크적'이라 불리는 시기에 나온 작품에선 그 특성이 더욱 두드러진다. 이 작품들에서 톰블리의 색들은 상징적인 성격을 띠는데 핑크색은 '살'이고 빨간색은 '피'고 갈색은 '땅', 흰색은 구름, 회색은 거울, 대략 이런 식

Cy Twombly, *Leda and the Swan*, oil, pencil and crayon on canvas, 1962

이다. 톰블리의 그림을 잘 들여다보면 여자의 유방 같은 형태가 불쑥 튀어나오고 남자의 성기처럼 보이는 부분도 있다. 〈나폴리 만〉이라는 작품에서도 이런저런 에로틱한 형태들이 눈에 띈다. 그런데 내용보다 더 에로틱한 것은 물감 자체이다. 그가 물감을 캔버스에 바르는 방법 때문에 느껴지는 물감의 '물질성'. 물감이 아니라 진짜 살 같고 피 같고 거품 같고 흙 또는 똥 같은 것이다. 두 연인이 더럽혀 놓은 침대 시트 같다.

포르노에서 '변태적'인 방법으로 살과 피와 똥을 빌리기도 하지만 이런 신체적 상상력이란 사랑에 깊이 빠진 두 연인에게서 탄생한 것임이 틀림없다. “네 살을 씹어 먹고 싶어. 맛있을 거 같아.” “네 팔 한쪽 잘라줄래? 주머니 속에 넣고 다니게.” “오줌 마렵고 똥마려우면 얘기해. 내가 입을 벌려줄게. 하하.” 원래 살과 피와 똥의 대화는 사랑이 있을 때만 가능한 거다.

〈포르노그래픽 어페어Une Liaison Pornographique〉라는 영화가 있다. 외로운 두 남녀가 신문인가 어디 광고를 내서 만난다. 아쉽게도 그 남녀가 만나 들어간 호텔방에서 무엇을 하는지 우리는 전혀 볼 수 없다. 그 둘은 계속, 짐작건대, 섹스를 위해서 만나는데 나중에 좀 지겨워졌다는 투로 새로운 것을 시도해보기로 한다. 그리고 마침내 영화는 우리에게 그들이 무슨 짓을 하는지 보여준다. 그날 그들이 시도한 것은 정상 체위였다(이 장면으로 우리는 그들이 그동안 어떤 행각을 벌였는지 짐작할 수 있다). ‘포르노적’ 관계를 유지하던 그들이 정상 체위가 주는 친밀한 에로스를 체험하자 황당해한다. 아마 서로의 두 눈을 볼 수 있었으리라. 포르노적으로 아무리 체조하듯 섹스를 해봐야, 사랑하는 사람과의 섹스처럼 에로틱한 건 세상에 없다.

톰블리의 그림은 에로스가 살아 있는 침대다. 서로 물고, 빨고, 씹고, 정성껏 핥아주는. 서툴고, 떨리고, 격정적이고, 냄새나고, 향긋하고, 짜고, 맛있고, 시끄럽고, 애틋하고, 감미롭고, 지극히 인간적이고 아름다운 침대. 그 위엔 살과 피와 똥뿐 아니라 하늘도 있고, 구름도 있고, 바람도 있고, 바다도 있고, 죽음도 있다. 잘 보면 기가 막히고 가슴 무너지는 그림이다.

가구에 꽂히다

2007. 8

이사를 하고 나서 가구에 관심을 갖다보니 이젠 거의 가구에 중독되어가는 것 같다. 온라인이든 오프라인이든 가구점을 기웃거리는 것이 일과가 되었으니 말이다. 가구 중독자가 살펴본 결과, 요즘의 일반적인 가구 디자인 소비 동향은 크게 세 가지 양상을 띤다. 첫째 이베이나 DWRDesign Within Reach 등을 중심으로 꾸준히 잘도 팔리고 있는 모던 가구. 예를 들어 허먼 밀러 사社가 만드는 '임스 의자'나 놀knoll 사社의 '사아리넨 커피 테이블' 등은 그 인기가 식을 줄을 모른다. 둘째는 '내추럴' 디자인을 표방하는 가구. 이런 가구들은 주로 일본계 미국인 디자이너 조지 나카시마의 영향을 받은 것들이다. 특히 원목의 자연스런 결과 형태를 그대로 살린 탁자들이 인기인데, 예전 같으면 하자로 여겼을 옹이나 갈라진 틈도 이제는 하나의 디자인 요소로 여겨지는 것이 특징이다. 이들은 친환경적 정서와 맞물리면서 소비자들에게 일종의 도덕적인 뿌듯함을 가져다주는 역할까지 하고 있다. 세번째는 깔끔하고 미니멀한 디자인에 반대하는 포스트모던한 색채의 가구들이다. 건축과 디자인에 포스트모더니즘이 등장한 지야 꽤 된 일이지만 대중 속으로 퍼져나가는 건 이제부터라 해도 과언이 아니다. 모더니즘의 추상적이고 조화롭고 차가운 형태에 반발한 이들의 디자인은 무언가를 연상시키는 형태에, 뒷얘기가 있고, 때론 괴상해 보이기까지 한다.

지금 뉴욕 가구 시장의 포스트모더니즘은 필립 스탁이나 카림 라시드, 마르셀 원더스와 같은 유럽의 국제적 디자이너들과 브루클린을 중심으로 형성되고 있는 일군의 디자이너들로 크게 나뉘어 전개되고 있다. 유럽형 디자이너들이 과감한 선과 색채, 문양 들을 사용하고 반들거리고 화려한 마감을 특징으로 한다면, 브루클린의 디자이너들은 어딘지 허접해 보이는 형태에 산업적인 감성이 담긴 작품을 내놓는다는 점이 다르다. 그러고 보면 이들이야말로 뉴욕 디자인계의 최신예들이다. 예로 내가 좋아하게 된 디자이너 제이슨 밀러의 '덕테이프 의자'를 들면, 의자의 겉감이 찢어져 공업용 테이프를 덕지덕지 붙여놓은 것 같은 모습을 하고 있다. 물론 천은 찢어지지 않았고 공업용 테이프는 그런 모양의 가죽이다. 찢어지기 전에 미리 수선을 해놨으니 다시 수선할 필요가 없는 의자라는 것이 그의 콘셉트이다. 또 맷 가농의 '종이 테이블'은 폐지를 이용해 만든 커피 테이블로 시커먼 벽돌 같은 모습인데, 잡지나 신문을 끼워놓을 수 있는 틈이 여럿 나 있다. 재활용 가구이면서도 잡지 등 종이의 소비를 부추기는 것 같은 아이러니가 재미있다. 사뮈엘 베케트는 "사람은 동시대 문화를 수용할 수 있어야 한다"고 말했다. 아직 가내수공업처럼 제작하는 가구들이라 가격이 비싸다는 흠이 있지만 감상의 재미는 그대로다.

하루종일 비

2007. 8

어젯밤엔 오랜만에 목욕을 했다. 웨스트빌리지 그 좁던 집에선 목욕을 자주 했었다. 마땅히 있을 곳도 없고 답답해지면 오래오래 탕 속에 들어앉아 책을 읽었다. 뜨거운 물만은 절대 끊기는 일 없이 잘 나오는 집이었다.

그 답답한 집도 추억이 되었는지 예전에 목욕할 때 읽던 책을 갖고 들어갔는데 그때 읽은 책 속엔 이런 구절들이 있었다. “대중작가들이란 만들어지는 것이 아니라 타고나는 것이다. 대중작가가 되려면 적당히 통속적이고, 적당하게 재능이 있어야 한다.” 헉슬리는 조금의 비아냥거림도 없이 아무리 진부하고 저속한 마인드라도 그걸 표현하는 데는 분명 재능이 필요하다고 말한다. 워즈워스의 마인드는 미스 윌콕스(아마도 당시의 대중작가)의 마인드보다 훨씬 아름답고 흥미롭지만 표현에 있어 그 둘의 재주는 거의 비슷하다는 것이다. 문제는 이 세상에 워즈워스의 고귀한 마인드를 닮은 사람이 더 많으냐, 아니면 지금은 잊힌 미스 윌콕스의 마인드를 닮은 사람이 많으냐는 것이다. 인기 작가와 비인기 작가의 차이는 여기 있다고 헉슬리는 말한다.

전에 어떤 친구가 “그 책은 대중으로부터 인기를 끌었잖아”라며 책의 가치와 질을 두둔하는 걸 들었다. 아무리 재능을 인정한다 해도 인기가 책의 질을 말해줄 순 없다. 대개는 오히려 그 반대다. 이것이 새로운 사실은 아니지만 요즘은 인기 자체가 인기를 낳는 듯하다. 별 내용이 없는 사이트라도, 어쩌다 방문객 수가 많아지면 바로 그 숫자가 방문객 수를 늘리게 된다. 헉슬리는 또 이렇게 말한다. 체호프처럼 글을 쓰고 싶어하는 사람이 토요 석간신문Saturday Evening Post에 실리는 글을 쓰는 게 쉽다고 생각할지도 모르지만 대중작가로서 필요한 재능 없이는 그런 글을 쓰는 것도 체호프의 단편을 쓰는 일만큼이나 불가능한 일이라고. 매일같이 텅 빈 내용의 사이트들을 들여다보는 것도 공허한 마인드 없이는 불가능한 일이다. 티핑 포인트의 세상. 조회수와 텅 빈 내용의 상승작용. 제임스 설터는 영화를 한 편 볼 때마다 입버릇처럼 이렇게 말한다고 한다. “더이상 낮아질 수는 없다.”

나는 기억한다

2007. 8

조 브레이나드 Joe Brainard°의 책을 사다. 『I Remember』. 평소에 기억력이 없어 불편이 많은 나는 이 책을 보고 깜짝 놀랐다. 그의 기억 한 줄마다 나의 기억들도 평행으로 펼쳐지는 걸 보고 '나도 기억하고 있는 게 꽤 많구나' 한 것이다. 그의 기억들은 예를 들면 이랬다.

내가 그린 첫 드로잉을 기억한다. 아주 긴 기차와 함께 신부bride를 그렸었다.

처음이자 마지막으로 본 엄마의 우는 모습을 기억한다. 그때 난 살구 파이를 먹고 있었다.

영화 〈남태평양〉을 세 번씩이나 보면서 엄청 울던 것을 기억한다.

장관이 되기로 마음먹었던 순간을 기억한다. 하지만 언제 되지 않기로 마음먹었었는지는 기억나지 않는다.

수많은 9월들을 기억한다.

(……)

°**조 브레이나드**(1942~1994)
미국의 아티스트이자 작가. 주로 어셈블리지, 콜라주 등의 작업을 했고, 다수의 에세이와 독창적인 형식의 자서전으로 일컬어지는 『I Remember』를 남겼다. 프랑크 오하라, 제임스 스카일러, 존 애시버리 등 뉴욕파라 불리는 시인들, 그리고 이들과 교류하던 알렉스 카츠, 페어필드 포터와 같은 화가들과 교류했다. 뉴욕 예술계의 많은 주목을 받았지만 1980년대부터는 예술계를 떠나 주로 책을 읽으며 지냈다. 52세에 에이즈로 죽었다.

167페이지짜리 책 한 권이 온통 이런 짤막한 기억들로 계속된다. 앞뒤의 일이 반드시 기억나는 것은 아니어도 결국, 열렬히 기억하고 있는 어떤 순간들. 우리는 이런 열렬한 기억의 순간들로 지탱되고 맥락을 갖는다. 살아간다. 실제로 브레이나드의 전시는 나의 초기 '아트 모멘트' 중의 하나로 기억된다. 그의 식으로 말해보자.

조 브레이나드의 작품을 티보 드 나지 갤러리Tibor de Nagy Gallery에서 처음 봤던 것을 기억한다. 엽서 크기 정도의 작은 콜라주들을 보고 얼떨떨했었다.

'효과적' 예술 2007. 9

엊그제 휘트니에 갔던 이유는 루돌프 스팅겔Rudolf Stingel, 1956~ 전시에 관한 기사를 쓸까 해서였다. 로버타 스미스가 얼굴이 뜨끈거릴 정도의 극찬을 했었다. 백만 달러쯤 하게 생긴 샹들리에가 걸린 첫 방은 과연 눈이 부셨다. 두번째, 세번째…… 계속 '아름다웠'으나 이런 결론을 내릴 수밖에 없었다. 내 취향엔 별로야.

첫째, 이번 그의 전시는 상당 부분이 시각적 효과에 관한 것이었다. 눈앞에 '짠' 하고 펼쳐져 '와' 하게 하는 효과. 어떤 작품이나 이런 속성은 어느 정도 가지고 있지만 효과가 사라진 후 무엇이 남는가가 관건이다. 샹들리에가 걸린 첫 방은 관객들이 직접 '낙서'를 할 수 있는 알루미늄 포일 벽으로 꾸며졌다. 벽은 스펀지에 포일을 붙인 것인데 낙서를 '세게' 하면 포일이 일어나면서 스펀지가 드러난다. 이 부분은 맘에 든다. 문제는 무지막지하게 화려하게 생긴 샹들리에(참고로 이는 스팅겔이 미술관 측에 설치를 요구한 것이고 그의 작품은 아니다)가 내는 역시 무지막지하게 화려한 빛 때문에 포일이 마치 '은'처럼 '백금'처럼 빛난다는 사실이다. 이는 내가 가진 두번째 이슈와 연결된다.

둘째, 재료의 사용. 스팅겔은 이렇게 포일이나 스티로폼 같은 '비천한' 재료를 사용한다. 세번째 방에는 분홍색 스티로폼을 목판처럼 깎아 부조를 만들었고, 네번째 방에는 흰 스티로폼 위에 발자국을 내 로버타 스미스가 '눈 위에 찍힌 발자국 같다'고 열광하게 만들었다. 이 두 종류의 스티로폼 작업들에서도 스티로폼은 (아까 포일처럼) 그 비천함을 뛰어넘어 뭔가 대단하고 웅장한 것으로 거듭난다. 이런 재료에 대한 접근 방식은, 예를 들어 리처드 터틀이나 **사라 체**Sarah Sze○ 같은 작가들의 그것과는 대조적이다. 이들의 작품은 그 재료들이 갖고 있는 비천함과 소박함, 보잘것없음을 그대로 유지하면서 그 자체를 넘볼 수 없는 아름다움의 존재로 승격시킨다.

세번째, 관객 참여 아트라는 콘셉트. 이에 대해선 난 원래 시큰둥한 편이다. 이 세상 모든 예술은 인터랙티브하다. 그 자체로 완성되어 있는 작품이란 없다. 끊임없이 관객의 시선을, 새로운 시선을, 색다른 시선을 기다린다. 관객을 '문자 그대로' 참여시킨다는 이유로 뭔가 굉장한 것을 발견한 것처럼 구는 예술은 (그 속에 뭔가 탁월한 것이 없다면) 재미없다. 지루한 동어 반복일 뿐이다.

예전에 휘트니 비엔날레에서 본 그의 자화상들이 머릿속에 남아 있다. **척 클로스**Chuck Close○를 연상시키는 대형 포토 리얼리즘인데 자화상 속의 물리적, 심리적 공간이 흥미로웠다. 그건 아직도 관심을 끄는데, 대단한 효과를 지닌 다른 작품들과 함께 보니 이 작품들 또한 상당 부분 효과에 관한 것이 아닌가 싶

○**사라 체**(1969~)
미국의 설치미술가. 일상의 오브제들을 이용해 공간 속에서 '부정형'으로 펼쳐지는 설치작품을 제작한다. 그녀가 사용하는 오브제들은 우리 주변에서 볼 수 있는 거의 모든 것들을 포함한다고 해도 과언이 아니다. 전등과 선풍기, 연필과 운동화, 화분과 파이프 등 다양한 물건들을 장소의 특정적인 개념적 틀 안에서 즉흥적으로 설치한다. 그리하여 관객을 어떤 일이 일어나고 있는 과정 속에 위치하게 하고, 우연하고 예기치 않은 발견을 하도록 이끈다. 그녀의 작품은 우리의 삶처럼 언제, 무엇이, 어떻게 변할지 모르는 변화의 가능성을 내포하며 삶과 예술의 아슬아슬한 경계 위에 놓인다.

○**척 클로스**(1940~)
미국의 화가이자 사진가. 1960년대 후반부터 초상화를 그리기 시작했다. 멀리서 보면 포토리얼리즘 회화처럼 보이는, 매우 사실적인 대형 초상화를 그렸는데, 가까이서 보면 추상적인 패턴만 보여 추상과 구상 회화를 한 캔버스 안에서 구현했다고 여겨진다. 그는 사진과 대형 캔버스에 그리드로 작은 사진을 옮겨 그리는 방법을 사용했는데, 1980년대부터는 CMYK 색채 그리드를 이용한 초상화를 그리기 시작했다. 이 그림들에선 그리드를 이루는 패턴이 더 커지고, 색이 있는 물렁물렁한 듯한 원형이 되었지만, 이전 작품들과 그 골격은 매우 유사하다고 할 수 있다.

어 좀 김이 샜다. 그림의 표면만 생각해봐도 척 클로스의 그것이 훨씬 흥미롭다. 그의 표면은 멀리서 보면 별로 매력적이지 않은 누군가의 턱인데 가까이 가서 보면 아주 섬세하고 복잡한, 미스터리를 간직한 아름다운 추상화 같다. 내게 예술이란 와아—했다 금새 사라지는 효과에 관한 것이 아니라 시간에 걸쳐 불가사의하게 그 몸을 드러내는, 존재 그 자체이다.

발튀스와의 일주일

2007. 9

모처럼 와인 한잔 마시고 일찍 자려고 누웠다 잠이 안 와 다시 일어났다. **발튀스**Balthus○의 다정하고 나지막한 목소리가 그리웠다. 그러고 보니 그와 함께 시간을 보낸 것이 거의 일주일이 되었다. 그의 책을 읽고, 그의 생각을 하고…… 그의 자서전은 단 한 권뿐이다. 도움이 되는 전기는 그의 친구였던 클로드 로이의 책 정도이다. 니콜라스 폭스 웨버의 책은 발췌문을 읽다 도저히 못 참겠어서 그만두었다. 나머지 필요한 정보는 존 러셀의 글들을 통해 얻었다. 사람들은 언제나 고전을 읽으라고 한다. 고전의 해설문이 아닌. 못 알아듣는

○**발튀스**(1908~2001)
폴란드계 프랑스인 화가. 파리에서 미술사가인 아버지와 화가인 어머니 사이에서 발타자 클로소프스키라는 이름으로 태어났다. 그의 부모는 파리의 엘리트 그룹에 속해 있었고, 발튀스는 라이너 마리아 릴케, 피에르 보나르 등에게 가르침을 받으며 자랐다. 학교엔 다니지 않았고 미술관에서 푸생 등을 모방하며 독학했다. 어린 소녀들을 주제로 고전적인 기법의 그림들을 그렸고, 앙드레 드랭, 자코메티 등 현대미술가들과 교류했지만, 현대미술의 스타일이나 관습에 따르지 않고 개인적이고 독자적인 행보를 유지했다.

다 하더라도 고귀한 마인드와 함께 있는 것이 무엇보다 중요하기 때문이다. 발튀스는 고집스럽지만 그가 현대미술의 대열에 참가하지 않은 사실은 평생 짐이 되었으리라. 혁명이란 언제나 어느 정도의 저속함을 견뎌야 하는 일이고, 과거와의 단절 또한 요구된다. 발튀스로선 할 수 없는 일이었다. 그는 현대미술이란 혁신의 의무를 앞장서 수행할 수 없었지만 누구도 해내지

Balthus, *Three Sisters*, oil on canvas, 1965

못한, 누구도 해내지 못할 일을 해냈다. 그만이 할 수 있는 매우 사적인 일. 그는 그 자신에게 있어 세상에서 가장 아름다운 것을 그렸다.

그는 어린 시절 릴케와 함께 책을 만들었고, 미술관에서 푸생을 모사하며 그림을 배웠다. 그런 가르침과 기억과 훈련 속에서 발튀스는 그만의 에로스를 그릴 수 있었다. 이 시대는 음란함이 아니라면 정치적, 종교적 올바름political correctness인 듯하다(물론 이 둘은 밀접한 연관이 있다). 에로스를 모르는 여자들이 광고 이미지를 따라하며 '홍보'의 태도로 몸을 내놓고 돌아다니고, 한쪽에선 언제나 성을 둘러싼 소송들이 제기되고 있다. 어린 소녀들의 어색해 보이는 몸짓을 더할 나위 없는 정확성으로 그려낸 발튀스. 그의 그림엔 'tenderness'가 있었다. 사전에 의하면 tenderness는 유연하고 마음이 여리고 부드럽고 민감하고 친절하고 애정을 갖는 것이다. 에로스가 살포시 내려앉는 세계이다. 그 세상에는 이제 아무도 살지 않는 것 같다. 어쩌면 그가 마지막이었을지 모른다.

complexity 2007. 9

스스로 뭔가 다른 것으로 진화할 수 있는 동력을 품는 내적인 복잡성complexity이 필요하다.

백만장자의 모험 2007. 9

뉴욕타임스의 재밌는 읽을거리 중 하나가 어떤 질문에 대한 독자들의 대답이다. 온라인 뉴욕타임스에선 며칠에 한 번씩 시사와 관련하여 질문들을 던지는데 이를테면, 서부영화 〈3:10 투 유마3:10 to Yuma〉의 개봉과 관련하여 독자들에게 "가장 좋아하는 서부영화는?" 하고 묻는 식이다.

오늘 뜬 질문은 얼마 전 백만장자 모험가 스티브 포셋Steve Fossett, 1944~2008의 실종과 관련한 질문인 "당신이 한 가장 큰 모험은? 그리고 그 이유는?"이었다. 포셋은 네바다의 사막 위를 날다가 실종되었다. 그는 평생 위험한 일을 일삼아온 모험가였고, 위험을 무릅쓰는 것은 그의 일이었다. 모험을 한다는 건 내가 지금 가진 무언가를 잃을지도 모르는 상황을 택하는 것이다. 그게 돈이 될 수도, 지금까지 쌓아놓은 명예가 될 수도, 또는 생명이 될 수도 있다. 포셋의 입장에서 보면 그 셋 다였다. 재산이 많은 모험가의 사고는 뉴스거리가 될 수밖에 없다. 대개 위험한 일을 하는 사람들의 삶은 가진 것을 방어하기보다 위험을 최소화하도록 매니지하는 일에 초점이 맞추어진다. 이 두 가지 삶의 방식은 비슷하게 들리지만 상반된 것이다. 방어적인 삶의 태도와 적극적인 삶의 태도. 위험을 줄이기 위해 최대한의 노력을 하고 두려움을 최소화하는 것. 모험가의 태도는 후자일 것이다.

실제로 잃을 것이 많은 사람들의 눈빛을 보면 탁할 때가 많다. 의심과 두려움이 삶에 대한 사랑과 적극적인 태도를 가린다. 그들의 눈빛은 이 순간에 있지 않다. 반쯤 복잡하고 반쯤 죽어 있다. 스티브 포셋은 아마 철저한 사람이었을 것이다. 그런데 그날은 뭔가 방심했거나 운이 나빴을까? 무심코 산책 가듯 비행하다 사고를 당했을지도 모르겠다. 태어나는 것이 선택이 아니듯 자살이 아니라면 죽음도, 죽는 방법도 선택하기 어렵다. 하지만 한 사람의 죽음은 그 사람의 삶의 반경을 크게 벗어나지 않을 것이다. 방안에서만 안전하게 사는 사람이 네바다의 사막 어딘가에서 죽을 확률은 없기에. 포셋이 죽었다면 그의 죽음은 그의 삶의 맥락 안에 있을 것이다. 이런 죽음은 적어도 횡사는 아니다. 그래도 부디 살아 있기를.

호퍼의 풍경

2007. 9

케이프코드의 호퍼가 살던 집 주변이 변화를 겪을 위기에 처해 있단다. 어떤 사람이 그 일대를 사들였고 그 위에 수영장이 딸린 집을 지을 예정이라고. 그래서 주민들이 호퍼의 풍경은 보호해야 하지 않겠냐고 탄원하고 있다고 한다. 사람이 사는 곳의 풍경이야 변하게 마련이고 어쩔 도리가 없겠지만 알고 있던 풍경이 변하는 것은 서글픈 일이다. 특히 호퍼의 풍경은.

호퍼는 케이프코드의 트루로Truro에서 인생의 절반의 여름을 보냈다. 케이프코드의 끝인 프로빈스타운에 가기 전에 위치한 이곳엔 나도 간 적이 있다. 뉴욕으로 온 지 얼마 지나지 않아 용기를 내어 떠난 여행이었다. 호퍼의 집을 찾고야 말겠다고 해변 쪽으로 향했지만 날은 저물고 있었고 바람이 불었고 비도 한 방울씩 떨어졌다. 트루로에만 가면 호퍼의 집을 발견할 수 있을 거라 생각했는데, 물론 오산이었다. 하지만 뉴잉글랜드 해변의 풍경은 깊게 각인되었다. 오밀조밀하고 예쁜 해변이 아니라 언덕이 가까이 있는 황량한 해변. 이름 모를 긴 풀들이 자라고 아무것도 없이 텅 빈. 물론 여기저기 집들이 보였지만 텅 비어 있다는 내 표현은 조금의 과장도 아니다. 미국의 풍경에 대한 강렬한 첫인상 중 하나였다.

호퍼는 1934년 이곳에 소박한 집을 지었다. 커다란 북향 창이 있는 집이었다(그림을 그리기엔 커다란 북향 창이 최고다). 호퍼는 그때부터 해마다 이곳에서 여름을 보냈다. 사치스럽게 들리지만 웬만한 뉴요커들은 거의 하는 일이다. 뉴욕에선 좁고 불편한 집에서 살다가 다른 곳에 가격이 싼 집을 하나 더 가지고 주말이나 여름에 시간을 보내곤 하는 것이다. 호퍼는 당시 다른 화가들처럼 유럽에 갔었지만 그 영향을 거의 받지 않았다. 모두 피카소를 이어 추상에 손을 댈 무렵 그는 미국의 공간을 그리기 시작했던 것. 특히 그의 케이프코드 풍경들은 미국인들에게는 국보라 해도 과언이 아니다. 미국인의 소박한 성정은 땅에서 온다. 미국의 땅은 도무지 어찌해볼 엄두가 나지 않는, 광활한 경외의 대상이다. 그 황량한 해변에서 느끼는 감정은 외로움이나 멜랑콜리와는 거리가 있다. 내가 어디에 있는지, 이승인지 저승인지 알 수 없는 심오한 지남력 상실을 경험하게 되는 것이다. 호퍼 그림이 주는 기묘한 감각은 기본적으로 이런 정서에서 온다.

호퍼는 집을 그리고 등대를 그렸다. 그는 언젠가 이렇게 말한 적이 있다. "내가 원하는 건 집의 벽에 떨어지는 햇빛을 그리는 것이었다"라고. 그는 길거리의 사람들에겐 별로 관심이 없었다. 극도로 말이 없고 은둔 성향인 호퍼는 어쩌면 건축물에 감정이입을 했는지 모르겠다. 히치콕 영화의 모델이 된 〈철로변 집〉을 두고 스트랜드는 "종국에 도달한 듯한 단호함으로 빛난다"고 했다. 이 두 사람 모두 비인격체에 캐릭터를 부여한 것이다. 호퍼의 그림은 구상화이지만 인물이 등장하는 경우마저도 내러티브가 절제되어 있다. 결국 그는 풍경화가가 아니었을까. 코로나 컨스터블과는 다른, 미국이라는 거대한 땅 위에 지어진 집들을 그린. 가끔 그 안팎의 사람들을 그린. 아무 소리도 들리지 않는, 그저 벽에 햇빛을 드리운 집이 서 있는 풍경. 호퍼가 살던 집에서 보이는 실제 풍경과는 관계없는 풍경이었을지도 모른다. 풍경이 조금 바뀐다 해도 호퍼는 그저 무심할지도 모르겠다.

재즈 인 뉴욕

2007. 10

모국을 떠나 산다는 건 나를 구성하는 상당 부분이 그 의미를 상실함을 뜻한다. 이를테면 어떤 음악을 즐겨들었다는 일 따위가 그렇다. 롤링스톤스나 루 리드를 들은 것은 그렇다 해도, 산울림이나 동물원을 들으며 자랐다는 건 별 의미가 없다. 그래서 외국 생활 초기엔 대개 '취향의 공황'을 겪게 된다. 그 공황은 현지 문화에 대한 관심과 탐색을 통해 서서히 메워지는데, 내 경우에 그 공황의 틈을 타고 스며든 것이 재즈였다. 실제로 뉴욕에서 할 만한 일 중에서도 괜찮은 짓이 재즈를 들으러 다니는 일이다. 재즈는 클래식과 비교하면 역사가 짧고 그나마도 팝에 밀려 한동안 휘청거렸기에, 마음을 잡고 덤빈다면 섭렵이 비교적 용이(?)한 장르라고들 한다. 하지만 아무리 맘이 급해도 뉴욕에서 연주되는 모든 재즈에 눈독을 들였다간 시간은 물론이요, 은행 잔고에도 타격이 만만치 않을 것이다. 올가을도 예외가 아니다. 다운타운의 빌리지 뱅가드엔 얼마 전 세계적 재즈 피아니스트 마샬 솔랄이 와서 솔로 무대를 꾸몄고, 바비 쇼트의 연주로 유명한 카페 카알라일에선 우디 앨런의 공연이 계속되고 있다. 이스트빌리지의 소규모 연주 무대인 더 스톤에선 아방가르드 재즈의 대가 스티븐 번스타인이 기획한 공연들이 10월 내

내 펼쳐지고 있다. 이 가운데서도 뉴욕 재즈의 명소로 새롭게 합류한 재즈 앳 링컨 센터는 스탠더드 재즈를 공부하기에 좋은 환경을 갖춘 곳이다.

재즈 앳 링컨 센터는 세계 최대 규모의 비영리 재즈 공연 단체로, 2004년 타임워너 빌딩에 문을 열었다. 윈튼 마살리스가 예술감독 자리를 맡고 있는 이곳은 모두 세 개의 공연장으로 이루어져 있다. 디지스 클럽 코카콜라99페이지 참조는 저녁식사나 음료와 함께 재즈를 감상할 수 있는 캐주얼하고 친밀한 공간이다. 앨런 룸은 좀더 형식적인 공연장의 형태를 갖춘 곳으로, 너비 15미터 높이 30미터의 창문을 통해 보이는 센트럴파크 뷰가 매력적인 곳이다. 가장 큰 규모의 공연장인 로즈 시어터도 웅장한 맛보다는 푸근한 느낌이 두드러지는데 오케스트라의 연주를 가깝게 감상할 수 있는 곳이다. 최근 2007~2008 시즌 오픈을 했는데, 이번 시즌은 색소폰 및 트럼펫 연주자이자 작곡가, 밴드 리더였던 베니 카터Benny Carter, 1907~2003의 탄생 100주년을 기념하는 공연으로 시작했다. 베니 카터는 대중적으로 크게 알려지지 않았지만 재즈 뮤지션들 사이에선 '황제'로 통하는 인물이다. 그는 최초의 국제 재즈밴드를 결성한 장본인이기도 한데, 디지 걸레스피, 마일스 데이비스, 맥스 로치 등이 그의 밴드를 거쳐갔고, 모두 그에게 진 음악적 빚을 인정하고 있다. 특히 마일스 데이비스는 이렇게 말했다. "모두 베니 카터의 음악을 들어야 합니다. 그는 음악교육 그 자체라 할 수 있어요." 공부도 공부겠지만 빅터 고인즈나 빈센트 가드너 같은 쟁쟁한 인물들의 결투와도 같은 연주를 듣는 것은 즐거움 그 자체이다.

태도들

2007. 11

『아트리뷰』에서 발견한 **프란시스 알리스**Francis Alys°의 글이다.

태도에 관하여

아무리 생각해봐도 어떤 특정한 작품이나 사람이 내 작업에 직접적인 영감을 준 일은 없는 것 같다. 만약 있다면 그건 많은 사람들과 많은 작품들을 접하는 일이라고 할 수 있을 것이다. 그러나 무엇보다 내가 작업을 할 수 있도록 하는 일종의 '태도들'이 있다. 즉,

—말하기

—쉬기

—걷기

—요리하기

—놀기

—책 읽기

—실수하기

—신뢰하기

°**프란시스 알리스**(1959~)
벨기에의 아티스트. 퍼포먼스, 비디오, 회화, 사진 등의 미디엄을 통해 정치적이고 사회적인 이슈를 시적이고 비유적인 방법으로 다룬다. 그의 퍼포먼스는 종종 광범한 지역에서 벌어지거나 많은 사람들이 참여하는 형태를 띤다. 대표적인 예로 〈믿음이 산을 옮길 때〉(2002)에서는 페루의 리마 외곽에서 500명의 인원을 동원하여 삽으로 모래를 떠서 옮기는 작업을 하여, 하나의 모래언덕의 지리적 위치를 몇 인치 옮겼다. 최대의 노력을 들여 최소의 효과를 본다는 내용의 퍼포먼스로, 라틴아메리카의 정치적인 현실을 암시한다. 알리스는 멕시코시티에 살면서 작업한다.

Francis Alys, *When Faith Moves Mountains*, Lima, Peru, April 11th, 2002

—듣기

—두려워하기

—교환하기

—잃어버리기

—믿기

—실패하기

—기다리기

—노력하기

—번역하기

—거리 두기

—변형시키기

그리고,

—잠 안 자기

—용납하지 않기

—이해하지 않기

—닫지 않기

—계획하지 않기

—기억하지 않기

—알지 않기not knowing

최근에 읽은 어떤 얘기보다 영감을 주었다. '걷기' 도 태도이고 '요리하기' 도 태도인 것이다. 어떤 사람을 말해주는 것은 결국 그 사람의 말과 행동이다. 어떤 말을 하고 어떤 행동을 하는지. 어떤 행동을 반복해서, 생각해서 하다보면 결국 하나의 태도, 삶에 임하는 태도가 되는 것이다. 땅을 밟는 것이, 길을 걸으며 들꽃을 꺾는 것이 좋은 사람은 많이 걸을 것이다. 많이 걷다 보면 걷는 것은 그가 삶을 살아가는 하나의 태도요, 방법론이 된다. 자동차는 조금 덜 타고 조금 더 걷는 삶, 두 다리를 써서 생각하는 삶. 그가 말한 실수하기, 신뢰하기, 실패하기…… 모두 같은 맥락이다. 성자의 숭고함도, 인생 선배의 귀띔도, 바르게 사는 사람의 도덕률도 아니다. 작업을 하며 살아가는 한 작가의 '태도들' 인 것이다. 실수에 열려 있고, 믿음을 잃지 않고, 실패에서 배우는. '잠 안 자기' 도 재미있다. 오래전에 한 친구가 그런 적이 있다. 그가 시차 때문에 졸고 있길래 내가 자라고 하니까 눈을 감은 채 강경한 어조로 "나는 안 잘 거야"라고 말했다. 나도 젊을 때였지만 그런 그에게서 젊음 같은 걸 느꼈다. 한순간도 그냥 보내기 싫다는, 잠도 자지 않고 매 순간 살고 싶다는 고집. 나에게도 그런 날들이 있다. 잠자러 가기 싫은. 빨리 들어가 자라고 외치는 엄마가 없어서 좋은 날들. 잠자기 아깝고 하루가 가는 것이 싫어 허접한 영화라도 보며 깨어 있고 싶은. '잠 안 자기'는 매일 실천할 수 있는 행동이 아니다. 어떤 태도일 뿐이다. 잠들고 싶지 않다는.

I Hate Perfume **2007. 11**

내가 사는 베리 스트리트에서 이스트리버 쪽으로 한 블록 걸어가면 향수가게가 있다. 이름은 'I Hate Perfume'.

이름도 이름이지만 이런 가게는 드물다. 일단 뉴욕에 향수가게 자체가 몇 개 없다. 놀리타에 비슷한 개념의 가게가 하나 있을 뿐, 블리커 스트리트에

있는 향수가게 본드 스트리트(아마 매디슨 애버뉴에 또 있을 거다)는 향수병도 너무 무식하게 생긴데다가 가까이 있어도 하나도 기쁘지 않을 곳이다. 강 쪽으로 하늘을 쳐다보며 한 블록 걸어가면 있는 향수가게는 이 집이 유일하다. 여러 향수들이 있었다. 구체적인 연상을 일으키는 종류들이었다. 이 향수 제조자가 가장 좋아하는 오래된 책을 직접 갈아넣은 'In the Library'. 어떤 이유에서인지 뚜껑을 열어보지는 않았다. 'Burning Leaves'라는 내음을 맡으니 정말 낙엽 타는 냄새가 났다. 하지만 탈 때 생기는 탁한 느낌보다 가을의 선선해진 기온에 섞인 듯한 상쾌함을 주는 향이었다. 그러니까 진짜 낙엽 타는 냄새보단 그에 대한 기억을 닮은 냄새일 것이다. 실제로 기억을 흉내낸 향수도 있었다. 'Memory of Kindness'. 봉투 속에 사과 한 알을 더 넣어주는 친절한 할머니의 소맷자락쯤을 갈아넣었을까. 여기선 주문 향수도 만든다. 상담을 하고 어떤 향을 원하는지 의논하고 또 '가봉'도 한다. 선뜻 내 향수를 만들기가 망설여진다. 가격이 비싸기도 하지만, 뭔가 어려운 결정처럼 느껴진다. 나에게서 날 향기는 왠지 내가 결정할 수 있는 일이 아닌 것 같기도 하고.

노장의 변화 2007. 12

토요일, 그림이 보고 싶어 나갔지만 너무 추워 멀리 못 가고 말았다. 몸이 완전히 회복되지 않았는지 나만의 체감기온이 더 낮아 근처 첼시 마켓으로 피신, 치킨 포트파이와 차를 마시고 그냥 친구 집으로 돌아갔다. 마침 친구는 내게 보여줄 그림들이 있었고 나도 그에게 보여줄 작가의 슬라이드가 있었다. 그가 내게 보여준 건 제임스 맥개럴James McGarrell, 1930~의 새 그림들. 맥개럴은 두어 번 만난 적이 있는 사람이다. 아마 처음 만났을 때 다른 이들과 함께 식사를 했던 것 같다. 맥개럴은 집 뒤에 묵직하게 앉아 있는 뒷산 같은 사람이다. 말도 별로 없고, 빛나는 것도 아니지만 이 방안에 분명히 존재하는 사람. 난 그날 편두통이 있었고, 식사가 끝날 쯤 머리가 아파 일찍 가야겠다고 말했는데, 그 말이 끝나기 무섭게 내 와인 잔을 들더니 벌컥 비워버리는 것이었다. 그러고는 진지한 표정으로 "편두통엔 레드와인이 안 좋아요" 하는 것이었다. 초면인 사람이 한 행동치곤 무례하면서도 속깊은 태도였다. 어쩌면 그저 와인을 너무 좋아했는지도 모르겠다. 그래서인지 맥개럴 하면 와인과 그 사람의 알 수 없는 속이 떠오른다.

맥개럴은 커리어가 순조롭지 못한 작가의 좋은 예다. 젊은 시절 잘나갔고 작품도 좋았지만 지금 마땅히 받아야 할 대접을 받지 못하고 있다. 그런 그가 거의 여든이 다 된 나이에 스타일에 변화를 주고 있다. 거의 추상으로 방향을 전환하고 있는 것이다. 'TRANE' 이란 제목의 그림을 보았다. 트레인은 존 콜트레인John Coltrane, 1926~1967을 말한다. 친구는 이 그림을 보여주면서 콜트레인의 〈I Want To Talk About You〉를 틀어주었다. 버드랜드 라이브인데 곡의 마지막 부분 콜트레인의 추상에 가까운 독주에 주목하라고 했다. 곡의 종반으로 치닫던 콜트레인이 곡을 끝내지 않고 돌연 3분에 가까운 난해한 솔로를 한 것이다. 간간이 튠이 감지되기도 했지만 내겐 거의 지지직 지지직 지지지지직에 가까운 연주였다. 맥개럴은 정말 그 독주를 염두에 둔 것이었을까. 갑작스레 점프하여 다른 사람이 숨죽이고 있을 동안 미친듯이 연주한 그 순간을? 그림을 직접 봐야 알겠지만 그의 예전 그림에서 볼 수 있었던 애매하고도 알 수 없는 공간이 극도로 얕아진 것이 일단 서운하다. 그리고 심하게 붐빈다. 보통 나이가 들면 그림이 성글어지는데 맥개럴은 반대다. 어쨌거나 숨막히는, 눈부신 연주다. 콜트레인의 그것처럼 사람을 긴장시키지만, 잘 보면 빛이 들어오는 창문, 벽지나 커튼의 패턴, 한두 점의 가구, 몸, 그리고 벗어놓은 옷들이 간간이 감지된다.

'나쁜' 그림의 계보

2007. 12

큐비즘의 영향을 받은 추상 작가로 알려진 **프란시스 피카비아**Francis Picabia ○는 1940년대 초반 구상회화로 한동안 외도를 했었다. 소프트코어 포르노 잡지에 실린 사진을 보고 아카데미 회화의 전통 소재인 누드를 그린 것이다. 소재만 그런 게 아니었다. 그는 의도적으로 '싸구려' 색을 썼고, 검정색으로 윤곽선을 그렸으며, 영화의 한 장면처럼 드라마틱한 음영을 구사해 인체를 못생기게 보이도록 했다(이 모두가 아카데미 회화 기법에 반하는 것임은 말할 것도 없다). 알렉스 카츠, 존 커린, 엘리

○**프란시스 피카비아**(1879~1953) 프랑스의 화가, 시인. 1910년대 큐비즘의 영향을 받은 추상회화를 그리다가 1919년 시작된 다다Dada의 주요 멤버가 된다. 앨프리드 스티글리츠의 갤러리 291과 동명의 잡지에서 영감을 얻은 잡지 『391』을 스페인에서 1917년에서 1924년까지 출간한다. 『391』은 그의 친구였던 기욤 아폴리네르의 문학적 영향을 받았고, 마르셀 뒤샹과 만 레이 등이 참여했다. 1940년대 프랑스 남부로 이주해 잠시 구상회화에 몰두하다 2차대전이 끝날 무렵 다시 파리로 와 추상화와 시쓰기로 돌아갔다.

자베스 페이튼, 뤼크 튀이만까지. 모두 피카비아의 자손들이다. 내 머릿속 이 리스트에 요즘 한 명이 더 추가되었다. 낡은 포스터의 일러스트처럼 그림을 그리는 던컨 한나는 섹슈얼리티도, 스타도, 정치적인 주제도 아닌 삶의 어떤 장면들을 '나쁜' 취향으로 그려낸다. 진짜 나쁜 그림인지 '나쁜' 그림인지 분간하기 힘들 정도다.

유일한 낙, 누드 트리

2007. 12

추수감사절 바로 다음날부터 이 나라 전체는 크리스마스로 진입한다. 크리스마스가 아예 없어져버렸으면 할 때도 있다. 지긋지긋한 캐럴과 사람을 질리게 하는 '상품들' 속에서 내가 거의 유일하게 즐기는 파트는 크리스마스 트리가 아닌가 싶다. 거리엔 밑동 잘린 상록수들이 즐비하다. 퀘벡에서 왔다는 전나무, 노바스코샤에서 온 전나무에 대한 브리핑을 듣기도 하고 다음 주엔 앨버타에서 나무가 배달된다는 소식을 듣기도 한다. 제일 마음에 들었던 건 프레이지어 전나무. 바늘같이 생긴 잎들이 다른 나무보다 두껍고 잎 뒷면이 옥색이어서 멀리서 보면 북극의 신비한 빛을 담은 듯 은녹색으로 빛난다. 크리스마스트리를 사기 전엔 언제나 망설이지만 사고 나면 언제나 행복하다. 소나무 향이 집안을 가득 채운다. 소박하면서도 곧은 생명력을 가진 북구적인 존재가 집안 한 자리를 차지한다. 모두들 트리에 장식을 한다고 요란을 떨지만 내가 트리의 장식까지 사러 다닐 여력이 있나? 게다가 나무는 그 자체로 충분히 근사한데 말이다. 그래서 나의 크리스마스트리는 언제나 누드다.

크리스마스와 쇼핑의 관계

2007. 12

크리스마스가 다가오면 떠오르는 이미지가 있다. 미국 전체가 하나의 거대한 쇼핑몰이 되고, 여기엔 비상구도 없다. 크리스마스캐럴이 울리기 시작하면 사람들은 파블로프의 개처럼 끝도 없는 상점들을 들락거리며 쓰러질 때까지 쇼핑을 한다. 보통 크리스마스 쇼핑은 추수감사절 바로 다음날인 블랙프라이데이부터 시작된다고들 하지만, 상점에서 캐럴이 들리고 크리스마스 분위기가 시작되는 건 보통 11월 초부터다. 그러니까 연말까지 족히 1년에 두 달 동안을 쇼핑을 명령하는 '조건자극'에 '조건반응'하며 살아야 하는 것이다. 쇼핑가인 5번가나 소호를 피하면 되지 않겠느냐고 할 사람도 있겠지만, 사정은 그렇게 만만치가 않다. 동네 슈퍼에선 왬Wham의 〈라스트 크리스마스〉가 되풀이되고, 동네 옷가게 앞엔 포인세티아로 장식한 세일 간판이 요란하게 나붙고, 아파트 로비에도 대형 크리스마스트리가 들어서고, 내가 즐겨 듣는 NPR공영 라디오 방송에서조차 캐럴이 흐른다. 크리스마스를 피할 길은 없다. 비행기를 타고 티베트 같은 나라로 날아간다면 또 모를까.

그렇다면 도대체 크리스마스와 쇼핑이 무슨 관계가 있을까? 크리스마스는 기독교의 명절과 북반구 농경문화의 겨울 축제가 뒤섞인 형태로 이어지며 변형된 산물이다. 그런데 사실 영미권에서 크리스마스의 운명은 그리 순탄치가 않았다. 종교개혁 이후 개신교에선 홍청망청하는 축제인 크리스마스를 아예 금지하곤 했었고, 미국에서도 독립전쟁 후 영국의 명절인 크리스마스는 별 인기가 없었다. 이렇게 흔들리던 크리스마스의 전통을 되살린 것은 일군의 작가들이었다. 그중에서도 현대의 크리스마스에 가장 공헌을 한 건 찰스 디킨스의 『크리스마스 캐럴A Christmas Carol』일 것이다. 크리스마스가 되면 선물을 나누어주며 후하게 베푸는 일이 '절대선'처럼 여겨지게 한 결정타였던 것이다. 이런 도덕률이 미국의 소비주의 정책과 맞물리면서 탄생된 것이 지금의 크리스마스다. 크리스마스 쇼핑의 정체는 바로 이 '선의'의 선물이고, 모두들 다른 사람들에게 줄 선물을 사느라 또 카드빚을 지는 것이다. 어디서 기사를 보니 올해 미국인 한 명이 크리스마스 선물 쇼핑에 계획한 예산은 859달러, 작년보다 5퍼센트가 떨어진 수치인데 이렇단다. 그런데 더 재밌는 건 이렇게 사들인 선물이 막상 받는 사람에게로 전달되면 그 가치가 떨어진다는 점이다. 실제 선물을 받은 사람은 준 사람이 선물에 쓴 돈보다 그 가치를 20~30퍼센트 낮게 인지한다는 것이다. 게다가 맘에 안 드는 꽃병이나 양초는 대개 창고로 들어간다. 상품권의 20퍼센트가 아예 사용되지 않는다고 한다. 고대 겨울 축제도 선물 문화가 있었지만 그땐 주로 아이들이나 노예들에게 선물을 주었다고 한다. 수긍이 간다. 자기가 원하는 것을 살 수 없는 사람들에게만 선물을 주고, 나머지 사람들에겐 마음의 선물을 주면 어떨까. 하긴 그 마음을 표현하는 게 문제는 문제다.

빈방의 빛

2007. 12

호퍼의 마지막 교정이 끝났다. PDF 파일을 뽑아 책을 읽듯 읽어보니 왜 이리 글이 시원치 않은지. 죄다 고치고 싶었다. 하지만 예전에 누군가 마지막 교정 때 많이 고치는 인간은 정말 몹쓸 인간이라고 했었다. 모래알 걸리듯 하는 단어들을 꿀꺽꿀꺽 삼키며 아주 안 되겠다 싶은 글자들에만 빨간 펜을 들이댔다. 드디어 나오는 건가.

표지 그림은 〈빈방의 빛〉으로 정해졌다. 가장 유명한 그림은 아니지만 좋은 그림이다. 호퍼의 그림들이 본질적으로 공간에 떨어진 빛이라는 면에서 그의 세계를 상징적으로 대표할 수 있는 작품이기도 하다. 그리고 이 책에 들어간 마지막 그림이다.

“1963년에 그려진 호퍼의 마지막 걸작인 이 그림은 우리가 없는 세상의 모습이다. 단순히 우리를 제외한 공간이 아닌, 우리를 비워낸 공간인 것이다. 세피아색 벽에 떨어진 노란색의 바랜 빛은 그 순간성의 마지막 장면을 상연하는 듯하니, 그만의 완벽한 서사도 이제 막을 내리고 있는 것이다.”

그림은 하강으로도, 상승으로도 읽힌다. 하강으로 읽으면 ‘우리’가 생각나고, 상승으로 읽으면 ‘호퍼’가 생각난다. 그는 창문 너머 숲으로 걸어들어갔을 것이다. “우리를 비워”냈다지만, 그는 떠났고 우리는 남겨졌다는 느낌이 강하다. 그와 우리, 그림과 관객, 선대와 후대, 책과 독자. 이런 불가분의 쌍들을 떠올리게 하는 그림이다. 일단은 독자가 필요하다. 빛이 벽에 떨어지듯 그의 그림이 종이 위에 떨어졌고, 다시 종이 위의 그림은 사람들의 망막 위에 떨어질 것이다. 망막에서 가슴으로, 또다른 가슴으로. 무한 복제를 꿈꾸는 밤이다.

마르트의 얼굴

2007. 12

보나르Pierre Bonnard, 1867~1947는 기억으로, 또는 기억처럼 그림을 그렸다. 그래서 그의 그림 속 인물과 사물들은 대체로 렌더링rendering이 제대로 되어 있지 않고 어떤 인상만을 준다. 그에 비하면 이 그림은 마르트를 직접 보면서 그린 듯, 다른 그림 속의 그녀보다 분명한 형태를 하고 있다. 그녀의 생

Pierre Bonnard, *The Source(Nude in the Bathtub)*, oil on canvas, 1917

김새를 알 수 있을 정도다. 하지만 여기서 역시 마르트의 얼굴은 그림자 속에 있고, 어떤 구체적 순간의 모습이라기보단 보나르가 그녀에 대해 갖고 있는 어떤 인상에 가깝다는 것을 알 수 있다. 그의 이러한 인상은 어쩌면 세잔의 객관적 형태와도 흡사하다. 줄리안 벨은 보나르의 욕실을 가리켜 '반짝거리는 보석의 방'이라 했는데, 많은 색이 사용되지 않은 이 그림 역시 예외는 아니다. 마르트의 목욕은 지나치게 화려한 죽음을 연상시킨다. 일상이자 의례인 목욕을 시작하기 위해 다시 그녀는 욕조에 물을 받고 있고, 수도꼭지에서 흐르는 물은 마치 여러 줄의 다이아몬드 목걸이처럼 빛나고 있다.

3부

(2008)

지브란의 신화 2008. 1

내가 갖고 있는 환상fantasy(공상 속에서 원하는 것……) 중 하나가 『뉴요커』의 사진 에디터로 일하는 것이다. 이건 물론 현재 『뉴요커』의 사진 에디팅이 매우 좋기 때문에 드는 생각이다. 글을 읽고 이런 이미지를 찾아내는 일이라면 정말 매력적이야, 백일몽을 꾸는 것이다. 이번주 실린 사진 중 하나가 압권이었다. 눈은 뭔가에 취해 있는 듯하고 입술이 육감적인, 매력적인 젊은 남자의 사진이었다. 사진 속 남자가 누군지 알 수 없었다면 난 그를 마술사나 사기꾼으로 추측했을 것이다. 그런데 이 남자는 바로 칼릴 지브란Kahlil Gibran, 1883~1931. 그리고 놀랍게도 글의 주장은 그가 거의 마술사나 사기꾼쯤이었다는 것이다.

칼릴 지브란은 셰익스피어와 노자의 뒤를 이어 전세계적으로 많이 읽힌 시인으로 통한다. 1923년 출간된 『예언자The Prophet』는 오십 개국 이상의 언어로 번역되었고 정확한 수치를 내기는 어렵지만 세계적으로 지금껏 1억만 부 이상이 팔렸다 한다. 내가 어릴 때 보면 『탈무드Talmud』 같은 책들과 함께 어디나 꽂혀 있었던 책인데 그가 아랍계 미국인인 줄은 이 글을 통해서야 알았다. 게다가 그는 뉴욕에서 영어로 『예언자』를 썼다고 한다. 열두 살에 미국에 이민 와서 보스턴에서 학교를 다니던 그는 1911년 뉴욕으로 건너온다. 당시 화가였던 지브란은 그리니치빌리지에 있는 **10th st 스튜디오 빌딩**°에 거처를 구했다. 뉴욕의 월세를 내주고 영어로 책을 쓰는 일을 도와준 것은 보스턴에서 만난, 그보다 아홉 살 연상인 메리 해스켈이라는 여인이었다. 이 글에서는 지브란이 욕망을 이루기 위해 자신을 사랑하는 이 여인을 얼마나 이용하고,

자신의 출신 배경을 거짓으로 꾸며내고, 아인슈타인의 상대성이론을 자신이 먼저 생각해냈다고 주장하고, 때로 스스로를 예수라 생각해서 『예수, 사람의 아들Jesus, The Son of Man』이라는 책에서는 성경의 일부를 다시 쓰기도 했다는 황당한 사실들을 밝히고 있다.

『예언자』는 알무스타파가 오팔리스라는 도시에서 12년간 망명 생활을 하다가 귀향하는 배에 오르기 직전 사람들의 질문을 받는 것으로 시작된다. 고향을 떠난 현자의 말을 모은 책이었다는 점이 재미있는데, 이 책을 출간할 당시 지브란의 뉴욕 생활이 12년째였다니 알무스타파의 모델을 짐작할 수 있다. 사랑, 결혼, 아이, 우정, 죽음 등 스물여섯 개 질문에 대한 '현명한' 대답으로 이루어진 이 책은 지금껏 수없이 회자되고 선물되었고, 비틀스에서 제이슨 므라즈까지 노래로 만들어 불렀다.

『뉴요커』의 필자는 지브란이 '감화 문학inspirational literature'의 시조라며 오늘날 파울로 코엘료 같은 작가가 그 자리를 대신한다고 말한다. 그의 책은 문학사에서 크게 기억되지 못하겠지만, 그의 삶은 오늘 나에게 짧고 인상적인 읽을거리가 되어주었다. 일종의 허물

○10th st 스튜디오 빌딩
51 West Tenth st에 위치하던 10th st 스튜디오 빌딩은 1857년 지어진, 예술가들을 위해 최초의 근대식 건물이다. 프레데릭 처치, 앨버트 비어슈타트, 윈슬로 호머, 윌리엄 메릿 체이스 같은 미국의 유명 화가들이 입주하여 작업 활동을 했다. 토요일에는 작업실을 개방하여 관객들이 작품을 둘러보고 살 수 있었다. 그리니치빌리지가 예술가들의 동네로 만드는 데 큰 공헌을 한 건물이다. 1956년 철거되었다.

어진 신화고 가십으로서. 그는 모든 이에게 가르침이 된 책을 썼고 많은 독자들과 한 여자의 지극한 사랑을 받았지만, 이 글에선 기만적이라 요약되었다. 뉴욕에서 여러 권의 책을 쓰며 야망을 불태웠던 그는 결국 고향 레바논에 묻히길 원했다고 한다. 그는 알무스타파의 귀향으로 『예언자』를 시작하며 자신의 끝을 계획했던 것일까. 어쨌든 공식적인 그의 신화는 고향에 묻히는 것으로 매력적으로 마무리되었다.

버터플라이

2008. 1

흔히 아이들이 엄마, 아빠 얼굴에 얼굴을 가까이 대고 눈을 깜빡깜빡하며 눈썹으로 간질이는 행동을 '버터플라이'라 부른다. 나비가 날개를 파닥이듯 눈을 깜빡이기 때문에 붙은 이름일 것이다. 나도 버터플라이를 곧잘 한다. 눈썹은 아마도 나의 일부 중 타인의 피부에 닿을 수 있는 가장 친밀하고 섬세한 도구가 아닐까. 그래서인지 '버터플라이'는 사랑하는 사람에게만 가능한, tenderness 넘치는 행동이다. 미국의 화가 **줄리안 슈나벨**Julian Schnabel°의 새 영화 〈잠수종과 나비〉는 실제

°**줄리안 슈나벨**(1951~)
미국의 아티스트, 영화감독. 1980년대 깨진 접시들을 캔버스 위에 얹어 그린 그림들로 일약 예술계의 스타가 되었다. 이후 〈바스키아〉 〈비포 나이트 폴스〉 〈잠수종과 나비〉 등의 영화를 연출했다. 뉴욕 웨스트빌리지에서 그 자신이 옛날 마구간을 북이탈리아의 성(팔라조) 형식으로 개조한 '팔라조 추피'에 살고 있다.

이야기를 바탕으로 한, 눈을 깜빡여 책을 쓴 남자의 이야기다. 프랑스 『엘르』의 편집장이었던 장 도미니크 보비Jean-Dominique Bauby, 1952~1997는 뇌졸중으로 쓰러진 후 의식은 있으나 몸이 마비되는 증상을 겪는다. 이른바 락트-인 증후군Locked-in Syndrome. 정신활동은 예전과 다름없는 상황에서 전신마비가 온 것인데, 온몸이 마비되어 혀조차 움직일 수 없었지만 유일하게 움직일 수 있는 일부가 있었으니…… 바로 왼쪽 눈이었다. 오른쪽 눈은 잃었지만 왼쪽 눈은 보고 움직일 수 있었던 것. 그는 여기에 두 가지가 더 살아 있었다고 말한다. 기억과 상상력. 그래서 버터플라이는 눈의 깜빡임을 말하기도 하고, 나비처럼 자유롭게 날아다닐 수 있는 그의 마인드를 상징하기도 한다. 그의 몸에서 움직이는 모든 나비들.

물리치료사들은 놀라웠다. 그가 왼쪽 눈으로 말할 수 있는 방법을 개발한 것이다. 자주 쓰는 알파벳 E, S, A, R, I, N, T, U, L……을 치료사가 순서대로 읊으면 보비는 자기가 말하고 싶은 단어의 알파벳이 말해지는 순간 눈을 깜빡인다. 그가 눈을 깜빡였던 알파벳 한 글자 한 글자를 모아 단어를 만들고 문장을 만들었다. 그가 이 지난한 방법으로 소통할 수 있게 된 후 처음 내뱉은 말은 "Je veux mourir"(죽고 싶다)였다. 그 말이 너무도 당연해서 난 울고 말았다. 그는 왼쪽 눈을 움직일 수 있었기에 죽고 싶다는 바람을 전달할 수 있었지만, 또 왼쪽 눈썹을 움직일 수 있었기에 사람들은 그의 삶에 희망을 가졌다. 죽고 싶다고 해서 죽을 수도 없는 그는 죽는 대신 책을 썼다. 하루에 네 시간씩 10개월 간 20만 번 눈을 깜빡였고, 평균 한 단어를 완성하는 데 2분이 걸렸다고 한다. 과거에 그가 쓰고 싶어했던 책과는 매우 다른 책이었고, 거짓말처럼 그는 책이 출간된 지 이틀 만에 목숨을 거두었다.

신의 실수로 죽지 못한 남자에게 주어진 왼쪽 눈과 약간의 시간. 그는 어쩌면 그 제한된 시간에 제한된 능력으로 자신이 건강할 때 평생 한 일보다 더 큰일을 했을지도 모르겠다. 인간이 이렇게 훌륭할 수 있기에 신의 실수는 신의 뜻으로 격상된다. 이렇게 책상 앞에 앉아 있으려니…… 그동안 의식하지 못했지만 나도 눈을 깜빡이는구나, 그것도 둘씩이나. 어디라도 가닿아보겠다고 모니터 앞에서 이 미약한 날개를 파닥이고 있다.

천장 높은 방의 기억

2008. 1

내가 정확히 언제부터 천장이 높은 집을 좋아하게 되었는지 기억이 잘 나지 않는다. 뉴욕에서 처음 집을 구하러 다닐 때 부동산 소개업자가 프리워prewar 빌딩을 소개하면서 천장이 높은 장점이 있다고 말했을 때부터였는지, 대학 시절 했던 배낭여행에서 로마의 테르미니 역 근처 허름하고 천장이 높았던 호텔방에서였는지, 데 키리코Giorgio de Chirico, 1888~1978의 자서전을 읽은 후부터였는지 확실지 않다. 데 키리코는 자신이 가진, 가장 처음의 기억이 천장이 높은 커다란 응접실이라고 했다. 저녁이 되면 파라핀 램프 불빛이 있는 응접실은 어두웠고, 어머니는 안락의자에 앉아 있었다. 어린 데 키리코는 어머니의 스카프에서 떨어진 작고 동그란 두 개의 금색 원판을 손에 쥐고 있었다. 이 작고 완벽하게 만들어진 물건에 대한 기억은 후에 그가 많은 것을 이해할 수 있도록 해주었다고 한다. 그는 1888년 더운 여름날 그리스의 볼로스에서 태어났다. 그의 아버지는 '19세기의 남자'였다. 엔지니어였고, 신사였고, 용감했고, 글씨를 잘 썼고, 그림도 그렸고, 음악에 조예가 있었고, 불의를 증오했고, 동물을 사랑했고, 돈 많고 강한 사람들에게 예의를 갖추어 대했지만, 가난하고 약한 사람들을 보호하고 도와주려 애썼다. 그는 말을 잘 탔고, 총으로 결투를 했는데, 그의 엄마는 한 결투에서 아버지의 오른쪽 허벅지에 박혔던 총알을 간직했다고 한다. 이 모든 것이 높은 천장과 함께 나에게도 기억되었고, 마치 내가 실제로 갖고 있는 오래된 기억처럼 느껴질 때도 있다. 천장이 높은 방. 사람들이 글씨를 쓰고 책을 읽던 시절, 그림을 볼 줄 알고 밤이면 음악을 들으며 방안을 서성거릴 수 있던 시절을 닮은 공간. 밤새도록 어두운 허공을 향해 엘리엇의 「J. 앨프레드 프루프록의 사랑 노래Love Song of J.Alfred Prufrock」를 외우던 공간. 어느새 카펫 위에서 잠들었다가 새벽녘 높은 벽에 잠을 깨는 공간.

음식 아닌 음식

2008. 1

마이클 폴란Michael Pollan, 1955~은 그의 신간 『행복한 밥상In Defense of Food』에서 '음식'을 먹으라고 말한다. 증조할머니가 갸우뚱할 만한 건 음식이 아닐 가능성이 높다며, 편의와 영양, 그리고 맛을 위해 조작된 '상품'은 음식이 아니라고 주장한다. 우연하게도 나는 오늘 박완서의 『그 남자네 집』을 여기저기 뒤져 읽고 있었다. 보리고추장을 넣어 끓인 민어찌개, 날렵한 손놀림으로 잔칼질을 해서 쑥갓과 실파를 넣고 끓인 맑은 준칫국, 밀가루를 오래 치대 들기름에 쫄깃하게 부친 밀전병…… 이렇게 음식을 준비해온 우리의 할머니들이 갸우뚱할 만한 '음식 아닌 음식'은 우리 주변에 너무도 많다. 빠르고 간편하고 영양가마저 높은. 음식을 해본 사람이라면 모두 공감하겠지만 신선한 재료로 맛있게 음식을 해먹는 데 왕도는 없다. 문명이 왜 부엌에서 시작된다고 했겠는가. 음식을 준비하는 일, 상을 차리고 나누어 먹는 일까지 모두 지극한 노력과 과정이 필요한 일이다.

저자의 말에서 특히 눈길을 끄는 것은 '영양'에 대한 얘기다. 저자의 말에 따르면 현대 식생활은 '영양주의'에 병들고 있다는 것. 특히 미국 사람들이 이 증상이 심한데, 이들은 장을 볼 때 박스 위에 적힌 영양소를 보고 고른다. 비타민, 단백질, 탄수화물, 지방…… 오렌지주스는 칼슘이 강화된 것을 고르고 우유는 지방이 제거된 것을 택한다. 화려하게 포장된 시리얼 박스엔 별의별 비타민이 모두 100퍼센트씩 들어 있다고 떠든다. 박스 위의 이런 주장들을 위해 음식이 공장에서 겪어야 하는 알 수 없는 과정에 대해선 생각하지 않는 것이다. 음식은 영양소들의 단순한 합이 아닌, 그 이상이라는 것이 저자의 주장이다. 정작 '진짜' 비타민과 무기질을 함유하고 있는 '진짜' 음식은 진열대 위에서 조용하다. 비타민 알약 속의 비타민 C보다 오렌지 속 비타민 C가 효과도 좋고 맛도 좋지만 오렌지는 아무런 주장을 하지 않는다.

저자는 음식을 먹되 조금만, 주로 채소로 먹으라고 조언한다. 가격이 지나치게 싼 음식보다, 가격이 조금 비싸더라도 신선한 지역 산물을 조금만 사서 조금만 먹으라는 것이다. 우리가 다 아는 일본인들의 지혜까지 알려주면서. "80퍼센트 포만감을 느낄 때까지만 먹을 것." 그는 주로 식물을 먹으라고 권한다. 채소와 과일이 몸에 좋다는 건 누구나 아는 사실이지만 그렇다고 꼭 채식주의자가 될 필요는 없다. 고기를 먹되 조금씩 먹는 사람들은 채식주의자 못지않게 비만, 심장병, 당뇨 없이 건강하게 산다고 한다. 그런데 과일이나 채소를 '주로' 먹는 일이 말처럼 쉽지 않다. 과일과 채소는 손이 가고 쉽게 상해서 관리에 더 공이 든다. 게다가 과일, 채소는 열심히 씹어야 한다. 씹지 않아도 되는 부드러운 음식들이 많아지다보니 턱과 이(그것도 초식동물에 가까운)를 갖춘 동물이 씹는 힘을 잃어가는 것이다. 우리는 산업화와 자본화가 깊이 진행된 사회 속에 살고 있고, 실제 우리가 어떤 처지에 처했는지 서로 쉬쉬하고 있는지도 모르겠다. 문명이 주는 혜택과 해악에 선을 긋는 건 쉬운 일이 아니다. 하지만 그 변화에 적응하면서도 변화에 밀리지 않는 저항력 또한 필요하다. 그 긴장 속에 음식이란 중요한 문제가 놓여 있다.

설터와의 저녁

2008. 2

제임스 설터와 처음 만났을 때, 친구는 나를 재능 있는 사람이라 소개했다.

"재능이 있기엔 너무 예쁘게 생겼는데." 짐의 첫마디였다. 기분이 나쁘지는 않았지만 그렇다고 기분이 환상적인 것도 아니어서 웃고는 있었지만 "칭찬이세요, 아니면 모욕?" 하고 사뭇 당돌하게 물었다.

"둘 다 아니에요. 난 그냥 사실을 얘기한 거지." 그는 여전히 드라이한 말투로 이렇게 대답했다.

"선생님은 재능도 있고 미남이잖아요." 내가 안 지고 맞섰다.

“나? 내가 무슨 재능이 있나? 난 재능 없어.” 신이라도 된다는 듯 확신에 찬 대답이었다. 그러나 자신이 잘생겼다는 주장이기보단 훌륭한 작가가 잠시 내비치는 절망 같은 것에 가까웠다.

그다음엔 함께 저녁을 할 기회가 있었다. 어퍼이스트사이드의 **일레인스**Elaine's°였다. 난 구운 새우를 시켰고, 별로 할말도 없고 해서 친구와 짐이 이야기를 나누는 동안 과묵하게 새우를 하나씩 잘라먹었다. 자른 새우 꼬리는 접시 가장자리로 가지런히 밀어놨다.

“이거 안 먹는 거예요?” 짐이 나를 보며 물었다.

“네? 네에.”

짐이 내 말이 끝나기가 무섭게 꼬리를 손으로 하나씩 집더니 그 속에 조금 남아 있는 살을 다 쪽쪽 빨아먹었다. 얌전빼는 나에게 이 무식한 여자애야, 이것도 먹는 거란다, 하는 거였을까 생각하니 무안했지만 그보단 좋아하는 새우 꽁지가 아깝다는 투였다. 그렇게 제임스 설터는 내가 먹다 남긴 새우를 편안하고 맛있게 먹었다.

얼마 전, 아주 오랜만에 마주쳤을 때 그가

°**일레인스**
1963년에 문을 연 어퍼이스트사이드(88th st + 2nd Ave)의 레스토랑. 레스토랑의 주인인 일레인 카우프만의 이름을 땄다. 그녀는 애초에 작가들의 아지트 같은 공간이 되길 원했다고 하는데, 작가뿐 아니라 유명 뉴요커들의 사랑을 받는 곳이 되었다. 우디 앨런, 노먼 메일러, 존 디디온, 조지 플림프턴, 존 레논, 믹 재거, 재클린 케네디 오나시스, 마리오 푸조 등 온갖 유명인들이 모여들었다. 우디 앨런의 영화 〈맨해튼〉 중 이곳에서 촬영한 장면이 등장하기도 하고 빌리 조엘의 노래 〈빅 샷〉의 가사 중 언급되기도 했다. 2010년 카우프만이 세상을 떠나면서 2011년 문을 닫았다.

내 눈을 뚫어져라 쳐다보며 이렇게 물었다.

"책을 썼다고 들었는데?"

"예? 예……"

"무슨 책이지?"

"에세이요."

잘 생각은 나지 않지만 몇 마디 더 버벅거렸을 거다. 짐은 내 친구에게 가서 그랬다 한다.

"She didn't write that book."

뤼크 튀이만을 만나다 2008. 2

나의 오랜 흠모의 대상 뤼크 튀이만을 오늘 만날 수 있었다. 벨기에 앤트워프에 사는 튀이만은 데이비드 저너 갤러리David Zwirner Gallery에서 내일부터 오픈하는 전시차 뉴욕에 왔고, 오늘은 프레스 오프닝이었다. 전시장에 조금 늦게 도착하니 이미 문이 잠겨 있어 황당해하고 있는데, 마침 리셉션 데스크에 있던 어떤 잘생긴 아저씨가 문을 열어줘서 간신히 들어갈 수 있었다. 그동안 나와 이메일을 주고받았던 홍보 담당 줄리아는 벌써 튀이만의 '토크'를 듣는 사람들 속에 섞여 있었고, 신기하게도 나를 보더니 "네가 미미니?" 해서 나를 놀라게 했다.

완전 초현실이었다. 튀이만이 직접 자신의 그림에 대해 얘기하는 걸 듣다니. 그는 생각했던 것보다 키도 얼굴도 작았다. 낭만적인 풍모도 아니었고 수줍어하는 것 같지도 않았다. 화가라기보단 지식인 분위기였다. 이런 종류의 토크에 익숙한 듯했다. 약간의 수줍음이 느껴졌지만, 내가 바로 앞에 서서 셔터를 마구 눌러댈 때는 일부러 손동작을 해가며 포즈를 취해주는 것 같기도 했다. 사진을 찍느라 뭐라 하는지 잘 들을 수는 없었지만 나중에 갤러리에서 오디오를 준다니 걱정을 덜었다.

토크 이후 간단한 질문과 응답이 끝난 뒤, 잠깐 튀이만과 단독으로 이야기를 나눌 기회가 있었다. 다른 방으로 가기 위해 몸을 돌리는 순간 튀이만이 바로 내 눈앞에 있었던 것이다. 낯을 많이 가리는 편인 나이지만 어쩔 수 없이 말이 튀어나왔다. 내가 오랫동안 알아온 사람이 아닌가. 인사를 하고 악수를 나누고 용기를 내어 몇 가지 질문을 했다. 튀이만은 눈을 멸치 모양으로 만들며 집중해서 내 말을 듣고 있었다. 플랜더스 지방 출신이라 악센트도 별로 없이 영어를 잘했지만 미국인들과는 다른 습관이 나를 당황하게 했다. 그는 친절하게 나를 직접 이끌고 그림 앞으로 가서 이런저런 설명을 해주었고 내가 묻는 질문들에 성실하게 답해주었다. 떨리는 짧은 만남이었지만 어쩐지 많은 것을 본 기분이었고 앞으로 그의 그림들을 감상할 내 안의 공간이 상대적으로 줄어든 느낌이었다. 쓸쓸하지만 이런 일이 때로 일어나긴 한다.

편두통과 오리엔탈 카펫

2008. 2

사랑스러운 신경학자이며 작가인 올리버 삭스Oliver Sacks, 1933~가 뉴욕타임스 블로그에 편두통에 관한 글을 올렸다. 삭스는 이미 편두통에 대한 책을 쓴 적이 있지만 이 글에서 그는 편두통 환자가 겪은 환각, 특히 오라aura라고 불리는, 기하학적 문양이 눈앞에 보이는 현상에 초점을 맞췄다. 2천8백만 명의 미국인들이 편두통으로 고생하지만 그 원인이나 대책에 대해선 아직 별로 밝혀진 바가 없다. 편두통은 그 신비로운 증상들 때문에 미술이나 문학에 공헌한 바가 크다. 삭스 자신도 '고전적 편두통'(오라를 선행하는) 환자인데, 오라에 대해 이렇게 설명한다. "격자나 장기판, 거미줄, 벌집 모양이 시야를 가득 채운다. 문양은 더욱 정교해져서 터키산 카펫이나 복잡한 모자이크처럼 된다. 때로 두루마리, 나선형, 소용돌이, 회오리가 되기도 하고 때로는 삼차원으로 발전해 자잘한 솔방울이나 성게로 변하기도 한다."

내가 올리버 삭스를 사랑스럽다 하는 이유는 그가 잘난 척을 해도 될 만한 상황에서 조용조용한 말씨와 수줍어하는 성격을 가졌기 때문만은 아니다. 과학자들은 때로 예술가들이 닦아놓은 인간에 관한 시적 전망을 끌어내리는 경우가 있는데, 삭스는 오히려 예술가들에게 영감을 주는 과학자이기 때문이다. 삭스는 편두통의 신비로움을 토마스 브라운 경의 말을 빌려 이렇게 얘기한 적이 있다. "우리 안에 경이로움이 있다. 아프리카와 그 비범함이 우리 안에 있다." 이 글에서도 그는 편두통이라는 그저 지긋지긋할지도 모르는 하나의 질병을, 우리 안에 내재한 소우주의 경험, 특별한 미적 체험의 차원으로 끌어올리고 있는 것이다.

블러디 맥베스 2008. 2

BAMBrooklyn Academy of Music에서 새로 시작하는 〈맥베스〉의 티켓을 사는 데 족히 두 시간은 걸렸다. 〈스타트랙〉의 패트릭 스튜어트가 나온다고도 하여 진작부터 기대가 되었던 연극이었다. 미리 샀어야 하는데 정신 놓고 있다가 결국 막판까지 왔던 것이다. 겨우 표를 샀을 무렵엔 3월 22일까지 하는 공연 전체가 매진이었다.

힘들고 지루했던 티켓팅은 결국 헛수고가 아니었다. 맥베스의 새롭고 '젊은' 프로덕션이라 아주 신선했다. 무엇보다 피가 낭자했다. 소비에트의 취조실쯤을 연상시키는 방은 산업industrial 미학으로 아름다웠고, 세 마녀들은 간호사 복장으로 나와 비디오 효과와 함께 랩으로 예언을 했다. 특히 인터미션 들어가기 전 2막의 엔딩을 3막을 시작하면서 재연한 것은 가히 충격적이었다. 뉴욕타임스의 평론가 벤 브랜틀리는 결정적으로 필요하지는 않은 장치라 평했지만, 같은 장면이 재연될 때 잠시 공황을 느끼듯 황당했던 것은 분명 색다른 연극적 경험이었다. 색다른 연출이라도 두 주연배우의 연기가 뒷받침되지 않았더라면 연극은 공중에 붕 뜬 것이 되었을 것이다. 패트릭 스튜어트의 맥베스는 야망에 절어 있으면서도, 그런 남자에게 쉽게 볼 수 없는 어떤 연약함과 기이함을 몸에 지닌 채 무대 위를 걸어다녔다. 감독인 루퍼트 굴드의 부인이기도 한 케이트 플리투드도 훌륭했다. 당장 무대 위로 뛰어올라가 한번 끌어안아보고 싶은 인간적인 풍모를 풍기는 연기였다. 레이디 맥베스의 시체가 하얀 시트에 싸인 채 맥베스 옆을 지나쳤고, 맥베스가 못 견디겠다는 듯 그 침대를 멈추며 "내일 또 내일 또 내일"을 읊었을 때는 몸속의 빨간 피가 반쯤은 빠져나가는 것 같았다.

'보호'의 끈

2008. 3

지난주 휘트니 비엔날레가 시작되었다. 올해 비엔날레의 특이한 점은 미술관의 연장으로 파크 애버뉴 아모리 빌딩에서도 전시가 열린다는 것이었다. 비가 주룩주룩 오던 지난 토요일, 예정대로 전시를 보기 위해 먼저 휘트니로 향했다. 전시된 작품들은 오브제 중심이 아닌, 시간과 공간적 요소를 지닌 '사건' 위주의 작품들이었다. 전시는 전체적으로 일관성이 있고 요즘의 큰 흐름을 반영하는 것이긴 했지만, 크게 신선하진 않았다. 지난 뉴 뮤지엄New Museum의 전시도 이와 비슷한 주제였는데다가, 요즘 소호의 다이치의 전시도 이와 같은 맥락이면서 이보다 사람을 확 잡아끄는 매력이 있었다. 요즘 아트페어니 아트쇼니 쟁쟁한 볼거리들이 쏟아지는 상황에서 제대로 하지 않으면 아무리 해를 거듭해온 비엔날레지만 자리 지킴이 쉽지 않을 것이다. 이렇다할 영감을 받지 못하고 미술관을 나오는데 비가 쏟아지고 있었다. 아, 비를 맞기 싫었지만 그래도 왠지 버릴 수 없는 기대감 때문에, 기왕 장화를 신고 나온 김에, 마음을 다지고 아모리가 있는 67번가로 향했다.

아모리의 전시는 다행히도 휘트니의 전시보다 펀치력이 있었다. 일단 1880년에 지어진 이 건물 자체가 갖고 있는 '사건성'이 그랬다. 정식명이 '7연대 아모리'인 이 건물은 지금 그 소유권을 두고 뉴욕 주와 '7연대 베테

랑' 들의 법정 싸움에 휘말려 있다. 건물을 지을 당시 7연대는 시로부터 땅을 임대받아 사기금으로 건물을 지었다. 이후 몇 차례에 걸쳐 건물이 철거되는 위기에 처했고, 소유권과 유지에 문제가 생겼고, 그러던 지난 1994년 뉴욕 주의 주지사였던 파타키가 건물을 뉴욕 주 소유로 선언했던 것이다. 그 때문에 건물은 오랫동안 보수가 이루어지지 않았고, 그 결과 여기저기 심할 정도로 낡았다. 하지만 건물이 갖고 있는 과거의 영광은 눈을 가리고 있어도 느껴지는, 아주 구체적인 것이었다. 바닥을 울리는 발소리조차 달랐다. 이 쇠락해가는 웅장한 공간 속에서, 미술 작품들은 발견을 기다리는 보물처럼, 건물과 함께 살아 있는 유기체처럼 전시되고 있었다.

그중 하나가 이 건물의 가장 아름답고도 유명한 방인 '티파니 방'에서 이루어지고 있는 '보호의 끈' 이라는 제목의 전시였다. 이 방에서 하루에 대여섯 시간 작업을 하고 있는 작가는 작년 12월 포틀랜드에서 이 작품을 시작했다고 한다. 작가는 관객들에게 "이 세상에서 보호하고 지키고 싶은 것은 무엇인가?"라는 질문을 한다. 안 그래도 전시 자체가 성황당의 느낌을 주는데, 만약 질문이 "그대가 가장 바라는 것은?"이었다면 대답의 양상이 상당히 달랐을 것이다. 딸 대신 꼭 아들을 달라거나, 작은 아들이 이번에 꼭 대학에 들어가게 해달라는 둥 이기적인 밧줄이 주렁주렁한 꼴이었을 것이다. 그러나 사람들은 '보호하고 싶은 것'이라는 질문에 기특한 대답을 많이 했다. 나만 해도 질문을 보는 순간 '인간성'이라는 단어가 먼저 떠올랐다. 그런 생각을 한 사람은 나뿐이 아니었다. 그 외에도 아름다운 호수부터 가족(아무래도 가장 많은 대답), 제정신, 어린아이들의 표현의 자유, 35mm 영화, 정치와 종교의 분리까지 사람들이 지키고 싶은 것은 가치 있으면서도 다양했다. 쉴새없이 사람들의 바람을 땋고 있는 작가에게 그녀의 리본도 걸려 있는지를 물었다. 그녀는 자신의 것은 두 개가 걸려 있다고 했다. 하나는 장학금을 받고도 학비가 없어 학교에 들어오지 못하는 학생들이고, 다른 하나는 창의적인 생각을 마음껏 펼칠 수 있는 공간이라고 했다. 바로 이 방을 염두에 둔 생각일 것이다. 값진 대답들이 오래된 깃발처럼 걸려 있는 방에서 그런 생각을 했다. 이 답들보다 위대한 게 바로 그 질문이구나. 위대한 질문이야말로 큰 영감을 준다. 위대한 예술작품들은 모두 위대한 질문이었고 다른 작가들이 밟고 올라서는 토대였다. 이렇게 방을 채워가는 수많은 답들은 그 자체로 다시 방만한 질문이 된다. 과연 우리가 이들을 지킬 수 있을 것인가. 이 중요한 것들을 누구의 힘으로 어떻게 지킬 것인가.

그린의 인간들

2008. 3

예전부터 **그레이엄 그린**Graham Greene, 1904~1991○의 소설을 번역해보고 싶었다. 몇 군데 출판사 문을 두드려봤지만 신통치 않은 반응이었다. 엊그제 한국의 유명한 한 소설가가 자랑처럼 그레이엄 그린의 소설을 번역하고 있다고 했다. 질투가 났다. 어떤 작품을 하고 있을까. 그땐 꿈도 야무졌다. 전집을 쫙 해보면 어떨까 했으니까. 테리 이글턴은 그레이엄 그린

○**그레이엄 그린**(1904~1991)
영국의 소설가, 극작가. 스물다섯 편이 넘는 소설을 발표했고, 20세기를 대표하는 주요 작가로 평가되지만 노벨상은 타지 못했다. 현대 사회가 낳은 모호한 도덕적, 정치적 이슈들을 다뤘다. 주요 작품으로 『Brighton Rock』, 『The Power and the Glory』, 『The Heart of the Matter』, 『The End of the Affair』 등이 있다.

의 작품에 대해 이렇게 말했다. 인간의 하찮음을 부정하지 않으면서 연민을, 그리고 선이라는 관념에 대해 회의적이고 적대적인 종류의 영웅적 미덕을 보여준다고. 그린의 인간들은 종교적인 믿음 안에 있으면서 그 교리를 따르는 도덕적인 삶을 부정하는, 치졸하고 얄팍하고도 연약한 모습을 언제든지 보여줄 준비가 되어 있는 인간들이다. 인간 영혼의 구원을, 신을 향한 믿음을 포기하지 않으면서, 인간적인 모습 또한 포기하지 않겠다는 것이다. 그린의 소설 『애수The End of the Affair』에서처럼, 포기할 수 없는 두 남자와의 삼각관계 속 딜레마와 같다. 이에 더하여 나에게 매력적이었던 것은 '문학적'임을 거부하는 그의 스타일이었다. 수사를 위한 조금의 과장이나 허세나 엄살이 없는. 이러한 특성은 그의 캐릭터들이 갖고 있는 어떤 무심함과 연관되는 듯하다. 이는 결국 그린 자신이 갖고 있는 세상과의 거리detachment일 텐데, 예컨대 이런 식이다. "의리를 지키지 말기를. 이것이 인류를 위한 당신의 의무이다. 인류는 생존해야 하는데, 충절을 지키는 사람들이 항상 먼저 죽는다. 근심이나 총알이나 과로로 인해. 먹고 살아야 한다면…… 그래서 의리를 지켜야 한다면, 이중 스파이가 되어라. 그리고 어느 쪽에도 당신의 진짜 이름을 알려주지 마라." 전형적인 그린식의 태도인데 이것을 냉소라 부르긴 좀 어렵다. 물론 '뜨거움'과는 거리가 멀지만, 현실적인 도덕률이고 지극히 사적인(비밀이 많은) 개입이다. 이렇게 이중 스파이로 성공적으로 살 수 있다면 별일 없겠지만…… 사랑에 빠져버리거나 애초부터 발각되는 스파이, 그래서 모든 걸 망쳐버리는 게 또 그린의 캐릭터이다. 결국 비극이다.

3분의 1에 대한 애도 : 레이 존슨

2008. 3

요즘에야 이런저런 생각도 하지만, 나는 원래 글을 쓰고 싶다는 생각을 별로 해본 적이 없다. 책이라는 것과 별 관계 없을 시절, 그러니까 첫 번역을 시작하기 훨씬 전, 아주 드문 일이었지만 글의 소재를 생각한 적은 있다. 즉 이 세

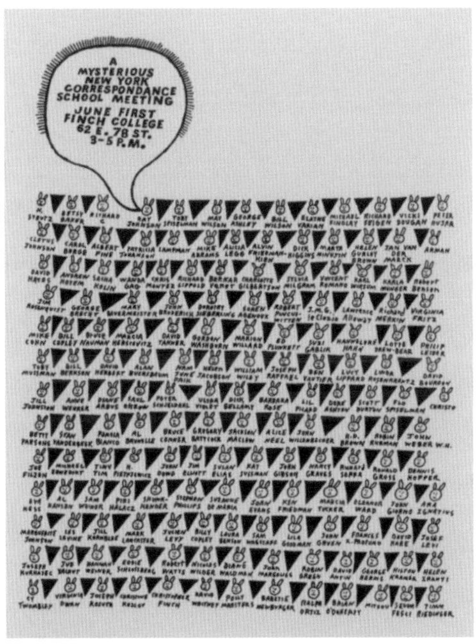

Ray Johnson, *Mailing for event at Finch College, New York, June 1*, 1968

사람, 필립 프티Philippe Petit, 1949~, 헨리 다거Henry Darger, 1892~1973, 레이 존슨Ray Johnson, 1927~1995에 대해 무슨 말이라도 쓰고 싶은 충동을 느꼈던 것이다. 예술에 관해 토할 정도로 자주 생각할 무렵이었다. 『뉴요커』에 필립 프

티에 대해 썼으니 한 사람은 다운이다. 남은 두 사람은 언젠가 써야 하니까 아껴둬야지 하는 생각을 했던 것 같은데, 왜 그런 생각을 했는지 모르겠다. 그냥 써버리지. 아마 힘이 부쳐 그랬는지도 모르겠다. 3분의 1을 쓰는 데도 이리 힘든데 이걸 어찌 다 쓰나…… 아니면, 기껏 생긴 열망조차 금새 해소된다면 바람 빠진 타이어처럼 이후의 삶이 제대로 굴러갈 수 없을 수도 있겠다는 두려움 때문이었는지도 모르겠다. 물론 근거 없는 두려움이었지만.

남의 책에 들어 있는 레이 존슨에 관한 글을 읽는다. 반가운 동시에 김이 빠진다. 남이 썼다고 해서 내가 못 쓸 이유는 없지만, 여전히 서운한 건 사실이다. 레이 존슨에 관한 그 글은 예술이 삶(또는 죽음)과 겹치는 순간들에 관한 책의 일부이고, 내가 쓰고자 했던 주제 역시 그와 크게 다르지 않았기 때문이다. 필립 프티는 예술과는 관계가 먼 줄타기 인생이었지만, 죽음을 넘나드는, 섬뜩하면서도 우아한 퍼포먼스로 예술의 경지에 이르렀고, 결국 쌍둥이 빌딩을 건너는, 인간으로서 하기 힘든 일을 행한다. 헨리 다거는 내가 맨해튼 68번가에 살 때 그 근처에 있던 포크 아트 미술관American Folk Art Museum에서 처음 보았다. 기막히게 아름다운 전시였다. 처음 보는 종류의 아름다움이 방마다 펼쳐지던 경이로운 순간을 기억한다. 다거는 정신이상자로, 정신병원을 탈출한 후 평생 청소부로 일하며 남는 시간에 혼자 집에 틀어박혀 글을 쓰고 그림을 그린 사람이다. 왜라는 질문은 전혀 없이 자신만의 세상을 그저 살아간 것이다(이게 바로 답이리라). 그가 죽고 난 다음에야 집주인이 그가 남긴 기이하면서도 아름다운 작품들을 발견하게 되었고, 비로소 그의 작품들이 세상에 알려질 수 있었다. 그의 삶은 세상과 현실과 단절되어 있었고 그는 죽음으로써 비로소 세상과 연결될 수 있었던 것이다. 어쩌면 모든 훌륭하고 비극적인 예술가들의 삶과 죽음은 이러할 것이다.

마지막으로 레이 존슨은 세 사람 중 유일하게 예술계에 몸담고 있던 사람이었다. 아니, 어쩌면 몸을 걸치고 있거나 그 위에 부유하고 있었다는 표현이 맞을지도 모르겠다. 어쨌든 그는 알려지지 않았었지만, 뉴욕 예술계에서 그를 모르는 사람은 없었다(흔히 그를 일컬어 '가장 유명한 무명작가'라고들 했다). 예술계에 어느 정도 머무른 사람이라면 그의 '예술'을 우편으로 받아본 경험이 있을 것이다. 물론 그들이 존슨의 장난기 섞인 콜라주를 우편으로 받을 때는 그게 작품이라고 생각하지 못했고, 콜라주는 대부분 버려

Henry Darger, *Escape during violent storm, still fighting though persed for long distance*, watercolor, pencil, and carbon tracing on pieced paper, 1950~1970

지거나 사라졌다. 그런 식으로 그는 예술계의 가장자리를 맴도는 주변적인 존재였는데, 마지막 작품으로 예술계의 중심에 결정타를 먹인다. 어느 오후 그는 옛 친구에게 전화를 걸어 그가 '우편 이벤트'를 벌일 거라는 말을 남기고 바닷속으로 몸을 던진다. 물론 그의 죽음, 즉 그의 마지막 작품은 신문이나 소문을 통해 감상할 수 있을 뿐이니 '우편'이란 말이 틀리지 않다. 작품 '속'에 그 이상의 '명확한' 작품 설명은 없다. 예술에 원래 설명이 없듯 말이

다. 하지만 곳곳에 실마리는 남겨놓는다. 관심 있는 사람들이 공부를 해야 알 수 있을 정도로. 과거 작품들이, 그의 평소 생각들이, 그의 마지막 작품을 이해하는 중요한 배경이 되는 건 물론이다. "나는 바다가 되고 싶어. 조류가 되어 모든 걸 부수고 싶어"라고 그는 말한 적이 있다. 형체가 없는 무한한 것이 되고 싶다는 그의 열망은 이해가 가지만 그 속에 숨어 있는 폭력성이 놀랍다. 부수고 싶다니. 하긴 그가 개척한 '우편 미술Mail Art or Correspondence art'이란 것도 상당히 침입적인 성격이 있다. 그의 선택을 받은 사람은 자신의 의사와 관계없이 얼마간(?) 그의 작품을 감상하고 소장하게 되었으니까. 그는 비밀리에, 서툴한 방식으로 공격적인 작가였던 것이다. 그 생각을 하면 그의 마지막 퍼포먼스에 이해가 간다. 그의 죽음은 '난해'하기에 많은 사람의 눈길을 끌진 않았지만, 알 만한 사람에겐, 예술이라는 세상에겐 실제로 통증이 느껴지는 한 방이었다. 셋 중에 죽음을 가장 의식적으로, 가장 구체적으로, 가장 공격적으로 다룬 사람이었다.

무의식의 일들

2008. 3

무의식은 시간 개념이 없다. 그래서 과거를 지난 일로 취급할 줄 모른다. 의식은 시간이 갈수록 지난 일을 잊기도 하지만 무의식은 그럴 줄을 모르고, 계속해서 그 일을 '살고 있는' 것이다. 무의식 속의 일들이 현재형으로 존재하는 방식은 아무래도 다양할 것이다. 아침을 괴롭히는 꿈일 수도 있고, 불면의 밤일 수도 있고, 엉뚱한 순간에 떨어지는 눈물일 수도 있고, 한쪽 입가에만 생긴 주름일 수도 있고, 뜻하지 않게 종이 위에 모습을 드러내는 어떤 원더풀한 단어들일 수도 있다. 무의식에 대한 의식의 지식은 매우 제한적이어서 우리가 지금 어떤 과거를 살고 있는지 알지 못할 뿐이다.

깨질 수밖에 없는

2008. 3

월리드 베쉬티Walead Beshty, 1976~는 내가 바라는 것보다 훨씬 정치적인 작가인 듯하지만, 이번 휘트니 비엔날레에도 전시되었던 이 유리 상자들은 매

Walead Beshty, *FedEx boxes(various)*, 2008

우 시적이라 희망적이다. 캘리포니아에 있는 작가의 작업실에서 직접 전시장으로 보내는 이 유리 상자들은 어제 아모리 쇼에도 배달되었다. 버블랩 같은 보호막 없이 페덱스 상자에 꽉 맞는 육면체 형태의 긴장으로 버티는 유리 상자는 도착하면 물론 깨져 있다. 수없이 금이 갔지만 그 형태는 간직한 채, 어딘가 다다르기 위해선 반드시 깨져야 하는 무언가에 관한 것이라 생각하고 싶다. 예를 들어 내 한마디 말이 남에게 도달하기까지 그 과정에 있을 수많은 '저항' 들을 통과하며 얼마나 깨지게 되는지. 소통의 불능이랄까, 아니면 의미의 유기적인 생명력이랄까. 페덱스 박스 위에 명시된 주소는 그 무언가의 여행을 좀더 구체적인 것이 되게 한다. 삶이란 어디론가 도달하기 위한 여행의 연속으로 이루어지는데, 깨진 상자는 도달 자체에서 우리를 잠시 비껴나게 한다. 유리 상자에 난 수많은 갈라짐은 그 여행 자체, 또는 투명하고 깨지기 쉬운 그 무언가, 그 형태에 대해 생각하게 한다.

마음에 남는 이미지

2008. 4

이번 아모리 쇼에 따라붙은 위성 아트페어들은 아홉 개나 되었다. 물론 다 가보진 못했고 펄스와 스코프, 그리고 브리지 아트페어를 돌아봤다. 이들 네 개 페어에 참여한 갤러리 수만 해도 삼백 개가 훌쩍 넘어버리니 내가 슬쩍이라도 본 작품의 수를 생각하면 엄청나다. 하지만 며칠이 지나고, 물에 부옇게 떠 있던 모래가 가라앉듯, 수많은 정보가 어느 정도 처리되고 나면 몇 작품이 선정되어 머릿속에 남는다. 그중 하나가 펄스에서 본 영국 작가 리처드 리로이드Richard Learoyd, 1966~의 이 사진. 카메라 옵스큐라로 찍은 이 작품은 복잡한 개념적 이슈보다 작업 과정의 지난함이 마음에 와닿았다. 카메라 자체가 방만하고, 몇 컷을 찍으려면 거의 하루가 소모된다고 한다. 카메라 옵스큐라는 17~18세기 화가들이 그림의 보조 도구로 사용했다고 알려져 있는데, 영국의 화가 데이비드 호크니는 그전부터 화가들이 이를 이용했다는 주장을 하며 대대적인 리서치를 벌이기도 했었다. 그 심포지엄이 NYU에서 열렸고, 난 그때 카메라 옵스큐라를 처음 보았다. 과연 아름다운, '어두운 방'이었다. 좁은 구멍을 통해 들어온, 방안에 거꾸로 맺힌 상의 생생함은 말로 표현하기 힘들다. 화가들이 그 이미지를 베껴 그림을 그리곤 했다는 것이 호크니의 주장이었다. 지금 리로이드가 사용하는 건 정확히 어

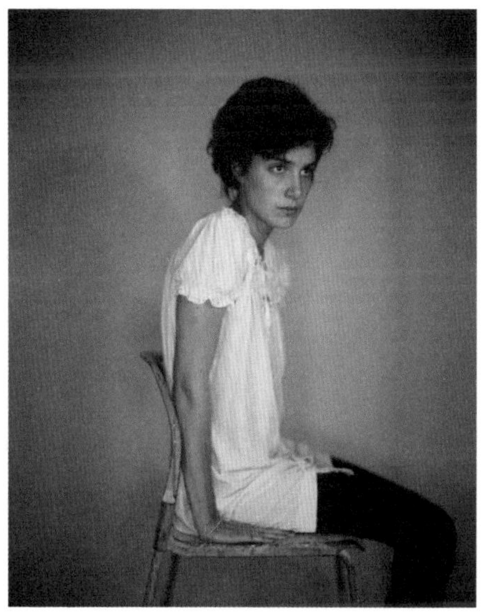

Richard Learoyd, *Agnes B*, lifachrome print, 2007

떤 렌즈와 장치인지는 모르겠지만, 옛날처럼 필름이 없는 장치인 듯하다. 그의 사진은 모두 유일하다니까. 다음에 런던엘 가면 작업실 구경을 시켜주겠다고 하니 그때 모든 걸 확인해봐야겠다. 휴대폰으로, 디지털카메라로 끝도 없이 눌러대는 사진이 넘쳐나는 지금, 가장 오래된 방법으로 가장 힘들게 촬영한 이 사진은 이미지의 특별한 영롱함과 함께 어떤 신랄함마저 전해준다.

나를 여행하게 하소서

2008. 4

R. B. 키타이 Ronald Brooks Kitaj°의 판화들을 보았다. 키타이는 1969년 〈우리 시대에In Our Time〉란 판화 연작을 제작했는데, 모두 책의 표지 이미지들이다. 앤디 워홀이 판화를 한참 찍고 있을 때이니 워홀식으로 자기 것을 한 셈이다. 자신의 서재에서 고른 책들의 이미지로 이루어진 이 연작을 두고 그는 실제로 "나의 수프 캔, 나의 리즈, 나의 전기의자"라고 불렀다. 하지만 키타이의 판화는 워홀의 그것과 거의 모든 면에서 달랐다. 문학적인 레퍼런스며 자전적인 연관성이며 색채와 온도까지…… 워홀이 개성 없음과 의미 없음을 추구하고 표

°**R. B. 키타이**(1932~2007)
영국에서 활동한 유대계 미국인 화가. 영국에서 공부할 때 데이비드 호크니와 함께 학교에 다녔고, 평생 친구로 지냈다. 추상회화가 대세인 시절에 호크니와 함께 구상회화를 계속했다. 에드가 드가에 비교될 만큼 드로잉을 잘하는 화가로 예술계의 인정을 받았고, 역사, 예술, 문학, 유대인 정체성에 관한 내용을 담은, 콜라주를 연상시키는 화면을 구성했다. 1997년 미국으로 돌아왔고, 작품 활동을 계속하다가 75세 생일을 며칠 앞두고 자살했다.

현했다면 키타이는 그 반대였다. 그에게 깊은 의미를 지니는 책들이었고, 이미지로 확대된 텍스트는 더욱 다층적인 의미를 띠었고, 책의 이미지에는 한 권의 책이 키타이의 손에서 낡아가며 획득한, 고유한 개성과 흔적이 담겨갔다. 뛰어난 소묘가이자 화가였던 키타이는 한동안 그림을 그리지 않고 이 연작에 집중했다. 이 작품들은 그의 회화와는 형식적으로 차이가 있지만, 그의 전 작품의 소재들과 상징들을 이해하는 데 중요한 열쇠가 된다.

그가 찍어낸 책표지엔 책의 제목과 저자명, 출판사, 또 때로는 짧은 서평까지 찍혀 있다. 하지만 이 글자들이 갖는 의미들을 다 떠나 그의 책 이미지들은 일단 불완전한 사각형이다. 미술사의 모든 사각형을 떠올려보면, 키타이라는 작가가 어느 시점에서 이런 사각형을 만들었다는 사실이 분명하게 다가온다. 이를테면 말레비치의 사각형과는 상당히 다른 것이다. 키타이의 사각형은 불완전한 기하학이며 '실재'에 밀착한 재현이다. 말레비치는 현실을 재현하는 압박감에서 탈피하여 "사각형으로 피난 갔다"고 했는데, 어쩌면 키타이에게도 이 사각형들은 일종의 피난처였을지도 모르겠다. 이 작품에 담긴 제임스 에이지James Agee, 1909~1955의 시집 제목 '나를 여행하게 하소서Permit me Voyage'는 키타이를 알고 나면 가슴을 찡하게 하는 문장이다. 그에게 평생의 주제이자 개인적 고통의 근원은 그가 유대인이란 사실이었고, 유대인들의 정체는 땅을 찾는 그들의 여정에서 비롯된다. 키타이는 미국에서 태어났지만 영국에서 살았는데, 영국의 유대인 차별은 견디기 힘든 것이었다. 자신이 사는 곳에서 상처받고 머물지 못하고 떠도는 영혼이 되어버린 것인데…… 실제로 그의 1994년 테이트 갤러리 전시는 전례없는 혹평을 받았고, 그에 대한 충격으로 아내가 죽었고, 키타이는 평생 이 커다란 트라우마에서 벗어나지 못했다. 그런 사람이 결국 여정을 허락하라 하니, 가슴 미어지는 세 단어가 아닐 수 없다.

키타이도 키타이였지만 내가 이 작품을 주목한 데는 물론 내 개인적인 '여행'이 생각난 이유도 있을 것이다. 책이라는 불완전한 사각형과 제목도 울림이 있지만 책표지에 쓰인 서평은 인생을 향한 아름다운 독려처럼 읽혔다. "섬세한 음악과 독창성"을 지닐 것……

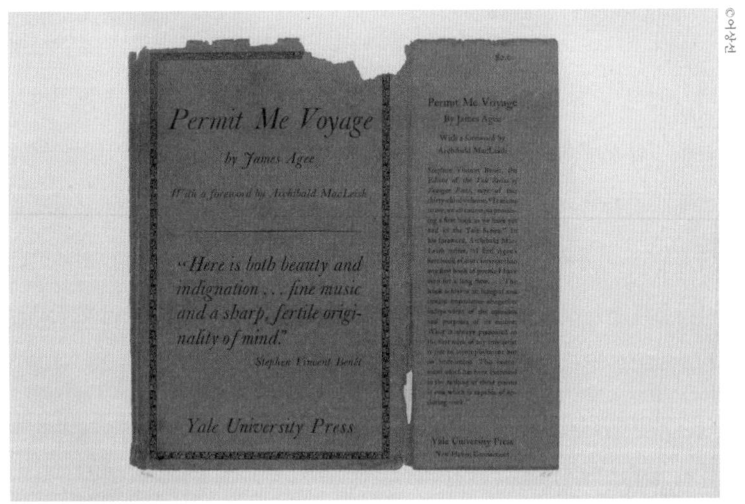

R.B Kitaj, *Permit Me Voyage, From In Our Time : Covers For A Small Library After The Most Part*, screenprint on paper, 1969

얼마 전 인터넷으로 주문했던 실제 에이지의 시집이 어제 도착했다. 『나를 여행하게 하소서』는 1934년에 출간된 그의 유일한 시집이다. 불행히도 이 판화의 이미지가 된 더스트 자켓은 사라지고 없었고 매캐한 곰팡이 냄새 때문에 책을 열 때마다 목이 따갑지만 그의 시들을 읽을 수 있었다. 그리고 무엇보다 제목의 문구를 완성하게 되었다. 시집 마지막에 실린 시 「나를 여행하게 하소서」의 마지막 구절은 이랬다. "나를 여행하게 하소서, 사랑이여,

당신의 손안으로".

하버드 대학에 다닐 무렵 쓴 시들로 이 시집을 낸 제임스 에이지는 그리니치빌리지에 살며 기자 생활을 했다. 1936년 『포춘』지에서 일하던 그는 사진작가 워커 에반스와 함께 공황 속 미국인들의 삶을 취재하기 위해 남부로 떠났고, 가난한 가족과 함께 지내며 밤새도록 '굶주린' 불빛에 글을 썼다. 전기도 수도도 없는 피폐한 남부의 농가를 경험하며 에이지는 단순한 사회비판적 글을 쓰지 않았고 결국 기사는 『포춘』지에 게재되지 못했다. 그의 글은 몇 해 후 '이제 유명한 이들을 칭송하게 하소서Let Us Now Praise Famous Men'라는 제목의 책으로 출간되었고, 미국 문학사의 독특한 한자리를 차지하게 된다. 후에 그는 계속 『타임』과 『네이션』지에 서평과 영화평을 썼고, 시나리오와 소설을 쓰기도 했다. 2차대전 후 뉴욕 예술계를 물들인 '과도한' 삶의 일부였던 그는 오랜 음주와 흡연으로 극도로 쇠약해졌고, 뉴욕 한가운데서 '여행'중 사라졌다. 그는 45세의 나이로 노란 택시 안에서 심장마비로 죽었다.

거스턴의 드로잉

2008. 5

자다 깨서 요거트로 아침을 먹고 문득, 내 발을 내려다봤다. 나도 즐거운 하루를 보낼 권리가 있다! 피어폰트 모건 도서관86페이지 참조에서 하는 거스턴의 드로잉 전시를 보러 가기로 했다. 내가 이 도시에서 좋아하는 공간 중 하

나. 내 삶의 즐거움은 그런 공간 속에서 피어난다.

이번 전시 〈Works on Paper〉는 거스턴이 추상에서 다시 구상(후기)으로 넘어가는 추이를 보여주는 전시였다. 대부분 드로잉이었고 페인팅도 일부 있었다. 생각해보면 그 당시 아티스트들은 동양 정신에 대한 이해가 깊었다. 처음 본 작품인데 이우환이 점을 찍듯 연필 자국 하나뿐인 드로잉도 있다. 아마도 화면의 깊이와 관련된 내용인 듯하고 이우환의 공간과는 본질적으로 다른 공간이지만 '벗음'과 '액션'이라는 데에 공통점이 있다. 때로 요즘 미국 사람들이 동양의 역설 등에 대해 얼마나 무지한지 깜짝깜짝 놀랄 때가 있는데, 시대가 시대이니만큼 그럴 수밖에 없지 싶다(요즘 '동양적'인 건 일본식의 만화 같은 형태나 중국식의 아이로니이다). 시대 조류는 공기 중 학습이 가능하고 그 시절에는 그런 동양적 태도의 흡수가 가능했을 것이다. 암튼 스타일을 바꾸는 시기에 벗음은, 절제된 액션은, 실제로 요구된 과정이었으리라. 그 우아하던 이전 스타일을 포기하고 이렇게 서툴고, 폭력적이고, 실존적이고, 우스꽝스러운 국면으로 넘어가는 건 언제 봐도 두렵고 긴장감 넘치는 일이다. 갑자기 누가 나를 뒤에서 미는 것 같다.

뉴욕에서 노래 부르기

2008. 5

건강의 3대 필수 요소를 들은 적이 있다. 맑은 공기, 깨끗한 물, 그리고 노래. 처음 들었을 땐 어째 모자란 감이 없지 않았지만 생각할수록 멋진 말이다.

깨끗한 공기와 물은 산속에 살지 않는 이상 힘들 테고, 노래만은 어찌할 수 있을 것 같지만 그조차 쉽지 않다. 한국에는 노래방이라는 게 있지만 여기선 노래할 기회가 흔치 않다. 하기야 한국의 노래방이라는 곳도 탁한 공기와 술, 조악한 음향, 때로 천박함을 두려워하지 않는 노래들, 그리고 신곡을 알아야 젊음이 입증된다는 듯한 압박감까지, 모두 건강에 좋을 리 없다.

수면 장애를 겪고 있는 한 친구가 어디서 노래를 부르면 증상이 나아진다는 얘길 듣고 노래를 부르기 위한 온갖 노력을 하고 있다. 첼시 한복판에 있는 그가 사는 고층 아파트에서 노래를 부르면 당장 옆집, 윗집, 아랫집에서 쫓아올 일이었다. 그러고 보니 뉴욕이란 도시에서 혼자 노래 부를 만한 곳이 없다. 그 친구는 일명 '노래 상자'라는 걸 만들어 그 안에 얼굴을 들이밀고 노래를 불러봤다고 한다. 소음이 걱정되어 노래를 부르며 녹음을 해봤는데, 녹음기를 돌려보니 방음이 잘 되지 않았다고 했다. 다음 방법은 밤에 허드슨 강변을 따라 롤러블레이드를 타면서 노래하는 거였다. 야밤에 혼자 롤러블레이드를 타며 목청 높여 노래하는 걸 누가 보면 미친 사람인 줄 알겠지만, 그게 그나마 뉴욕에서 남에게 피해를 주지 않고 노래할 수 있는 유일한 방법에 가까워 보이긴 했다. 노래 한 곡 부를 곳을 찾기 위해 사력을 다하는 친구의 모습을 떠올리면 측은하다. 하지만 동시에 웃음이 나오는 건 어쩔 수가 없다.

사람들이 어디서나 노래를 부를 수 없는 이유는 노래란 잘 불러야 되는 것이기 때문이 아닐까. 소음이란 '원하지 않는 소리'이고, 내가 기대하고 원하지 않았다 해도 누군가 노래를 기막히게 잘 부른다면 귀기울이게 될 것이다. 마리아 칼라스가 6번 애버뉴 어디쯤 갑자기 나타나 노래를 부른다면 사람들이 순식간에 모여들 것이다. 나도 좋아할 수 있는 보컬이 나타나면 홍

분한다. 내가 완전히 몰입할 수 있는 어떤 목소리, 어떤 태도. 노래만 잘 부를 수 있다면 모든 일에 통달한 거나 마찬가지가 아닐까. 미국의 어떤 작가가 수전 손택의 소설 『볼케이노 러버스Volcano Lovers』의 첫 장을 읽고 "그녀는 노래를 못 불러She can't sing" 하며 바로 책을 덮었다는 얘기가 있다. 여기서 노래를 한다는 것은 자신만의 목소리를 갖는다는 것이요, 또 그 목소리로 '날 수 있다'는 것이다. 노래가 위대한 건 노래라는 행위가 호흡과 함께 자기 자신을, 예를 들면 영혼 따위를 불러낸다는 사실 때문이다. 몸과 정신이 그 순간 완벽하게 하나가 되어야 한다. 가다듬음과 고양, 그리고 정화가 동시에 일어난다(요가에서도 들숨은 기를 주는 들어올림이고 날숨은 정화와 자세의 깊어짐이다). 이 호흡에 자신 속 뭔가 본질적인 것을 천박하지 않게, 자연스럽게 실어야 하는데 이게 말처럼 쉽지 않다. 쉽지 않기에 노래는 대개 소음이 되고, 내 노래는 부끄러운 것이 된다. 그래도 수면 장애는 고쳐야 하고 노래는 불러야 하는데 말이다.

건물을 연주하다

2008. 6

뉴욕은 가장 훌륭한 음악들이 연주되는 곳이기도 하지만 가장 시끄러운 도시이기도 하다. 런던, 파리, 서울, 어딜 가봐도 뉴욕처럼 지하철이 시끄러운 데는 없다. 오갈 때마다 귀가 아플 정도로 소리를 내는데, 그 속에서 또 각종 '음악'들이 연주된다. 멕시코인들의 반다 음악에서 흑인 형제들의 아카펠라, 빈 양동이를 뒤집어놓고 부서져라 때리는 연주까지. 길 위로 나오면 옐로 캡들이 빵빵대고, 어디서 사고들이 그렇게 나는지 경찰차, 구급차, 소방차의 사이렌 소리도 끊이지 않는다. 불경기 속에서도 정신없는 공사 현장의 소음은 또 어떻고. 오랜만에 만난 친구와 저녁 한끼 먹고 나면 목이 쉰다. 레스토랑의 음악 볼륨조차 장난이 아니기 때문이다.

지난 토요일, 재미난 연주를 보러 갔었다. 한 달 전쯤 웹을 돌아다니다 발견하고 메모를 해놓았었다. '건물을 연주하다Playing the Building'라는 제목의, **데이비드 번**David Byrne°의 설치 작업이었다. 맨해튼 맨 끝 사우스 스트리트에 있는, 지금은 사용하지 않는 페리 선착장인, 낡고 커다란 배터리 매리타임 빌딩에서 이루어지는 공연이었고, 무료라고 했다. 빽빽하고 비싸기 이를 데 없는 도시 속에서 아무도 사용하지 않는 거대한 공간을 찾아내는 일만도 희귀한데, 바로 그 공간에서 살 수도, 휴대할 수도 없는 음악이 연주된다니. 뉴욕이란 밀집된 세상에서 존재하기 불가능한 틈새를 찾아 그곳에서 소리를 만드는 일을 하고 있는 듯하다. 공연은 막상 기대했던 것보다도 흥미

°**데이비드 번**(1952~)
스코틀랜드에서 태어나 미국에서 자란 음악가이자 가수. 1975년부터 1991년까지 미국의 뉴웨이브 밴드 토킹헤즈Talking Heads의 멤버였다. 그후로 줄곧 솔로로 활동하며, 음악뿐 아니라 공연, 영화, 사진, 오페라, 소설 등 여러 장르에서 창작활동을 해왔다. 베르나르도 베르톨루치 감독의 〈마지막 황제〉에서 음악을 담당해 아카데미 음악상과 그래미상을 수상했다.

로웠다. 연주자는 바로 관객이었고, 관객들이 줄을 서서 기다려 골동품 같은 오르간을 연주하면 오르간에 연결된 수많은 선이 건물의 구석구석 설치된, 소리나는 장치로 이어져 소리를 냈다. 그렇게 연주되는 음악은 소음을 연상시켰다. 모터 돌아가는 소리, 금속성이 부딪히는 소리, 파이프가 웅웅거리는 소리. 하지만 오르간이 연결된 선을 통해 어떻게 소리를 내는지 고개를 들어 커다란 빈 공간을 살피고, 또 연주하는 사람이 저마다 어떻게 소리들을 조합

하는지 귀를 기울이다보니 소음 같던 소리는 뭔가 다른 것이 되어 있었다. 뉴욕이 배출한 현대음악가 모턴 펠드먼의 말이 생각났다. "소리는 우리가 음악에 대해 꾸는 꿈이요, 소음은 음악이 우리에 대해 꾸는 꿈이다." 듣기 힘들 땐 오히려 귀를 기울여보는 것도 괜찮다. 도시 전체가 흥미진진한 소리를 내는 거대한 악기처럼 느껴질지도 모르니까.

불꽃놀이

2008. 7

누군가는 『안나 카레니나Anna Karenina』를 좋아하느냐의 여부로 사람을 판단한다는데, 난 불꽃놀이를 업신여기는 사람을 비밀리에 의심하곤 한다. 불꽃놀이를 좋아한다는 사실은 변별력이 별로 없지만, 이를 특별히 하찮게 여

기는 사람은 분명 어딘가 석연찮은 구석이 있을거라 생각된다. 까만 밤하늘을 배경으로 수만 개의 불빛들이 색색으로 터지는데 이를 보고 흥분하지 않는 사람은 간지럼조차 타지 않는, 무감각한 사람임이 거의 확실하다.

그동안 구경한 불꽃놀이 역사만 생각해도 꽤 파란만장하다. 처음 뉴욕에 와서 14번가 근처 이스트사이드에서 사람들과 길바닥에 앉아 '파샬 뷰Partial View 극장에서 기둥이나 벽이 시야를 가리는 경우'로, 그러나 가까이서 불꽃놀이를 감

상하던 것에서부터, 어퍼이스트사이드 남의 집에서 멀리 터지는 불꽃을 보던 일, 캐롤가든 집 옥상에서 감질나 하던 일, 브루클린 하이츠 허름한 아파트의 옥상, 그러나 오페라로 치면 발코니 같은 위치에서 여왕처럼 감상하던 일. 그러고 보니 옥상이란 옥상을 많이도 기어올라갔다. 작년에 이어 올해도 6층 사는 프레데릭의 선처로 그의 옥상 정원에서 불꽃놀이를 감상했는데, 이 역시 무척 훌륭하다 아니할 수 없다.

불꽃놀이가 발명된 건 9세기 중국이라지만, 사람들은 얼마나 오래전부터 어두운 밤에 반짝이는 불꽃을 열망했을까. 어둠 속의 빛이라는 상징은 차치하더라도, 불꽃은 인간에게 분명 미학적으로 어필한다. 별 같기도 하고 폭격 같기도 한, 한밤중에 부서지는 거대하고 자잘한 빛들. 뭔가 지난 일을 축하하고, 그 정신과 기쁨이 영원하기를 염원하는 불꽃들은 오히려 빠르게 사라지는 어떤 것들을 기념하고 있는 듯하다. 세상보다 큰 형상으로 확 다가와 가슴을 흔들어놓고, 순간 무심하게 스러져 가슴을 휑하게 하고…… 어디선가 알게 모르게 익숙해진 파장을 훨씬 리드미컬하게 좁혀 놓은 것이다. 그것도 총천연색으로. 또 한번의 불꽃놀이와 함께 나는 이렇게 또 한번의 여름을, 그 중앙을 통과하고 있다.

실험적 걷기

2008. 8

7월~8월 네 번의 토요일 동안 '윌리엄스버그 걷기'라는 실험적 행사가 벌어

진다. 정확히 말해 행사는 아니고, 그냥 차량의 통행을 막는 것이다. 베드퍼드 애버뉴는 윌리엄스버그의 주요 도로인데, 평소에 이 길은 버스까지 다니는 큰길이다. 이 동네가 원래 한가롭게 걸어다니기 좋은 곳인데, 주말이 되면 여기저기서 온 인파들로 북적여 솔직히 베드퍼드는 좀 비좁게까지 느껴졌었다. 토요일뿐이라 하더라도 이렇게 길을 '열어' 놓으니 한적한 윌리엄스버그의 느낌을 되찾은 것 같아 좋다. 길 복판으로 걸어다니는 해방감은 말할 것도 없고. 아이가 길 한복판에서 하고 있는 건 그냥 낙서가 아니었다. 15만 년 전 어떤 공룡의 삶을 그리고 있었다.

'훈훈한' 여름 패션

2008. 8

뉴욕의 여름이 좋은 이유는 벗고 다닐 수 있기 때문이다. 동방예의지국이자 몸짱의 나라 한국만 빼면 거의 모든 곳이 벗고 다니기에 좋겠지만 난 지금 뉴욕에 있고, 그래서 좋다. 어찌됐건 여름엔 벗고 다니는 것이 제격인데, 그 이유는 더워서라기보단 여름과 정을 통해야 하기 때문이다. 태양의 빛과 열은 자연이 우리에게 주는 가장 에로틱한 축복이다. 이를 만끽할 수 있는 계절이 바로 여름이고, 이를 제대로 즐기고 또 그 에너지를 저장해놓으려면 직접적인 스킨십이 요구되는 것이다. 반바지로 드러난 다리를 문밖에 내밀면 8월 오후의 열기가 따뜻한 손바닥처럼 다리를 감싼다. 그 온도조차 체온과 비슷하지 않은가. 그래서 여름을 제대로 나기에 필요한 건, 반바지나 러닝셔츠 종류의 노출이 큰 복장, 편한 신발, 그리고 걷기 좋은 거리다. 이 세 가지를 두루 갖추지 않는다면 여름은 자칫 짜증스러운 계절이 될 수도 있다.

노출이 많다는 건 어쩌면 패션에는 희소식이 아닐 수도 있다. 날씨를 즐기기에 방해가 되지 않도록 편하고 가벼운 옷차림을 해야 하니 선택의 폭도 줄고, 옷을 껴입을 때처럼 연출할 수 있는 조합의 수도 많지 않다. 바로 그런 이유 때문인지 여름은 황당한 패션들이 등장하는 때이기도 하다. 몇 년 전부터는 미니스커트나 반바지에 부츠를, 그것도 심지어는 어그부츠 같은 털부츠를 신는 게 유행이더니, 올해는 풍성한 스카프가 유행이다. 러닝셔츠 같은 탱크톱 위에 얇은 면이나 마, 실크 같은 감으로 된 커다란 스카프를 칭칭 감고 다니는 것이 유행인 것이다. 보기만 해도 갑갑하지만 한편으론 멋져 보이기도 한다. 스카프라는 다른 계절의 액세서리를 여름 패션의 요소로 들여놨으니 그렇다. 부츠나 스카프 패션은 아무래도 서부의 패션이 뉴욕으로 번진 게 아닐까 하는 것이 나의 추측이다. 날씨가 따뜻한 그곳에선 부츠를 신고 싶어도, 스카프를 하고 싶어도 별로 할 일이 없다. 할 일이 없지만 했기에 파격적인 패션 스테이트먼트가 된 것이다. 옷을 입고 살아야 하는 우리의 몸은 어차피 극장과도 같다. 기능과 장식, 보호와 파격, 보임과 드러냄이 끊임없이 갈등과 긴장을 빚어내는. 내가 뒷목에 떨어지는 뜨끈한 햇살을 마다하고 스카프를 하고 다닐 수 있을지는 모르겠지만, 냉장고 속 같은 뉴욕의 지하철에선 유용할 거란 생각도 든다.

줄 위의 친구들

2008. 8

필립 프티의 쌍둥이 빌딩 '걷기'를 다룬 다큐멘터리 〈줄 위의 남자〉를 보고 왔다. 프티가 갖고 있는 자료만 대강 보여주어도 감동적인 뭔가가 나올 거란 생각을 해보지만, 그래도 영화는 영화고, 영화는 영화로 봐주어야 한다. 프티의 위대한 예술적 이벤트, 그 감동은 차치하고, 영화는 한 가지 아쉬운 점과 한 가지 예상치 못한 미덕을 남긴다.

아쉬운 점은 영화가 하이스트 영화의 형식을 택했다는 사실이었다. 영화는 의도적으로 9·11에 대한 언급을 피하는데, 이는 스마트한 결정이다. 프티의 걷기는 9·11이란 재앙에 의해 강조될 필요가 없는, 그 자체로 꽉 차는 의미를 가지는 것이기 때문이다. 바로 이 결정이 현명했던 만큼, 범죄영화식의 전개는 판단 착오로 느껴진다. 외국인에 의한 쌍둥이 빌딩 침입을 강조하는 극화된 재연 부분은 9·11을 강하게 연상시키는데 이는 영화에서 불필요할 뿐 아니라 거슬리기까지 한다.

예상치 못했던 미덕은 프티의 일을 도왔던 친구들의 캐릭터를 밀도 있게 다루었다는 점. 누구와 누구는 사이가 안 좋았고, 누구는 누구를 안 믿었고…… 인상적이었던 것은 프티의 친구 장 루이와 안느의 섬세함과 장 프랑수아의 순수한 얼굴. 이들은 프티 자신만큼이나 이 일에 깊게 개입했던 사람들이지만, 이 일의 성공으로 그들의 관계는 어쩔 수 없는 전환점을 맞이했다고 고백한다. 많은 사람들에게 감동을 준 하나의 커다란 사건이었지만, 이들에게는 순수의 시대, 젊음을 보내는 매우 극적인 통과의례이기도 했던 것이다. 공중에서 줄을 건넌 건 프티였지만 이들도 함께 다시 돌아올 수 없는 곳으로 건너갔다.

그녀의 콘트라포스토°

2008. 8

마감중. 글과 함께 몸도 마감할 것 같다. 제 무게를 견디지 못하고 더위에 힘을 잃는 진흙처럼, 쓰겠다는 의지 주변으로 정작 내 살은 녹아내리고 있는 것 같다. 지금 내가 하는 작업이란 탄력을 주는 일인데…… 늘어진 것을 쳐

°**콘트라포스토**contrapposto
고대 인체 조각상에서 흔히 발견되는 포즈로, 한쪽 엉덩이와 다리에 무게를 싣고 다른 한쪽 다리는 약간 앞으로 내밀고 서 있는 모습이다. 막 움직일 것 같은 형상이 인체에 역동성을 준다.

Bruce Gagnier, *Nigia*, Hydrocal, 2001~2005

내고, 덜 익은 것은 윤곽을 주고, 허술한 걸 팽팽하게 하고. "모든 인공적인 것은 죄가 없다". 거르고 다듬어서 자연으로서의 나에 저항하는 것. 부스러지는 내 살도 추스르자.

위안을 찾기로 했다. 브루스Bruce Gagnier, 1941~의 어떤 조각. 붓다와 미켈란젤로를 함께 연상시키는, 눈을 감고 있는 그녀는 안으로 끝없이 침잠하듯 신비롭지만 나르시시즘은 여전히 거기 있다. 가슴 주위로 조각칼의 거침없는 드로잉이 느껴지고, 배는 손으로 단단하게 빚은 작은 성처럼 솟았다. 그녀의 콘트라포스토엔 부끄러움이 없다. 고대의 고요함을 유지하면서도 영원히 앞으로 나가겠다는 서틀하지만 대담한 제스처.

침묵과 변주의 성전 2008. 10

『뉴요커』의 미술비평가 피터 셸달이 언젠가 이런 말을 했다. "바라는 대로 되는 세상이라면, 예술을 사랑하는 사람의 집엔 어디나 모란디의 그림이 걸려 있었으면 좋겠다. 눈과 정신 그리고 영혼이 매일 훈련을 하는 김나지움이 될 것이다." 체육관이나 학교란 뜻의 김나지움은 요즘은 '짐gym'이라 줄여서 헬스클럽을 뜻하는 말로 쓰기도 한다. 그런데 눈과 정신과 영혼이 훈련하는 김나지움이라니, 이건 다르게 말하면 조용하게 역동적인 일들이 일어나는 성전이라 할 수 있을 것이다.

보통 사람들도 그럴 수 있지만 특히 창작을 하는 사람들에겐 대개 성전과 같은 공간이 있다. 사적이고 성적이기까지 한, 마음속의 어떤 장소인데 실제 공간을 차지하기도 한다. 얼마 전 한 작가의 작업실에 가니 앙리 카르티에 브레송이 찍은 보나르의 사진이 붙어 있었다. 그 작가는 보나르와는 상당히 다른 그림을 그리는 사람인데도 그랬다. 보나르가 어딘가 그의 마음을 차지하고 있는 게 분명했다. 시인인 친구의 책상 위엔 언제나 로버트 크릴리의 사진이 붙어 있다. 이사를 가거나 책상을 옮겨도 그의 사진은 그대로다. 크릴리는 몇 년 전 세상을 떠났기에 이제는 오래 지키는 영정처럼 느껴진다. 나 또한 그렇게 성전이라 부를 만한 사람이 몇 있다. 그중에서도 가장 조용하면서도 흔들리지 않는 성전이 모란디이다. 내 책상 옆엔 언젠가 『뉴요커』에서 오린 그의 사진이 붙어 있다. 소박하다못해 초라한 작업실에서 찍은 사진 속 모란디는 안경을 이마에 올리고 누군가와 웃으며 이야기를 나누고 있다.

이탈리아의 화가 조르조 모란디Giorgio Morandi, 1890~1964는 평생 정물만을 그린 화가이다. 때로 풍경화도 그렸지만 그가 파는 '우물'은 정물이었다. 정물화는 역사적으로 이류 장르였다. 화가들이 그림의 구도나 색 구성을 실험해보고 싶을 때 연습 삼아 그리거나 큰 그림에 집어넣기 위해 따로 그려보던 그림이었다. 그러던 정물화가 17세기 네덜란드 화가들에 의해서 하나의 장르로 단단히 자리잡으며 'still life stillleven'란 이름을 얻게 되었다. still은 말 그대로 부동, 움직이지 않는다는 뜻이고, life란 화가들이 실물을 직접 보고 그릴 때 'from life'란 표현을 쓰는 데서 비롯되었다. 실제의 식탁 위를 그리는 것이 아니라면 정물은 따로 탁자 위에 천을 깔고 의식적으로 배열된다. 가상의 무대 또는 단 위에서 이렇게 꾸며진, 움직이지 않는 실물인 정물은 인물이나 풍경에 비해 화가들에게 편리한 그림의 소재였다. 동시에 더 순수한 집중이 가능한 것은 물론이다.

현실에서 정물대로 옮기는 과정에서 의미의 걸러짐이 일어나기 마련이겠지만 실제로 이 소박한 정물화라는 그림은 의미와 상징을 뒤집어쓰는 경우가 많았다. 그 예로 네덜란드 정물화 중 '바니타스vanitas'라 불리는 종류가 있다. 바니타스는 인생무상, 허무함을 말하지만 그림 자체는 비어 있지 않아서 숨쉴 틈 없이 의미로 가득차 있다. 그러니까 인생무상과 죽음을 상징하는 '정물'로 북적인다. 자주 등장하는 해골은 물론 죽음을, 썩어가는 과일은 노화와 소멸, 시계나 모래시계는 인생의 유한성, 악기 역시 인생의 유한함과 덧없음을 상징했다.

이런 정물화에서 그 의미를 많이 벗겨낸 인물이 세잔이다. 세잔은 사물이 갖는 문학적인 의미나 개별적인 인상이 아닌, 그 본질과 형태를 탐구했다. 누군가는 세잔의 사과보다 더 둥근 것은 없다고 했을 정도였다. 그렇다고 세잔이 사물이 갖는 의미로부터 완전히 벗어났다고는 할 수 없다. 알려진 대로 마이어 샤피로는 세잔의 사과를 '사랑'으로 분석했다. 그도 그럴 것이 세잔은 사과를 에로스 상 주변으로 한가득 늘어놓거나 해서 사과에 의미의 부담을 주었다. 세잔은 모란디에게 성전 같은 화가였지만 모란디가 사과 한 알, 과일 한 개 그리지 않았다는 건 주목할 사실이다. 모란디에게 있어 정물은 그 이외의 것을 의미하는 것이 아니라 그 자체였다. 그가 그린 것이 물병이면 그저 물병 그 자체였다. 모란디는 초기에 잠깐 형이상학파Metaphysical School에 가담한 적이 있지만 이런 말을 했다. "내 작품은 그저 순수한 정물 구성일 뿐이다. 한 번도 형이상학적이거나 초현실주의적, 심리적, 또는 문학적인 생각을 암시하려고 한 적은 없었다."

모란디는 극단적으로 심플한 삶을 살았다. 내가 그를 떠올리면 성전이란 말이 생각나는 것엔 이런 이유도 있다. 성전은 마음을 비워내는 곳이고 모란디의 삶이 딱 그러기에 좋은 '장소' 이다. 그는 볼로냐에서 태어나 평생 볼로냐에서 살았다. 이탈리아를 떠났던 것은 딱 세 번뿐이었다. 같은 집에서 결혼도 하지 않은 채 미혼의 세 자매와 함께 살며 볼로냐 미술대학에서 판화를 가르쳤다. 그리고 그의 작업실이 있다. 침실을 겸한 그의 작업실은 내 머릿속에 항상 있는 공간이다. 사진으로 보았고 상상도 했고 어느 정도 내 멋대로 짜깁기했기 때문에 고정된 모습은 아니지만 언제나 고요하고 별 특징도 없이 소박한, 혼자 있는 어떤 곳이다. 언젠가 읽은 존 리월드의 묘사도 한몫했을 것이다.

"(……) 그들은 거기 오래 있었던 듯했다. 상자와 캔과 또는 그와 유사한 용기뿐 아니라 선반과 탁자 위에도 먼지가 두텁게 앉아 있었다. 부드러운 펠트 천으로 덮은 것처럼 회색빛의 두꺼운 벨벳 같은 먼지였다. 먼지의 색과 질감이 기다란 병과 푹 파인 그릇, 오래된 물병과 커피포트, 묘하게 생긴 꽃병과 양철 상자 등을 한데 묶는 통일감을 주는 듯했다. 부주의하고 지저분해서 생긴 먼지가 아니라 인내의 세월로 생긴, 완벽한 평화로움의 증인 같은 먼지였다. 북적이고 시끄러운 세상을 벗어난, 소박한 이 은신처의 정적 속에서 이 일상적인 사물들은 그들만의 정적의 삶still life을 살고 있었다.

Giorgio Morandi, *Still Life*, oil on canvas, 1956

여기 이 작은 방에서 한 위대한 아티스트는 길고 고된 실존을 위한 필수품에 둘러싸여 있다. 이곳에선 어떤 변화도 없었고, 화가가 때로 조심스럽게 이 소박한 물건들을 다시 배열할 때를 제외하면 모든 것이 움직임 없이 그대로였다."

움직임 없음과 소리 없음. 이 둘은 결국 같은 말이 아닐까. 영어의 'stillness'라는 단어와 한국어의 '정적靜寂'이란 단어에도 이 두 가지 뜻이 동시에 들어 있다. 그림에서 갑자기 시간이 멈춘 것 같은 부동감이 느껴질 때 아무 소리도 들리지 않는 먹먹함 또한 전해진다. 이러한 부동감은 대개 움직임이 암시된 상황에서 어떤 방법을 통하여 그 움직임이 멈춘 것처럼 보이게 할 때 극대화된다(예를 들어 베르메르의 〈우유 따르는 여인〉 같은 그림을 떠올리면 이해가 간다). 그런데 정물은 이미 멈추어 있는 것이기에 이런 역설적인 요소가 상대적으로 적다. 모란디의 정물이 유난히 조용한 건 그의 정물이 일상성을 벗고 있기 때문이다. 일상적인 물건이 일상성을 벗을 때 주변은 잠시 고요해진다. 사물의 거듭남이 목격되는 순간이랄까.

그림에서 고요함은 시각적인 단순함과도 관련이 있다. 즉 비어 있음emptiness과 관계있는 것이다. 네덜란드의 정물이 북적이고 시끄럽다면 모란디는 비어 있다. 그래서 고요하다. 그래서 '리얼real' 하다. 여기서 리얼은 사실적이라는 의미의 리얼이 아니다. 물자체라는 의미의 리얼이다. 재료가 재료 자체로 형태가 형태 자체로 존재할 수 있기 위해선 어떤 공간이 필요하다. 한 건축가가 건축에 있어 리얼니스realness의 요소로 질료성과 함께 비어 있음을 든 것은 주목할 만한 사실이다. 모란디의 그림은 질료(물감), 형태, 색채, 그리고 비어 있음으로 구성된다. 이 비어 있음이 정적을 자아낸다.

모란디의 정적은 또한 미술사적 맥락을 가진다. 모란디는 한때 조르조 데 키리코와 어울렸고 키리코는 카를로 카라, 알베르토 사비니오(조르조의 동생)와 함께 형이상학파를 이끌었던 인물이다. 초현실주의에 지대한 영향을 주었던 형이상학파의 그림을 말하는 방법에는 여러 가지가 있을 것이다. 어떤 내면의 풍경을 일상적인 소재를 통해 그렸다든지, 현실의 논리에서 벗어나 있는데(원근법이라든지 사물의 상대적인 크기라든지) 나름대로 공감이 가는 시적인 요소를 갖고 있다든지 하는 것이다. 하지만 형이상학파를 한마디로 요약하는 데는 키리코의 이 말이 생각보다 효과적이다. “이 세상 어떤 종교보다 화창한 날 길을 걷는 사람의 그림자 속에 더 많은 미스터리가 있다.” 그 미스터리에 대한 어떤 ‘감각’을 표현하는 것이 형이상학파였다. 모란디는 자신의 정물은 어떤 의미도 의도하지 않는다고 했지만 이 시점에 그들과 공유하는 어떤 ‘감각’이 있는 것이 분명하다. 예술가의 세상에 대한 어떤 감각, 어떤 응시가 그림을 현실을 넘어서는 어떤 것으로 만든다. 키리코가 발행하던 『발로리 플라스티치Valori Plastici』(1918~1922)라는 잡지에서 모란디는 이렇게 말했다. “정물화를 그리는 것은 시간을 초월하는 방법이다. ‘부동의 오브제’를 대면하고 내재된 미에 대해 명상하고, 고요한 묵상 속에서 영원을 경험하는 것이다.”

모란디 그림의 추상성은 그림 한 점만 놓고 봤을 때도 드러나지만 여러 점을 연속해서 볼 때 더 확실해진다. 비슷한 상자와 병의 배열을 조금씩 끊임없이 바꾸며 전경과 배경을 스미듯 넘나들고 면과 면, 형태와 형태 사이의 긴장과 균형을 조심스레 탐구한다. 모란디가 일찍이 입체파의 영향을 받은 사실에서도 유추가 가능하지만 입체파처럼 모란디에게 있어 커다란 주제는 “부분과 부분, 면과 면, 부분과 전체의 서틀한 관계”였다. 이렇게 커다란 주제 아래 같은 소재를 반복하는 것은 현대미술의 특징을 이루기도 한다.

움베르토 에코는 모란디를 향한 애정을 담뿍 담은 짧은 글에서 “무엇이 혁신과 발전을 위한 기본 메커니즘인가?”에 대한 답을 ‘변주’라 했다. 특히 음악에선 반복을 통해 아주 미세한 차원까지 멜로디나 리듬, 하모니의 변화를 탐구한다고 했다. 그는 또한 피카소가 〈광대〉에서 〈아비뇽의 처녀들〉로 옮겨간 것도 대단한 변화이지만 말레비치와 몬드리안이 사각형이나 선을 살짝 옮겨가며 한 작업도 미술사에 있어서 혁신이었다고 했다.

모란디는 그 혁신의 세월을 살았다. 촌동네에서 그 세월을 살았고 여행은 의도적으로 자제했지만 세상에서 무슨 일이 일어나는지는 알고 있었다. 마음만 먹었다면 무슨무슨 파에 가담할 수도 있었지만 그러지 않았고 추상을 누구보다 이해한 사람이었지만 보란듯이 추상의 물결에 뛰어들지 않았다. 그리고 구상과 추상이 충돌해 낳는 미세하고도 끝없는 균열 같은 시정을 완성했다. 사물과 사물 사이 속삭이듯 가늘게 흔들리는 골, 병에서 벽으로 벽에서 다시 병으로 진행되는 그 은근한 넘나듦, 겹치고 떨어지고 드러내는 이런 양상들이 그의 작품 속에서 지속적으로 반복된다. 그가 가진 구상성과 추상성 사이의 긴장이 사람을 숨죽이게 하는 정적감과 또 끝없는 변주를 낳은 것이다. 키르케고르의 이 말에서 모란디의 긴장감이 느껴진다. "반복과 기억은 같은 종류의 움직임이다. 다만 그 방향이 반대일 뿐이다. 기억 속의 대상은 뒤로 가는 방향으로 반복되는 반면, 반복은 말하자면 앞으로 나아가는 방향으로 그 대상을 기억한다." 모란디에게 있어 반복은 혁신을 위한 방법이었고 그 방법은 기억처럼 먼지로 덮인 사물을 응시하는 것이었다.

책상 풍경

2008. 10

새로 얻은 사진집을 통해 E. B. 화이트가 비현실적으로 깨끗한 책상을 유지한다는 것, 누가 옆에서 굿을 해도 신경 안 쓰는 집중력을 가졌다는 것을 알게 되었다. 나는 상당히 다르다. 책들이 여기저기 쌓여 있어야 마음이 편하고, 주변은 조용해야 한다. 글을 쓸 때는 음악도 듣지 않는다.

이번에 책을 마감하면서 나에 관해 새삼 깨닫게 된 것들이 있다. 도무지 절제와 규칙과는 거리가 멀다는 것. 아니면 이게 정말 마지막이어서 막가는 것일까. 어쨌든 일의 양이 많아지니 불규칙적인 삶의 스타일조차 극단으로 치닫는다. 운동은 중단한 지 오래고, 잘 먹지도 않고, 잠은 아무때나 잔다. 잠자는 습관은 정말 망가졌는데, 일을 하다 몸이 너무 지쳐 더이상 앉아 있을 수가 없으면 잠을 잔다. 조금 자다 깬다. 다시 다음에 잠이 올 때까지 일을 한다. 새벽에 머리가 멍해지면 잠자리에 드는데 그게 두 시일 때도 있고, 다섯 시일 때도 있다. 이런 부류가 있는 건지, 이 책을 보니 수전 손택도 비슷했다. 나쁜 습관이 비슷한 것이 어떤 의미가 있는 것은 아니겠지만 글이 좋건 좋지 않건 글쓰는 일이 종종 규칙적인 수면과 천적이라는 것만은 분명하다.

존 치버John Cheever, 1912~1982의 책상과 그의 말은 사람을 찡하게 한다. 정갈한 침대를 뒤로 하고 글을 쓰는 그의 타자기 옆엔 위스키 잔과 담배꽁초가 가득 든 재떨이가 놓여 있다. 작가들에게 왜 술이 필요한지 어렴풋하게나마 깨닫게 된 건 번역 일을 한창 할 때였다. 나도 저녁이 되면 술 한 잔의 필요를 거의 생리적으로 느끼곤 했다. 몸 움직임의 부족, 시각적 자극의 결핍, 언어적 긴장감에 하루종일 시달린 뇌가 요구하는 거였다. 일이 끝나고 와인을 한 잔 마시면 머리에 필요한 긴장 완화와 어떤 운동감이 동시에 제공되는 느낌이었다. 존 치버는 오랜 기간 알코올 중독으로 고생했다. 내게 술이 필요한 이유와는 다르게도, 술이 주는 즐거움이 글을 쓸 때 공상이 주는 즐거움과 동일하다며 자신이 술 마시는 이유를 댔다. 보드카로 아침을 대신하고, 여기저기 술병을 숨겨두고 술을 마셨고, 친구가 집을 찾아오면 술에 취해 알몸으로 문 앞에 서 있곤 하던 그다. 이 책에서 그는 위스키 한

잔을 옆에 놓고 독자를 올려다보며 말을 한다. 그는 주로 외롭고 우울한 사람이었지만 뜻하지 않게 희망을 던져놓기도 했는데 바로 이런 경우다. "온갖 종류의 유쾌하고 지적인 사람들이 내 책을 읽고 사려 깊은 편지를 보내

존 치버와 그의 책상, 그의 술, 그의 눈빛

온다. 나는 그들이 누군지 모르지만 굉장한 사람들이다. 이들은 광고나 언론이나 까다로운 학계의 선입견으로부터 상당히 독립적으로 살고 있는 것 같다. 내가 일하는 방의 창밖으로 숲이 보이는데 나는 그 안에 이런 진지하고 사랑스럽고 신비로운 독자들이 살고 있다고 생각하는 걸 좋아한다."

마틴 마르지엘라 2008. 10

2008년 가을 시즌 마틴 마르지엘라를 보면서 파티에 갈 때 입고 싶은 옷이란 생각을 했었다. 이번 파리에서 보인 2009년 봄 시즌은 정말 흥미진진하다. 마틴 마르지엘라Martin Margiela, 1957~는 20여 년간 패션계에 꾸준히 영향을 주는 디자이너이지만, 마인드로 치면 현존하는 디자이너 중 가장 흥미로운 사람이다. 그의 라인 20주년을 기념하는 이번 런웨이 쇼가 어쩌면 그의 마지막이 될지 모른다는 걱정이 돌고 있다. 디젤이 그의 브랜드를 산 이후, 상업적 방향성에 많은 것을 내줘야 했고 타협을 원하지 않는 그가 은퇴를 고려하고 있다는 것. 그는 그의 이름이 찍힌 로고를 쓰지 않는 것으로 유명하고(원래는 숍에도 이름을 걸지 않았다) 그 자신조차 얼굴을 드러내지 않

마틴 마르지엘라, 2009년 봄/가을 컬렉션에서

아 '투명 인간'으로 알려져 있다. 이번 쇼 콘셉트 중 하나가 앞모습과 뒷모습을 헷갈리게 하는 것.

그는 종종 모델의 얼굴을 가려왔지만 이번 쇼에선 극단적으로 밀어붙였다. 얼굴의 사라짐은 여러 생각을 일으킨다. 패션과 정체의 문제, 셀러브리티 문화에 대한 회의 또는 옷에 대한 외경…… 얼굴이 사라지며 옷의 단순성과 라인이 살아난다. 하지만 그 이상이다. 얼굴이 사라진 사람의 모습은 심오하게 부조리하다. 자기 얼굴을 잊었다는 망각의 정서보다는 이 시대의 분열증을 연상시키기도 한다. 우리는 진정 앞을 볼 수 있는 존재인가. 마르지엘라는 가장 간단한 트위스트로 전체를 뒤집어놓는 천재적인 재능이 있다.

터키식 방

2008. 10

일의 속도는 영 더디고 방안의 공기는 정체되었다. 책장을 넘기다 이 그림을 만나 잠시 '즐거움'이란 다른 방에 갔다 온다. 발튀스가 이 그림을 그리지 않았다면 어찌되었을까 하는 걱정까지 해가면서. 여자의 배를 이렇게 아름답게 그린 그림이 또 있을까? 가슴은 또 어떻고. 그림을 보며 "우와, 거의 완벽에 가까워" 감탄을 하지만 사실 나는 개인적인 친밀감을

○**빌라 메디치**
16세기 메디치가에 의해 지어진 건물로 1803년부터 로마의 프랑스 문화원으로 사용되고 있다. 발튀스는 1964년부터 15년 동안 문화원장을 맡아 이곳에서 지냈다.

Balthus, *The Turkish Room*, oil on canvas, 1963~1966

느낀다. 동양 여자의 몸인 것이다. 가슴은 작고 하체는 짧고 둥글다. 나는 나의 몸과 이렇게 친밀하고 달콤한 순간을 보낸 적이 있었나? 발튀스가 **빌라 메디치**°의 터키식 방에서 이 그림을 그린 건 세츠코(발튀스의 두번째 부인)가 스무 살 좀 넘었을 때였을 거다. 스무 살 때조차 내게 이런 나른하고 자기도취적인 오후는 없었지 싶다. 어쩌면 태어나기도 전에 잃어버린 순수이다. 내가 내 몸과 편안해진 건, 생각해보면 서른이 넘어서였던 것 같다. 모자라면 모자란 대로 받아들일 나이에 와서야. 하지만 심지어 왜 받아들여야 하나? 왜 그저 이렇게 친하고 재밌는 자기와의 에로스를 즐기지 못할까? 아무도 모를 이 달콤한 순간을 즐길 수 있다면 최진실같이 예쁜 여자가 욕실에서 목을 매다는 끔찍한 생각은 애초에 하지 않을지도 모르는데 말이다.

소파와 담요와 소멸 속에서

2008. 10

며칠 비실비실하더니 어제부터 소파에 아주 자리를 깔았다. 미루어두었던 『죽어가는 동물The Dying Animal』을 끼고 누워, 읽다 잠들었다 깨었다가, 이상한 꿈들을 꾸었다. 노인들과 갓난아이들이 뒤섞여나오는. 뜨거운 보리차라도 마시고 싶어 담요를 둘둘 말고 선반을 죄다 뒤져보니 카페인이 없는 차는 없었다. 내 생활이 이랬구나. 선식을 뜨거운 물에 타서 그거라도 마신다. 노트북을 가져다가 뉴스를 본다. 오바마가 플로리다도 잡아가는 것 같다. 플로리다는 원래 쉽지 않았다. 퇴직한 노인들과 유대인이 많이 사는 곳이라. 필립 로스Philip Roth, 1933~가 한국에서 출판이 안 되는 건 그가 유대인이기 때문인가. 『죽어가는 동물』은 얼마 전에 〈엘레지〉라는 이름의 영화로 나왔다. 난 그 바쁜 와중에 혼자 비밀리에 영화관에 숨어들어가 영화를 보았다. 페넬로페 크루즈는 예쁘면서 몸 연기가 되는 몇 안 되는 배우인데 영화는 그저 그랬다. 소멸과 에로스. 필립 로스의 책에서 종종 다루어지는 주제다. 지난번에 읽은 『유령 퇴장Exit Ghost』에선 전립선염을 심하게 앓는 남자가 기저귀를 차고 여자를 상상하며 욕망했었다. 침대 위의 에로스는 없었지만 그 노인네의 머릿속이 코믹하고 처절하고 섹시했다. 이 소설의 주인공은 육십대 초반으로 「유령 퇴장」의 주인공보다는 젊다. 그는 노년에 대해 이렇게 말한다. "노년이란 걸 상상할 수 있어? 당연히 못하겠지. 나도 못했으니까. 어떤 건지 전혀 몰랐지. 그림을 잘못 그렸던 것도 아니야. 전혀 그림이 없었던 거지. 아무도 상상해보는 것조차 원하지 않아. 직접 당하기 전까지 원하지 않는 거지. 이게 다 결국 어떻게 될 거냐고? 둔감함이야말로 필수적이지. 내 인생보다 앞서 있는 어떤 인생도 상상할 수 없다는 건 당연한 일이야. (……) 중년이란 많은 사람들에게 힘든 시기지. 하지만 노년은? 재밌게도 이 시기는 태어나서 처음으로 사람이 그 안에 있으면서 완전히 그 밖에 있게 되는 그런 시기야. 내내 자신의 소멸을 관찰하면서 계속되는 활력 때문에 그 소멸로부터 어느 정도 거리를 유지할 수 있는 거지. 심지어는 완전히 독립된 것 같기도 하지. 결국은, 그래, 그 불행한 결론으로 치닫는 여러 복합적인 사인들을 보지만, 그럼에도 불구하고 당신은 그 밖에 서 있는 거지. 그 객관적 거리의 잔인함이야말로 끔찍한 거야."

필립 로스의 주인공들은 베이비붐 세대이다. 죽음마저 인정하지 못하는, 자기관리와 자기실현의 라이프스타일로 평생 에로스를 포기하지 않을 수 있는. 그 안에 있으면서 그 밖에 서 있다는 로스의 말은 소멸에 대한 실질적인 거리와 함께, 그에 대한 부정을 포함할 것이다. 하지만 베이비부머가 아니라도 스스로의 소멸은 누구에게나 부정을 동반하는 과정일 것이다. 소멸이란 지속적이지만 같은 비율로 일어나지 않는다. 화장대 앞에 앉아 주름 걱정을 하는 서른둘의 엄마 옆에 앉아 있던 어느 오후 나도 그 여자가 되었었다. 그 순간 나의 소멸은 빠른 속도로 진행되었으리라. 한동안 그렇게 갔을 것이다. 그러다 영화처럼 훤히 보이는, 두어 번의 소멸을 경험했다. 그리고 지금 이 순간 작게 소멸이 일어나고 있을지도 모른다. 책을 끝내고 담요 속에서 이렇게.

『취향』의 뒷얘기들 2008. 11

—이 책은 2~3년 동안 쓴 글들을 모은 것인데, 아마 그 첫 글은 「드레이퍼리drapery」인 것 같다. 처음에 패션을 주제로 책을 쓸 것을 제안받았고, 패션과 나의 관심사 중 겹치는 부분으로 가장 먼저 떠오른 것이 바로 드레이퍼리였던 것. 이 글에 쓴 "드레이퍼리는 문명이 인체 위로 드리운 그림자"라는 문구는 데 키리코의 그림 〈아리아드네〉와 어울리는데, 비용 문제로 미술관 가서 찍은 사진을 올려놓으니 그 효과가 살지 않아 매우 유감이다. 언젠가 그림자라는 주제를 앞세워 또 엉뚱한 얘기를 하고 싶어질지도 모른다.

—이 책이 출판될 수 있게 해준 이미지는 『딸기맛 이야기』에 들어간 엘리자베스 비숍의 그림. 막판에 고된 일로 정신이 황폐해지고 있을 무렵, 이 그림을 내 왼쪽 옆에 딱 놓고 글을 쓰고 고치고 했다. 이 그림이 없었다면 그 막판 시간들이 어찌됐을지 나도 모르겠다. 그런데 내가 이 그림을 볼 수 있는 이유는, 비숍의 화집을 옆에 놓을 수 있었던 건, 순전히 빌의 노력 덕분이다. 이제까지 소개된 적이 없던 비숍의 그림들을 그가 직접 힘겹게 수색하여 1996년 책을 펴냈고, 이 책은 그해 뉴욕타임스 비평가 존 러셀이 선정한 10대 예술 책으로 선정되기도 했다. 책에 들어간 비숍의 그림 위쪽엔 "미래의 즐거운 시간이 당신에게 콩과 쌀과 꽃을 가져다주기를. 1955년 4월 27일. 엘리자베스"라고 적혀 있다. 그림 속의 콩과 쌀과 꽃의 비례가 위안이 되어주었다. 궁극의 취향이란 이처럼 가난하고 독창적이고 설득력 있는 비례에서 나온다. 실제로 콩과 쌀과 꽃, 콩과 쌀과 꽃, 콩과 쌀과 꽃, 되뇌면 내

가 뭔가 아름다운 일을 하는 것 같아 기분이 좋아졌다. 마지막으로 쓴 글인 서문에 "달과 유월과 페리스휠"은 아마 여기서 왔을 것이다. "달과 유월과 페리스휠"은 혼자 밤중에 흥얼거리던 〈Both Sides Now〉라는 노래의 2절 가사이고, 특히 그 부분이 밀착하듯 입력된 것.

—원고 정리로 바쁜 와중 난 어느 오전을 꼬박 투자해서 보들레르의 「상응correspondances」을 번역했다. 불어 원문을 놓고 영어 번역을 서너 개 보면서. 첨엔 한국어 번역을 전혀 보지 않았다. 그저 즐거움이었다. 내가 코린과의 대화를 아끼는 것은 그녀가 이 시를 언급했기 때문이었다. 여기저기서 읽었던 시지만 이 책에 인용할 것을 생각하지는 못했었다. 코린과 뭔가 통하는 걸 느낀 순간이었다. 보들레르의 이 시는 책 앞에 들어간 에머슨의 인용구와 공명을 이루며 이 책에 좀더 감각적인 기반을 제공한다. "멀리서 혼합되는 긴 메아리처럼/ 향과 색과 음이 서로 화답한다." 암튼 맛있게 번역을 했지만 아무래도 내가 그럴 권위는 가지고 있는 것 같지 않아 책에는 기존 한국어 번역을 싣기로 했다. 애초에 번역을 하다 포기했던 곳은 향기가 등장하는 마지막 연.

Comme l' ambre, le musc, le benjoin et l' encens,

Qui chantent les transports de l' esprit et des sens.

영어

Like amber and incense, musk, benzoin,

That sing the ecstasy of the soul and senses.

한국어

용연향, 사향, 안식향, 훈향처럼

정신과 감각의 환희를 노래한다.

영어로 앰버, 머스크는 듣기 좋은데 용연향, 사향 등의 단어는 그와 비교해 무겁게 느껴진다. 그리고 보들레르가 사용한 앰버라는 단어가 정말 용연향ambergris인지는 맞을 수도 틀릴 수도 있다. 호박이란 뜻의 amber는 원래 향유고래의 소화기관에서 나오는 물질인 ambergris라는 단어와 혼동되어 생겨난 단어라 보들레르가 뜻한 향이 무엇인지에 따라 해석이 분분할 수 있는 것이다. 향으로서 amber란 주로 호박유의 향을 말하는데, 호박유는 호박을 증류해 얻은 것이고, 호박은 수지가 화석화된 것이다. 그런데 얼마 전 읽은 『소동파 사선』에서 이런 시구를 발견.

허리에는 호박 패물을 차고

목도리엔 용뇌 향기가 배어 있네.

본문엔 '용향龍香'이라 된 것을 용뇌 향기로 번역을 한 것이다. 주석에 용향은 "옛날 외국에서 공물로 바친 향료. 용뇌향, 용연향, 용문향으로 나뉘는데 모두 용향이라 부른다. 용뇌향은 무색투명한 판상 결정으로 용뇌수에서 채취함"이라 설명되어 있다. 용연향이 나무에서 채취한 향이라는 용뇌향과 함께 묶인 것이 희한하다. 뭐가 뭔지 궁금하다. 소동파가 호박과 용향을 함께 언급했다는 것도 신기하고. 보들레르의 이 시에서 언급된 향만 갖고도 논문이 하나 나올 것 같다.

—삭제된 챕터들 중 윌리엄의 글이 아쉽다. 디엘에이 파이터DLA Piper라는 큰 로펌에 다니는 변호사 윌리엄은 농촌 출신이다. 어린 시절 농장에서 그의 할아버지를 도우며 자랐다고 한다. 도시 출신이라는 콤플렉스가 있는 나는 또 그의 어린 시절에 매혹당했다. 기회는 이때다. 미국의 농장 생활을, 윌리엄의 삶을 좀더 이해하기 위해 책 한 권을 다 읽었다. 언젠가 사다놓았던 제인 스마일리Jane Smiley, 1949~의 『천 에이커A Thousand Acres』. 윌리엄의 챕터에 그 인용구가 들어간다. "농장에 일어나는 모든 문제들은 결국 농장의 모양새를 어떻게 유지하느냐의 문제로 귀착된다. 농부들은 농장을 보고 농부를 평가한다. 농부는 그 자신의 모습으로 존재할 수 있지만, 이를테면 그가 커피숍에 들어서는 순간 그는 자신의 농장의 모습이기도 하다". 속을 드러내는 외양에 관한 얘기다. 생각해보면 대개의 경우 사람들이 일을 잘하고 못하는 정도가, 그가 일을 하는 방식이, 밖으로 잘 드러나지 않는다. 하지만 농장의 경우 농부가 조금만 게을러도, 또 집안에 어떤 문제가 있어도 금방 밖으로 드러나게 된다. 겉모습이 그 속내에 가장 가까운 직업이라 할 수도 있을 것이다. 소년 윌리엄은 언제나 깔끔한 할아버지를 가장 좋아하고 존경했다. 가끔 황당한 옷을 입고 나와 나를 놀라게 했지만 정말 매력적인 건 옷으로도 감추지 못하는 그 시골 소년 같은 순진함, 다정함, 넉넉함이었다.

공기 속 단어들, 종이 위 시인들 2008. 11

지난주 뉴욕타임스 북 리뷰를 펼치면서 저절로 이런 말이 나왔다. "내가 이래서 뉴욕을 떠나는 게 무서워. 이런 레이아웃과 이런 스토리, 다른 곳에서도 만날 수 있을까?" 물론 뉴욕타임스 북 리뷰에 유감이 있는 사람도 많겠지만, 난 그럴 수가 없다. 신문 지상에서 이미지와 텍스트의 미학적 조화를 쉽게 볼 수 없는 문화에서, 이미지가 가진 의미에 둔감한 문화에서, 독자가 읽고 배울 만한 평론이란 것이 부재한 문화에서, 텍스트의 시각적 미학을 평가하는 능력이 역사적으로 줄어온 문화에서 온 나에게 뉴욕타임스는 그동안 많은 자극과 즐거움을 주었다.

이 지면을 펼치는 순간 아주 짧게 숨이 멎었다. 말 그대로 허공이 느껴져서다(미국을 대표할 만한 두 시인 로웰과 비숍의 편지를 모은 900페이지에 육박하는 이 책의 제목은 『Words in Air』). 해변의 공기와 종이의 여백. 로웰과 비숍이 떨어져 보냈던 시간과 또 공간. 비숍이 살던 브라질의 해변. 어울리지 않는 두 인체를 담은 이 사진. 맨발로 물을 튕기며 함께 산책하는 그들. 몇 번 만나지 못했던 그들의 운명을 보여주듯 평행으로 걷지만 함께 오른발을 내민 모습. 서로의 존재를 의식한 그들의 몸통이 그리는, 작지만 애틋한 각도. 엘리자베스 비숍의 친필 서신. 생각대로 소박하지만 고집스러움도 엿보이는 그녀의 필체. 밑으로 내려가려는 어떤 힘에 의해 쓰인 듯 아래를 향하지만 그래도 수평의 느낌을 준다. 추락에 저항하듯. 로웰이 훨씬 어렸지만 비숍은 살아 그의 죽음을 애도했다. 죽어버려 이제 시를 쓸 수도 교정할 수도 없는, 우울질 친구의 죽음을 슬퍼하며 "Sad friend, you cannot change"라 했다. 이토록 정갈한 페이지에 이토록 많은 것이 담겨 있다. 오늘 방 정리를 하다 사진을 찍어놓았지만 어느 구석에서라도 살아 숨쉬어야 할 페이지라 차마 신문을 버릴 수가 없다.

뉴욕 부류

2008. 11

뉴욕에서 살면서 여행객들의 반응이며 코멘트에 귀를 기울이다보면 세상엔 두 부류의 사람이 있다는 걸 깨닫게 된다. 뉴욕을 즐길 줄 아는 사람들과 그렇지 못한 사람들. "서울과 별로 다를 게 없는데? 더럽기만 하고"라며 시작하는 사람들에 대해선 그냥 "아, 예. 그렇지요, 뭐" 대충 얼버무리고 더이상 묻지 않는다. 뉴욕을 별로 재미없어하는 사람들이란 거의 90퍼센트 이상 그렇게 시작하니까. 이런 사람들은 보스턴의 백인 동네에 데려다놓으면 아주 좋아들 하신다. "아, 그곳은 아주 깨끗하고 예쁘고 안전하던데." 그럼 또 나는 "아, 예" 그러고 만다. 뉴욕과는 성격이 다른 사람들이다. 내가 얘기하고 싶어지는 사람들이란 공항에서 맨해튼으로 들어오는 미드타운 터널을 통과할 때부터 흥분했다는 사람들이다. 이런 사람들은 대개 아래와 같은 몇 가지 역시 즐길 줄 아는 것 같다.

1. 타임스스퀘어: 예전에 감동했으며 여전히 감동하는 곳. 물론 값만 비싸고 알맹이는 없는 뮤지컬도 많다(그러니 제발 뮤지컬을 보기 전에는 미리

리서치를 할 것). 하지만 이들을 광고하는 빌보드가 만들어내는 장관은 뉴욕에서만 맛볼 수 있는 어떤 것이다. 뉴욕은 자본과 재능과 창조성이 극적으로 만나고 부딪히는 곳이다. 타임스스퀘어는 이를 보여주는 드라마 그 자체다. 웅장하고 화려하고 정신없고 조금은 난해하기도 한.

2. 예를 들어, 십 메도 : 사람들에게 난 곧잘 "센트럴파크 다녀오셨어요?"라고 포괄적으로 질문하지만 내가 듣고 싶은 답은 좀더 구체적인 것이다. 100만 평이 넘는 이 공원에 발만 살짝 들여놓고는 시큰둥하게 "물론 다녀왔죠" 하는 사람이 많기 때문이다. 초록으로 펼쳐진 십 메도 잔디 위로 겹쳐지는 스카이라인을 감상하며 피크닉을 했다든가, 회전목마 위에서 어느 오후를 즐겼다든가, 재클린 케네디 오나시스 저수지에서 조깅을 했다든가 정도면 구체적이라 할 만하다. 여행은 눈도장만 찍고 가는 게 아니라 구체적인 환경에서 잠깐, 그러나 강렬하게 살아보는 것이다.

3. 밀도와 원근법 : 난 마음에 드는 사람에겐 살짝 귀띔한다. '밀집'은 피하고 '밀도'는 즐기라고. 메이시 백화점 앞처럼 사람들로 붐비는 곳은 멀찍이서 바라보고 밀도를 즐길 수 있는 곳으로 파고들라고. 뉴욕 3D 지도를 보면 고층 빌딩의 밀도가 높은 데가 어딘지 알 수 있다. 그 빌딩 사이에 서서 위를 둘러보며 바삐 지나는 사람들을 체험할 것. 인류가 이렇게 작은 섬 위에 높은 빌딩들을 빽빽하게 지은 적은 일찍이 없었다. 그리고 이 빌딩들은 격자 위에 지어졌다. 구불거리는 골목길은 서울이나 로마에서 즐기고, 뉴욕에선 마천루가 그리는 밀도의 미학과 1점 소실 원근법의 드라마를 경험하자. 도시는 상호작용이고 다이내믹이다. 사람들이 와서 제대로 체험을 해줘야만

내가 사랑하는 뉴욕은 앞으로도 그 흥미로운 모습을 유지할 것이다.

The Gift 2008. 11

얼마 전 PBS 〈찰리 로즈 쇼〉에 스탠포드 법대 로런스 레시그 교수가 나와 저작권의 개선점에 대해 얘기하는 것을 보았다. 인터뷰를 보고 나서 인터넷에서 관련 글들을 찾아 읽다가 책을 한 권 발견했다. 시인이자 번역가인 루이스 하이드Lewis Hyde, 1945~의 『선물The Gift』이란 책이었다. 1983년 출판된 이

책은 베스트셀러는 아니었지만 절판되지 않았고, 최근 25주년 기념 개정판이 나왔다. 처음부터 이 책에 대한 평은 엇갈렸다고 한다. 요약이나 분류가 힘든데다가, 저자의 주관적 견해를 비약했다는 독자들의 평도 상당했다. 한

편, 조나단 레덤 등 영향력 있는 작가들은 '인생을 바꾼 책'이라며 찬사를 아끼지 않았다.

이 책의 전제는 예술은 기본적으로 상품이 아니라 선물gift이라는 것이다. 예술은 예술가들의 재능gift과 또 선물처럼 주어지는 영감으로 태어나고, 시장경제의 논리보다는 선물 교환의 윤리에 속해 있다는 것이다. 이를테면 선물이란 누군가의 재산 증식을 위해 머물러서는 안 되고 다른 사람에게 돌려주는 방식으로 계속 움직여야 한다는 것. '예술=투자 상품'이 되어버린 요즘 이상하게 들릴지도 모르지만, "예술작품은 우리 존재의 일부에 어필하는 것이므로 그 자체가 선물이지 획득이 아니다"라는 조지프 콘래드의 말은 되새겨볼 만한다. 또한 상품을 사고파는 것은 '이성logos'에 의해 지배되는 반면, 선물을 주고받는 행위는 끌림과 화합이라는 '에로스eros'의 원리로 돌아가고, 주고받는 사람들 사이에는 특별한 유대 관계가 형성된다고 한다.

이 책은 다양한 설화와 시구 등을 그 '증거'로 제시하며 1부에서 원시 부족들의 선물의 인류학을, 2부에선 미국을 바꾼 두 시인, 월트 휘트먼과 에즈라 파운드의 생애를 들여다본다. 안 그래도 "연민과 자부심 사이에 예술의 가장 깊숙한 비밀이 잠들어 있다"라는 휘트먼의 말이, '고리대금과 폭리usury'에 대한 파운드의 불같은 경고가 생각나는 요즘이다. 책을 읽으며 은밀하게 즐거웠고 번쩍 깨달은 것도 많았다. 이 경험이 내가 지불한 15달러라는 가치와 유의미한 상관이 없다는 것, 이 책을 알게 된 건 시청자의 기부금으로 운영되는 〈찰리 로즈 쇼〉와 인터넷에서 '공유되는' 정보 덕분이었다는 것 역시. 이 책은 그야말로 나에게 고맙게 주어진 '선물'이었다.

겨울 속 여자애

2008. 12

어제 브루클린 하이츠에서 친구를 만났다. 그동안 보스턴에서 던컨 한나의 전시가 있었는데, 전시 도록에 친구가 글을 썼다. 그 도록도 받았다. 친구는 그 사이 던컨의 그림을 한 점 더 샀다. 전에 작업실에서 보고 내가 사라고 부추긴 그 영국 시인의 초상화였다. 내게 돈이 있다면 사주고 싶었었다. 지난번에 뉴 뮤지엄에 함께 갔다가 월트 휘트먼의 얼굴이 찍힌 후줄근한 면 가방을 선물했었다. **엘리자베스 페이튼**Elizabeth Peyton○이 그렸다는 걸 둘 다 뻔히 알고 있었지만 내가 가방을 "예수의 얼굴이 미스터리하게 새겨진 베일처럼" 하며 건네주었더니 친구는 "아, 성 베로니카의 베일" 하며 받았다. 그는 시인의 얼굴을 좋아한다. 신자가 신의 얼굴 속에서 평화나 구원을 느끼듯 시인도 시인의 얼굴에서 뭔가 찾을 것이다. 이를테면 자신의 모습이라든가. 난 예술가들의 자의식을 존중한다. 그게 없으면 뭘로 버틸 것인가. 시인은 시인의 얼굴이라도 곁에 풍족하게 두고 살았으면 좋겠다.

○ **엘리자베스 페이튼**(1965~) 미국의 화가. 1990년대 중반 뉴욕 예술계의 스타가 되었다. 실험적인 설치 위주의 작업들이 각광을 받을 당시 자신의 친구들과 유명인들, 영국 왕실 가족들의 작은 초상화들을 그려 주목을 받았다. 초상화 속 인물들은 주로 중성적이고 날씬하며 기운이 없어 보이는 것이 특징이다. 감각적인 붓질, 투명하고 반짝이는 질감의 글레이즈 사용이 돋보인다.

친구의 글이 실린 곳을 주르륵 넘겨서 찾는데, 〈A Girl in Winter〉라는 그림이 눈에 확 들어왔다. 그림을 보는 순간 난 강렬한 뭔가를 느꼈다. 이 여자애가 되고 싶다는. 대학 근처만 걸어도 약간의 구역질을 일으키는 나다. 늙어가는 게 특별히 즐겁지는 않지만 이상하게 활기찬 젊음이 역하게 느껴지곤 하는 것이다. 그 시절에 술을 마시고 토하곤 했던 기억 때문이기도 할 거다. 하지만 물론 그게 다는 아니다.

친구의 말대로 던컨 한나의 그림은 순수함과 과거가 그 키워드이다. 어린 시절, 기억, 잃어버린 순수, 이런 종류의 노스탤지어나 멜랑콜리랑 연결되는 정서를 다소 무심하게, 하지만 부드러움을 잃지 않고 그려내는 것이 그의 특징이다. 그 기억 속엔 기숙학교가 있고, 멋진 자동차가 있고, 배가 있고, 극장이 있고, 남자애와 여자애가 있다. 이미지는 영화 속에서 오기도 하고 잡지 속에서 오기도 한다. 던컨은 그 이미지들을 마치 책 속의 삽화처럼 그린다. 팝아트의 영향이다. 그래서 그런지 도록 속 그림들이 실물보다 멋져 보이기도 한다. 다 갖고 싶어진다.

어린 시절로 돌아가라면 기절을 할 나이면서 왜 갑자기 이 여자애가 되고 싶었을까. 또는 된 것 같았을까. 나이보다 웃자란 듯한데다가, 얼굴은 칙칙하다. 커다란 안경에 우중충한 코트. 찰스 디킨스 소설에 나올 듯한 여자애다. 다른 아이들과 잘 어울리지 못하는, 답답한 종류일 것이다. 친구는 발튀스 그림에 나오는 소녀를 연상시킨다 했지만, 글쎄 난 잘 모르겠다. 발튀스의 장난기 있는 나른함은 전혀 없다. 공부는 잘 못할지도 모른다. 하지만 넋 놓고 오후를 보낼 줄 알 것이다. 웃자라 그런지 허공을 응시하는 폼 때문에 그런 건지 이 아이가 서 있는 걸 보면, 어느 정도 낭만적 색채를 띠는 운명이란 게 앞에 놓여 있는 것만 같다. 티셔츠 위로 튀어나온 젖을 출렁이며 왁자하게 걸어내려오는 미국 여자애들 앞에 놓인 운명이란 건 하나도 궁금하지 않다. 오히려 권태감을 느낀다. 삶에 대한 저 찬란한 의욕. 몸속에 피 대신 사이다가 흐를 것 같은 아이들. 거북한 건 바로 그 때문일 것이다. 하지만 이 아이의 것은 순간 궁금했을지도 모르겠다. 자기 의지와 상관없이 이곳에 떨어진 게 분명한 아이의 운명. 궁금증을 일으킨다. 한번 살아보고 싶을 정도로.

친구에게 "나, 순간 이 아이가 되고 싶다는 강한 충동을 느꼈다"라고 했더니, "그애랑 이미 비슷하구먼" 하며 깔깔 웃었다. 정확히 뭐가 비슷한지는 모르겠다. 안경까지 쓰고 허공을 보는 실없음? 아무리 헤매고 난리치며 돌아다녀봤자 결국 우리가 찾는 건 자신의 얼굴인가. 커다란 안경을 낀 겨울 속 여자애 때문에 조금 허탈해졌지만, 조금 부자가 된 것 같기도 했다.

1953년 존 치버의 크리스마스

2008. 12

크리스마스이브 해 질 무렵 나는 아들을 데리고 센트럴파크의 스케이트 링크로 갔다. 어린 아들은 장소와 시간이 낯설었는지 내 손을 꼭 잡고 뭐든 하자는 대로 하면서 고분고분하게 말을 잘 들었다. 어둠 속에서 나는 애를 안고 쓸쓸한 사랑을 담아 입을 맞췄다. 딸이 어렸을 때도 어두운 곳이나 낯선 곳에 있으면 고분고분해지곤 했었다. 아이는 뭐든 하기 전에 나를 봤다. 내가 하면 저도 했다. 불 켜진 링크와 음악에 내가 감탄하면 아들도 내 말을 따라 했다. 버스를 기다리며 내가 다리를 꼬니 저도 꼬았다. 그러고 보니 크리스마스이브에 뉴욕에

온 적은 없었던 것 같다. 모퉁이마다 서 있는 즐거운 표정의 사람들, 이브닝드레스를 입고 파티에 가는 사람들, 선물 상자와 장미 한 다발을 들고 택시를 잡는 젊은 남자가 보였다. 하지만 내 기분 때문인지 도시는 황량하고 버려진 것처럼 느껴졌고, 나 자신도 슬프고 외로웠다.

—「존 치버의 일기The Journals of John Cheever」 중에서

취향 이상의 취향

2008. 12

내가 요즘 번역하는 마이클 키멜만의 책에, 오늘 끝낸 챕터에, 이런 내용이 있다.

1960년대 초반 로버트 모리스는 「미학 금지 선언문Statement of Aesthetic Withdrawl」을 발표했는데, 이는 '미학적인 질quality과 내용'으로부터 예술의 독립을 선언한 것이었다. 그리고 피에로 만초니는 뒤샹의 변기보다 '판돈'을 더 올려 자신의 대변을 통조림으로 만든 뒤 이를 예술이라 불렀다. 아름다움과 취향이란 부르주아적이고 지지부진했다. 그들은 얄팍한 쾌락에 몸을 담그고 있다. 좋은 취향이란 쾌락을 위한 것이고, 진정한 예술이란 단순히 감각을 만족시키는 것을 넘어 더 숭고한 지적인 목적을 달성할 수 있어야 했다.

현대미술가들은 실제로 19세기 초반 게오르크 빌헬름 프리드리히 헤겔이 표현한 정서에 동조하고 있다고 볼 수 있다. 그는 예술의 진정한 깊이는 "취향

과 별개의 것으로 남아 있다. 왜냐하면 예술의 깊이를 느끼기 위해서는 느끼고 추상적으로 사고해야 할 뿐 아니라 이성과 영혼의 통합을 이루는 것이 요구되는 데 반해 취향은 느낌만이 맴도는 외부 표면에 관한 것이기에 소위 '좋은 취향'이란 예술의 깊이를 두려워한다."

대충 짐작하겠지만 위 내용은 예술의 일이란 기존 아름다움의 개념을 뒤집는 거라는 얘기 중의 한 부분이다. 글 앞에는 물론 뒤샹의 변기 얘기가 나왔고, 뒤에는 뒤샹이 변기를, 만조니가 자기 똥을 예술이라 부르기 훨씬 전부터 마네, 피카소, 고갱 등 예술가들이 해온 일이 그거였다는 내용이 이어진다. 그 와중에 취향의 문제를 끄집어낸 것.

이것이 취향에 대한 기존의 생각이었다. 부르주아들이 안락과 쾌락과 전시효과를 위해 끌어들이는 무엇. 기존의 아름다움이란 관념에, 예술의 상업화에 영합하며 어떤 실존적 모험도 하지 않고 안일하게 꾸려가는 것이라고들 생각했다. 물론 그렇다. 그렇지 않았다면 『취향』이란 책도 나오지 않았을 것.

예술이 아름다움의 개념을 뒤집는다는 얘기는 예술의 '변형하는 힘transformative power'에 관한 얘기다. 그전까지 아름답다고 생각하지 않던 것, 특히 사소한 것들이나 비천한 것들을 아름답게 보이게 하는 힘이다. 변기나 똥은 그 극단적인 예이다. 물론 모든 사람이 예술가는 아니라서 음식을 먹고, 옷을 입고, 집을 꾸미고 사는 데 이렇게 자신의 존재를 거는 모험을 하지는 않는다. 자연히 우리의 생활이란 대개 남에게 존중받을 수 있도록 적당히 돈 있고, 적당히 멋있게 보이려는 노력 위주로 돌아간다. 소위 '좋은 취향'을 달성하고자 하는 이런 적당한 노력 속에서 종종 세상은 비루하고 치졸하고 지루해진다. 하지만 다시, 모든 사람이 다 그렇지는 않고, 다 그렇다 하더라도 항상 그런 것은 아니다.

'그렇지 않은' 사람들이 있다고 치자. 이들은 주로 '가난한' 사람들이다. 여기서 가난이란 경제적으로 궁핍한 상태를 말할 수도 있고, 성경에서 말하는 '마음이 가난한' 상태일 수도 있다. 얼마 전 읽은 책 『선물』에서 저자는 이를 두고 '선물의 가난', 다시 말해 영적 가난이라 했다. 이는 선물이 아닌 것은 무가치한 것으로, 선물은 당분간의 소유로 여기는 태도이다. 내가 책 속에서 인터뷰한 사람들, 글의 주된 내용으로 다룬 사람들이 이런 사람들이었다. 물론 이들도 경제적 안정을 원한다. 살아가기 위해 날마다 스트러글 struggle이다. 하지만 한 가지 공통적인 것은 그 어떤 것보다 세상에 남기고 갈 자신의 일이나 자신이 믿는 가치를 중히 여긴다는 것이다. 이들이 어렵사리 꾸려나가는 삶을 보면, 그 가난이 낳은, 다시 말해 그들의 결핍과 필요와 분별력과 상상력이 낳은 취향이 있다. 이런 취향은 의도적으로 꾸미는 것이기보다 그간의 삶이 거울에 비치듯 반영된 것이다. 그리고 이는 때로 예술이 갖는 '변형의 힘'을 지니게 되기도 한다. 즉 10년 동안 입은 빛바랜 티셔츠이지만 바로 그런 이유로 어떤 화가의 색채를 연상시키는, 길거리에서 주워다놓은 고물 의자이지만 그 형태가 유난히 돋보이는, 허름한 냉면집이지만 갑자기 세상을 선명하게 보이게 하는. 가난한 정신이 스며들어, 사물이나 상황이 가지는 본래의 처지가 백 배 정도 승격된 품이 나는 것이다. 이게 예술이 한다는 '아름다움의 뒤집기'가 아니면 무엇인가.

취향의 '변형의 힘'은 꼭 돈이 없는 사람들에게서만 나오는 것이 아니다. 앞에서도 말했듯 정신의 가난이 더 중요하다(어느 정도 물질의 가난도 도움이 된다. 왜냐면 돈이 없으니까 궁여지책을 내야 하고 그러다보면 기발한

게 나오기도 한다). 사물을 새로 보게 할 수 있는 어떤 '광기'나 '고집'이 낳은 취향이 그렇다. 예를 들어 세상에 있는 각종 백열전구 7만 5천 개를 모은 사람이 그렇다. 돈이 없었다면 이런 방대한 수집은 불가능했겠지만, 돈만이 중요했다면 결코 할 수 없었을 일이다. 값비싸지만 뻔해진 투자이기도 한, 앤디 워홀의 그림 한 점을 떡 걸어놓는 것보다 뭔가 사람을 감동시키는 취향이라 아니할 수 없다. 결국 그의 취향은 취향 이상의 것이 되었다. 아무리 조그만 '미친 짓'이라도 자신의 일부를 건 모험을 할 수 있을 때 이런 일이 가능하다. 모험이란 결국 자신의 뭔가를 기꺼이 버릴 수 있다는 의지의 표현이 아닌가.

그런 의미에서 '취향'은 내게 희망을 주는 것이었다. 초라하기도, 아귀다툼 같기도 한 일상을 다른 레벨로 격상시킬 수 있는. 일상을 그보다 나은 것으로 탈바꿈할 수 있게 하는. 로버트 라우센버그는 이렇게 말했다. "나는 그림이 내 개성의 표현이 되는 걸 원하지 않습니다. 그보다 훨씬 나은 것이 되어야 해요." 그래서 『취향』에는 패션의 목적이 개성의 표현이라고 말하는 사람의 인터뷰는 빼고, 패션은 중요하지 않다고 하는 사람의 것을 넣었다. 대개 옷이 아름다워 보일 때는 그 사람의 '오랜' 일부가 되었을 때이다. 옷이 사람보다 중요해 보일 때, 그 옷을 입은 사람을 가리켜 흔히 '패션 빅팀victim'이라고 한다.

"예술은 연민과 자부심 사이에서 잠자고 있다"는 휘트먼의 말은 『취향』을 낳은 근본 동기를 이루기도 했다. 자부심. 누구도 부러워하지 않고 스스로 잘나고 최고라고 생각하고 사는, 뭔가 단단한 속내. 난 이게 가난한 마음에 가깝다 생각한다. 그리고 아름답고 정의로운 사회란 모두들 자부심을 갖고 사는 사회다(아플 때 약값이 없으면 사람은 자부심도 자존심도 잃는다. 재능 있는 사람이 평생을 열심히 일해도 약값이 없어 약국을 돌아나가야 한다면 그 사회는 뭔가 잘못된 게 틀림없다). 부자가 멋진 소파를 사는 '좋은 취향'으로 정의를 얻는다면, 가난한 이들은 '변형의 힘'을 갖는 취향으로 정의를 실현하는 것이 아닐까. 변형의 힘이 있는 취향에는 그걸 보는 눈이 필요하다. 아직도 뒤샹의 변기를 보지 못하는 사람은 많다. 하물며 무대가 주어지지 않는 가난한 취향이야. 아름다움을 보려면 마음이 가난해져야 한다. 마음이 가난하면 눈이 밝아지고 눈이 밝은 사람들이 많아져야 정의로운 사회가 실현된다.

늑대를 요리하는 법

2008. 12

"내가 굶주림에 관해 쓸 때 실제로 나는 사랑에 대하여, 사랑에 대한 굶주림에 대하여, 그리고 따뜻함에 대하여, 그에 대한 사랑에 대하여 쓰고 있는 것이다. 이들은 모두 같은 것이다."

연말이라 모임이 잦다. 주로 저녁식사들인데 다양한 사람들과 시리즈로 저녁을 먹다보면 음식맛이란 게 함께 먹는 사람들에 따라 얼마나 달라지는지 드라마틱하게 체험할 수 있다. 내 머릿속에 들어 있는 '저녁식사 함께하기 좋은 사람들'이란 대충 이런 것 같다. 식탁 앞 몸가짐에 절제와 정성이 있는 사람들, 어른스런 대화를 할 줄 아는 사람들, 그리고 약간의 결핍과 모자람 속에 사는 사람들. 정성껏 준비된 음식 앞에서 흐트러진 몸가짐과 행동은 영 식탁의 풍경을 흐리고, 주거니 받거니 하면서 가끔가다 홍미로운 이야기를 던지는 대화의 기술이 없는 식사 시간은 지루하고 심지어 고역이 될 수도 있다. 하지만 음식을 정말 맛있게 해주는 것은 함께 먹는 사람들의 음식에 대한 절실함이다. 먹고 싶은 것을 다 먹고 사는 사람들이나 음식에 관심이 없는 사람들에겐 평소의 부족함이 주는 음식에 대한 흥분감이란 게 별로 없고 심지어 권태감마저 느껴진다. 계란이 귀할 때 먹던 삶은 계란의 맛과 요즘 느끼는 맛이 같을 수 없듯이, 음식에 대한 '허기'가 적당히 있는 사람과 그렇지 않은 사람과의 식사는 다른 경험이 될 수밖에 없다.

요즘 혼자 즐기는 점심식사의 메뉴는 주로 팥이다. 칙칙한 겨울에 색을 더해주는 음식이라 요새 부쩍 팥을 삶는데, 쌀을 넣어 팥죽도 만들고 새알심을 띄워 단팥죽도 만들지만 내가 가장 좋아하는 방식은 소금과 설탕을 조금씩 넣고 그저 팥이 무르도록 삶아 먹는 것이다. 팥을 삶을 동안 집안에 퍼지는 온기와 곡물 익는 냄새를 즐기며 읽기에 딱 어울리는 책까지 한 권 발견했다. M. F. K 피셔Fisher, M.F.K, 1908~1992가 쓴 『늑대를 요리하는 법How to cook a wolf』. 전쟁으로 미국이 한창 궁핍할 무렵인 1942년 쓰인 이 책은 요즘 특히 감칠맛나게 읽힌다. 미국인들이 사용하는 오래된 표현 중에 "늑대가 문간에 들이닥치다"라는 표현이 있다. 여기서 늑대란 굶주림, 가난을 뜻하고, 이 책은 궁핍한 시대에 먹고사는 일을 은유로 삼는 문학적 요리책이자 특별한 음식 에세이다. 여기 이런 이야기가 나온다. 전쟁중이라 설탕과 버터를 배급받아 생활해야 했던 젊은 주부들이 모여앉아 어떻게 설탕과 버터를 거의 쓰지 않고 케이크를 만드는지 자신들의 묘안을 두고 서로 자랑했다. 이를 옆에서 듣고 있던 피셔의 할머니가 뜨개질을 탁 멈추며 하신 말씀은 이랬다. "그러고 보니 나는 평생을 전쟁통 예산으로 아껴가며 살아왔다. 부엌에서 상식적으로 하는 일이 어려울 때나 스타일리시해진다는 건 이제야 알았구나."

할머니의 말씀을 들으니 아, 그렇지 미국에서도 절약이 상식이던 때가 있었겠지 하는 새삼스런 생각에 스르르 마음이 풀어지는 걸 느꼈다. 내가 한국에서 자랄 때만 해도 절약은 생활이었다. 물을 틀어놓고 양치질하면 혼나고, 괜히 켜놓은 불은 끄면서 돌아다녀야 했다. 부엌에 페이퍼 타월은 없었고, 클리넥스를 두 장씩 뽑아 써도 잔소리를 들었다. 그러던 것이 미국에 오니 뭐든 펑펑이었다. 처음엔 엄마 잔소리도 없고 점차 죄책감도 줄어서 좋기도 했다. 하지만 시간이 지나면서 좀 이상하다, 아름답지 못하다는 생각이 들었다. 여름엔 모든 실내가 춥고 겨울엔 너무 덥다. 아무도 기름값이나 전기값 걱정은 하지 않았다. 가난한 사람들까지도 펑펑 써대는 건 마찬가지였다. 싸게 많이 먹고 많이 썼다. 그야말로 풍요와 잉여가 이곳 사람들의 생활과 의식 속에 깊게 배어 있었다. 음식도 부족함을 아는 사람과 함께 먹어야 맛있는 걸 보면 부족함이 없다는 건 뭔가 균형이 깨진 상태라는 게 아닐까. 마찬가지로 결핍을 모르는 사람들 속에 살다보니 나도 결핍에서 충족으로 넘어갈 때 생기는 즐거움을 감지하는 감각기관 자체가 퇴화하는 게 아닐까 걱정스러울 순간도 있었다.

피셔 할머니의 말씀처럼 가난은 가난할 때만 상대하는 것이 아니다. 중요한 건 삶 속에 항상 있는 가난과 결핍을 나름의 스타일로 다스리는 것이다. 즉 '늑대'를 피하기만 할 게 아니라 맛있고 아름답게 요리할 줄 알아야 하는 것이다. 랠프 월도 에머슨은 "창조적 경제 운용은 훌륭함을 낳는 연료가 된다"고 했다. 더하거나 새로운 것만을 찾는 것이 꼭 창조적인 건 아니다. 있던 것을 빼고 모자람을 즐기는 것 또한 멋지고 흥미로운 삶을 사는 한 방법일 수 있다.

4부

(2009~2010)

잔더의 아이들 2009. 1

첼시의 사진 갤러리 단지거 프로젝트Danziger Projects에서 '잔더의 아이들'이란 제목의 사진전을 하고 있다. 아우구스트 잔더August Sander, 1876~1946는 20세기 초 독일의 중요한 사진가인데, 이 전시에선 특히 그가 드라이한 분위기의 정면/전신사진의 전통을 세웠다는 사실에 초점을 맞추고 있다. 잔더가 사진을 찍던 때는 카메라가 비교적 뉴테크놀로지였을 시절이다. 새로운 문명의 이기에 대한 기대감과 포부가 있었을 것이고 실제로 그는 '20세기의 사람들'이란 야심찬 프로젝트를 기획한다. 20세기를 대표하는 인물들을 찍겠다는 것인데 손으로 그리는 초상화의 시대에는 있을 수 없는 기획이다. 이름은 매우 거창했지만 그는 고향 베스트발트에 사는 주변 사람들을 찍었다. 구체적인 환경 속에서 단순하게 있는 모습이었다. 이 전시의 주장대로 똑바로 서 있는 포즈를 찍은 그의 사진들은 특별히 좋다. 당시엔 흔히 그렇게 사진을 찍었을 것이고 그 포즈의 사진들이 그만의 혁신은 아니었겠지만 그가 무척 잘했던 것만은 분명하다. 'straightforward'란 말엔 똑바로란 뜻과 함께 단순하다, 쉽다, 솔직하다는 뜻이 있다. 정면/전신사진이 좋은 경우는 똑바로 서 있는, 다소 어색할 수 있는 포즈에 진솔함이 담겨 있을 때이다. 자연스런 진솔함 속엔 거의 언제나 연약함vulnerability이 느껴진다. 서 있는 자세란 어쩌면 동물 중 유일하게 직립을 이룩한 인간이 취할 수 있는 가장 우아하면서도 가장 연약한 포즈이리라. 연약하기에 온갖 드라마의 가능성이 생긴다.

아우구스트 잔더의 후대인 다이안 아버스나 어빙 펜, 리처드 애버던, 리

August Sander, *Painter*, 1926

네케 딕스트라를 보며 잔더가 세워놓은 드높은 기준의 영향을 새삼 느낀다. 이번 전시에는 사토리얼리스트까지 합류했다. 패션이란 키워드로 무장한, 도시의 거리 속 자족적인 사람들. 잔더는 외양의 의미를 설파했다. "사람들은 빛과 공기로, 부모로부터 물려받은 특질과 그들의 행동으로 이루어진다. 그들의 겉모습을 보면 그들이 하는 일과 하지 않는 일을 알 수 있고, 얼굴에는 행복과 근심이 드러난다."

스틸 라이프 2009. 1

가끔 다른 시절에 살고 싶을 때가 있다. 사람들의 몸도 작고, 가구도 작고, 조명도 낮고, 말소리도 작을 때 그때 우린 모든 걸 더 가깝게, 더 조용히, 더 오래 보았을 것이다. 마침 책상 위에 내가 아끼는 책이 놓여 있다. **가이 대븐포트**Guy Davenport○의 『탁자 위의 정물Objects on a Table』. 얼마 전 지인에게 책을 부칠 때 꺼내 놓았다. 정물이라는 주제로 고대에서 현대를 아우르며 문화사 전반을 건드리는, 눈앞 식탁 위에 놓인 사물에서 시와 시인과 그림과 미술사로 뻗어나가는…… 내가 사는 이 시절, 정물 따위에 누가 관심을 둘까 가슴이 찡해 책을 집어들었다. 예전에 보물처럼 가슴에 품고 한 줄씩 읽던 책인데도 구절마다 새로웠다. 게다가 뒤쪽 챕터의 제목은 '튜린의 형이상학적 빛'!

그 챕터를 펴니 니체의 이야기가 먼저 나왔다. 그가 얼마나 튜린을 사랑했는지. 그러고 보니 이 부분을 읽었던 기억이 어렴풋이 났다. 이어서 니체의 친구였던 파울 도이센의 자서전에 등장한다는 니체의 방에 대한 묘사가 나

○**가이 대븐포트**(1927~2005) 미국의 소설가, 산문가, 번역가, 시인, 화가. 고등학교를 중퇴하고 미술을 공부하기 위해 듀크 대학에 진학, 고전과 영문학으로 학위를 받았다. 옥스퍼드 대학 최초로 제임스 조이스에 관한 논문으로 학위를 받은 후, 하버드 대학에서 에즈라 파운드의 『칸토스』로 박사학위를 받았다. 이후 켄터키 대학에서 30여 년 동안 학생들을 가르치며 집필에 몰두했다. 전형적인 플롯을 따르지 않는, 시대와 분야를 넘나드는 해박한 인문학적 지식을 바탕으로 한 작품들로 알려져 있다. "'작가의 작가' 의 작가"라 일컬어진다. 단편소설집으로 『Tatlin!』『Da Vinci's Bicycle』 등과 산문집 『The Geography of the Imagination』『Objects on a Table』, 고대 그리스어를 번역한 『7 Greeks』 등이 있다.

왔다. 니체가 튜린으로 이사 가기 전 그의 방 모습이었다.

"가구는 아주 단출했다. 한쪽으로 책들이 보였는데, 대부분 전에 본 적이 있는 책들이었다. 투박한 탁자 위엔 커피잔이 놓여 있고, 계란 껍질에, 원고에, 화장실 용품에, 모두 뒤죽박죽으로, 부츠는 부트잭에 끼워져 있고, 침대는 아직도 정리가 되지 않은 채였다."

이 챕터는 바로 여기서 영감을 얻어 시작된 것이 아닐까 싶었다. '계란껍질' 에 눈이 갔다. 니체의 방에 흩어진 계란 껍질. 삶은 계란을 드셨구나, 그 방에서. 철학자의 식탁. 내게도 그런, 오래된 정물의 기억이 있다. 어린 시절 읽은 어린이 위인전 중 『퀴리 부인』에 등장하는 구절. 퀴리 부인이 연구에 몰두하던 어느 날, 체리 몇 알과 차만 마시며 일을 하다 결국 쓰러지고 말았다. 아마도 방사능 때문이었겠지만, 내가 어릴 때 떠올렸던 '체리 몇 알과 찻잔' 은 오래도록 의식 속에 남아 있었다. 열정으로 사는 사람의 몸을 채워주던 가장 '깨끗한' 음식으로, 가장 정결한 정물로.

체리, 정물 하니 샤르댕의 정물화가 생각나서 검색하다 그림 하나를 발견 〈Water Glass and Jug〉(1760), 잠시 숨을 멈추고 보았다. 물잔과 주전자의 형이하학도 멋들어지지만 이 둘이 자아내는 이 말할 수 없는 고요함. 시간이 멈추고 현실의 이면이 드러날 듯한 분위기다. 샤르댕도 그런 사람이었다. 그러고 보면 어떤 사조가 형성되기 이전에도 이후에도 핵심 감각은 언제나 존재했고 존재할 것이다. 사조라는 건 혁명처럼 효과적이지만 시끄럽고 종종 요란하다.

초현실주의란 말은 기욤 아폴리네르가 처음 썼다. 아폴리네르는 데 키리코의 독창성을 알아본 사람이다. 데 키리코가 아폴리네르에게 쓴 편지들을 보면 둘 사이 교감이 상당했고, 작품에 서로 영향을 미치기도 했다(데 키리코는 아폴리네르에게 쓴 편지에서 지금 모마에 걸려 있는 〈The Enigma of A Day〉(1914)를 그린 후의 흥분감을 전하는데, 자기가 그려놓고 "다른 사람이, 다른 시대에 그린 그림 같다"며 좋아했다). 아폴리네르가 초현실주의라는 말을 처음 쓴 건 1917년이니 데 키리코가 그의 의식 속에 있었음은 분명하다. 1차대전에 참전했던 아폴리네르가 너무 일찍 죽은 탓에 앙드레 브르통이 이 말을 이어받아 좀 다른 각도로 사용하게 되는데, 바로 이 이유 때문에 데 키리코는 초현실주의의 시발점에 위치한 화가이지만 실제 그 운동의 전개와는 거리를 두게 되었다. 아폴리네르가 그 말을 사용했을 때는 무의식도, 자동기술법도, 환상적인 이미지에 관한 것도 아니었다. "존재에 대한 형이상학적 자각이 두드러지는 리얼리즘"으로 세상의 시적인 현현이었다. 부동과 정적 속에서 세상은 그 이면을 드러내고, 대븐포트가 이 책에서 데 키리코를 언급한 건 바로 이런 이유 때문이다.

우아함

2009. 1

공항에서 돌아오는 길, 벨트 파크웨이를 타면 베라자노 브리지가 보인다. 가늘고 길고 단순한 모습이 무척 우아하다. 미국에서 아마 가장 긴 현수교였던 것 같은데 육지의 한 점과 다른 한 점을 연결하는 우아한 하나의 선. 인생에서 '우아함being graceful, elegant(한국어에서 우아함이란 단어는 때로 오염된 듯 느껴진다)'을 지키고 사는 것이 중요한 이유는 삶이라는 상황에서 우아함을 유지하는 것이 거의 불가능하기 때문이 아닐까. 어떤 경우에도 우아함을 잃지 말라고, 누군가 내게 그렇게 말해주었다고 상상할 때가 있다. 뜻은 높고, 판단과 실행은 군더더기 없이 단순해야 하고, 태도는 부드러워야 한다고. 의롭고 외로운 여왕이나 장군을 떠올리라고. 영예로운 뜻과 반듯한 말과 생각, 칼날 같은 실행이 있다 해도 관용이나 인간적 연민이 없다면 우아함은 이루어지지 않는다고. 곧음만을 자랑하던 직선이 몸을 살짝 구부려 공간을 품을 때 비로소 우아한 곡선이 된다. 베라자노 브리지는 브루클린의 한 지점에서 스태튼 아일랜드의 한 지점까지 그렇게 건너간다.

무신론의 간략한 역사

2009. 1

PBS에서 방영하는 〈Atheism: A Brief History of Disbelief 2005년 BBC에서 방송된 프로그램. 논란 끝에 미국에서는 2007년 처음으로 방송〉. 3부작을 지난주에 이어 2편까지 보았다. 그에 관한 노트들.

—한 인류학자에 의하면 그가 관찰한 가장 보편적인 종교 형성의 이유가 있다면 그건 죽음에 대한 두려움보다도 사람들이 혼령이나 귀신, 신 등의 초자연적 실체가 있다고 믿는 경향.

—무신론자는 애초부터 권력 안에 존재할 수 없다는 것. 원시 부족이 형

성되면 그 안에 종교 조직과 비슷한 형태의 조직체가 생기고 그 안에서 무신론자가 설 자리는 없다고 한다. 그동안 종교와 권력이 얼마나 친밀하게 결탁해왔나를 생각하면 과연 종교의 본질에 있어 중요한 일부가 어디에 있나 짐작이 간다. 그런 이유로 '순전한' 무신론자가 생긴 건 18세기에 와서다(프랑스에서). 가장 우아하게 무신론의 기반을 세운 데이비드 흄조차 자신을 대놓고 무신론자라고 하진 않았다고 한다.

—그렇다면 과연 사람들의 마인드에 도덕성을 심는 종교 외의 방법엔 무엇이 있을까라는 의문이 든다. 물론 요즘같이 교육 수준이 높아진 사회에선 얼마든 교육을 통해 가능한 일이겠지만, 여전히 파워풀한 정치가들이 반지성적인 문화를 조장하는 것을 보아도 지성과 지혜의 전통은 쉽게 마련될 수 없다는 사실. 다시 권력의 문제.

—한편 종교가 낳은 상상력을 생각하면 어찌 종교를 포기할 수 있으리. 공포와 경외가 낳는 상상력이란 종종 굉장하고, 신에 대한 상상력이 없는 인간은 생각하기 힘든 것이 사실이다.

—그리고 의미의 문제. 인간의 머리는 의미를 추구하도록 기획되었기에 인간에게 우연이나 무의미로 향하는 모든 것은 재미없고 때론 비참하기까지 한 듯하다(특히 불운에 처했을 때). 종교란 보통 사람들도 이해할 수 있고 이해하고 싶어하는, 멋진 신화와 인과관계의 시스템이다. 원하지 않는다면 더 깊이 생각하지 않아도 된다. 그저 그 시스템 안에서 삶의 의미를 찾으며 사회가 요구하는 인간이 될 수 있는 것이다. 생각한다는 것은 물살에 저

항하며 노를 저어가는 일이다. 엘리자베스 하드윅은 "글쓰기란 얼마나 어려운가. 그놈의 생각이란 걸 해야 하니까"라고 했다. 언제나 그랬던 건 아니지만 요즘의 미국처럼 근본주의자가 판치는 세상에서 믿음은 생각으로부터 면죄부를 발행한다. 지적인 믿음에 돌을 던진다. 배타적인 믿음만이 진정 숭고해진다. 얼마 전에 누가 그랬다. 세상은 언제나 지성과 정의에 반하는 쪽으로 돌아간다고. 이 둘은 사람들의 온갖 재미를 빼앗아가니까.

겨울

2009. 1

시간이 공중에 붕 떠서 도무지 내려오지 않는 것 같다. 긴 겨울. 이 길고 긴 겨울, 지지부진한 시간들. 그동안 지나온 모퉁이, 복도, 구석 들이 생각난다. 반짝이지 않는 눈빛, 미지근한 호감, 맥빠진 대화. 쓸데없고 흥미롭지 않았던 시간들. 아, 겨울도, 인생도 너무 길다.

나이스 뷰

2009. 2

"내가 여기 온 건 작업 때문이지 풍경 때문이 아니라고요. 할 수만 있었다면 이걸 뉴저지에 지을 수도 있었어요. 소위 전문가라는 작자들이 내 작업이 서부에 관한 것이고, 그 풍경에 관한 거라고 하지만, 도무지 무슨 소리들을 하는 건지 모르겠어요. 여기 온 건 공간 때문이었고, 땅값이 쌌기 때문이었어요. 산이 보이거나 말거나 난 신경 안 써요. 조각이 부분적으로 열린 건 숨쉴 공간을 주기 위해서였어요. 하지만 동시에 그 안에 사람을 담고 싶었고, 또 고립시키기를 원했어요. 나의 다른 '네거티브' 조각들처럼 말예요. 생각해보면 〈더블 네거티브Double Negative〉와도 크게 다르지 않아요. 문제는 조각이지 풍경이 아녜요."

절대 조각처럼 보이지 않는 조각을 제작중인 **마이클 하이저**Michael Heizer○의 말이다. 그는 황량한 곳들 중에서도 황량한 네바다 사막에서 살며 작업중인데(얼마나 황량하냐면 곧 근처에 핵폐기장이 생길 예정이라고) 이 작품을 보러 온 '전문가'라는 작자가 조각들 뒤로 산이 보인다는 한마디를 했다가 된통 얻어맞은 것이다. 몬드리안도 창문을 꼭꼭 닫고 일했다. 예술가들은 기본적으로 자연과 대치하는 자들이고, 창문을 닫아두고도 스스로 빛을

○**마이클 하이저**(1944~)
미국의 대지 예술가. 대학 졸업 후 뉴욕에서 활동하던 하이저는 1960년대 말 캘리포니아와 네바다 사막으로 떠나 뮤지엄에 들어갈 수 없고, 사진에도 담기 힘든 대규모의 작업을 하기 시작했다. 대표작으로 네바다 주 오버톤에 있는 거대한 참호 〈더블 네거티브〉와 네바다 주 링컨 카운티에 있는 1972년에 작업을 시작해 아직 미완성인 거대한 조각 작품 〈시티〉가 있다.

만들고 풍경을 만든다. 도시인들의 '뷰'를 밝히는 취향과는 사뭇 다르다. 후대에 남는 건 물론 몇만 불 더 주고 '뷰'를 찾아다니는 욕망보다 다 부서져가는 몸으로 네바다 사막에서 '뷰'는 상관없다 고집을 피우는 니체적 열정이다.

*

이 글을 쓴 후 〈더블 네거티브〉에 다녀왔다. 〈더블 네거티브〉는 라스베가스에서 한 시간 북동쪽에 있는 마을 오버튼의 외곽에 있다. 오버튼은 사막 한가운데 있는 오아시스로, 19세기에 모르몬 교도들이 세운 마을이다. 오버튼 외곽으로 비행장을 지나면 모르몬 메사(위는 테이블처럼 평평하고 가장자리는 가파른 벼랑으로 이루어진 지형이다)가 나오는데 긴 비포장도로를 따라 그 위로 올라가면 작품을 볼 수 있다. 작품은 기본적으로 일직선에 위치하는, 중간이 허공으로 '이어진' 두 개의 참호다. 깊이 15미터, 너비 9미터, 길이 457미터. 이 길이는 중간에 비어 있는 공간까지 합한 것이다. 말하자면 두 개의 음각이 음negative으로 이어진 것이다. 잇는다는 개념은 기본적으로 양positive일 텐데 음으로 이었다는 점에서 언뜻 쉽지 않은 위트가 있다.

일단 이 작업은 조각이라는 행위 자체에 관한 것으로 보인다. 조각의 원형은 '음적'인 행위이다. 깎아서 형상을 만드는 '뺌'의 작업(요즘은 "빼는" 조각하는 사람이 거의 없다). 멀리서 본다면 이 작품은 조각가가 조각도를 들고 자신의 질료에 꾸욱 자국을 남긴 듯한 형상과 다르지 않을 것이다. 질료의 일부를 덜어내는 행위, 조각의 시작이다. 즉 커다란 조각도로 땅에 첫 자국을 낸 셈인데, 실제로 자국을 낸 것은 조각도가 아니라 불도저였다(불도저로 직접 땅을 파낸 사람은 저기 아래 살고 있다고, 마을 주민이 말해주었다). 인공위성 사진을 통해 멀리서 보면 '자국'이 눈에 들어오지만 가까이 다가갈수록 만들어진 형상보단 비어 있는 공간이 체험된다. 조각이 대지 예술로 건너가는 지점이다. 미끄러질 듯한 비탈을 내려가 〈이중부정〉 안에 앉

Michael Heizer, *Double Negative*, near Overton, Nevada, 1969

아 보았다. 말할 수 없는 공포가 밀려왔는데, 옆을 보니 그런 곳에도 이름 모를 풀이 자라고 있었다. 이중부정은 결국 긍정이구나. 그 풀을 가만히 쓰다듬었다.

예술은 결국 건너가는 행위이다. 이쪽에서 저쪽으로, 실존을 건, 건너감이다. 하이저는 그런 행위를 여기서 비유적으로, 조형적으로 한 셈이다. 그 질료(대지)의 속성과 그 위치(대지 예술에서 중요한 요소)와 가는 길(고속도로와 오버튼이라는 마을), 주변 환경(절벽과 강과 대기와 하늘과 메사의

드넓고 평평함, 그리고 아무도 없음) 등의 요소로 이를 경험하는 사람은 작품만큼이나 큰 스케일의 정서적인 경험을 하게 된다.

아네모네

2009. 3

베리 스트리트를 따라 남쪽으로 내려가다 그랜드 스트리트에서 강 쪽으로 꺾으면 내가 좋아하는 상점 세 곳과 레스토랑들이 있는 거리가 나온다. 상점 세 곳 중 하나가 새로 생긴 화원. 하도 볕이 좋아 산책 나갔다 꽃을 샀다. 그동안 심심치 않게 손님이 꽃을 사오거나 해서 내 손으로 꽃을 산 지도 꽤 되었다. 아네모네는 코스모스와 닮아 좋아하게 된 꽃이다(어릴 때 한국에선 별로 본 기억이 없다). 꽃잎이 꽃대에 힘없이 달려 있는 품이 연약해 보이기도 하지만 꽃이 주는 시각적 파워는 절대 연약하지가 않다. 비너스가 죽은 연인 아도니스의 피로 이 꽃을 만들었다고 한 오비드의 시를 생각하면 그 안쓰러운 강렬함이 설명되는 듯하다. 아네모네의 꽃잎들, 강렬한 색깔들이 아슬아슬하게 붙어 있다. 가장 강렬한 관계일수록, 종말을 예측해보지 못한 목숨일수록 이렇게 연약할 수 있다.

로즈 가든

2009. 3

"미안하다I beg your pardon"는 말로 시작하는 린 앤더슨Lynn Anderson, 1947~의 〈로즈 가든Rose Garden〉은 잔인한 노래다. 원래 남자(조 사우스)가 작곡하고 부른 노래이고 가사도 남자가 여자에게 하는 말이 그 내용인데, 정작 여자가 불렀을 때 히트쳤다. 린 앤더슨은 "난 너에게 '로즈 가든(핑크빛 미래)'을 약속한 적 없고, 하고 싶지도 않아, 잘 생각해"라는 싸늘한 내용의 노래를 밝고 힘차게 불렀다. 아마도 미국인의 의식을 담은 노래가 아닐까 하는 생각이 든다. 애초에 '아메리칸 드림'은 핑크빛만 의미하는 것도, 물질주의적인 것도 아니었다는 얘기를 하는 것 같다. 경기가 좋을 때는 물질주의, 상업주의가 미국의 이런 터프한 철학을 흐려놓는 것 같기도 하지만, 뉴욕의 지성인들(불행히도 이 컨트리뮤직의 주인공들을 만나보진 못했다)에게 발견되는 이 기본자세는 미국 생활이 내게 준 조용한 충격 중 하나였다. 아무에게도 로즈 가든을 약속하지 않고, 약속받지도 않고, 그러고도 웃을 수 있는 것. 냉정한 긍정의 세계.

모바마의 런던 패션

2009. 4

미셸 오바마가 드디어 준야 와타나베를 입었다! 선거 때부터 남다른 패션의

미셸 오바마를 포착, 쭉 그녀의 취향을 지켜봐왔다. 나도 즐겨 입는 제로 마리아 코르네로의 옷들을 입지 않나, 이름도 알려지지 않았던 제이슨 우의 드레스를 입고 취임식 파티에 나타나질 않나, 중가 브랜드 제이 크루를 앙상블로 즐겨 입질 않나, 국회에 근육질의 팔뚝을 드러내고 나타나지 않나 퍼스트레이디로서 파격적인 패션 행로를 걸어온 그녀였다. 그래서 나는 내심 언젠가 그녀가 콤데가르송 같은 아방가르드 패션도 소화해주지 않을까 하는 기대를 하고 있었다. 그런데 드디어, 금융정상회담이 이루어지고 있는 런던에서 나의 기대가 이루어졌다. 다시 제이슨 우 드레스에 언밸런스의 준야 와타나베 카디건을 입은 것이다. 제이슨 우 드레스에 진주목걸이까지는 재클린 케네디가 했을 만한 코디이지만 여기에 덧붙인 준야는 모바마(미셸+오바마=모바마)를 퍼스트레이디 패션 역사에서 확 튀게 만들어준다. 그녀의 패션 공식은 실루엣이 되었든, 디자이너 및 브랜드 선택이 되었든, '파격'의 요소를 가미할 줄 안다는 것. 패션이나 예술이나 언제나 중요한 전환점이 파격인 걸 보면 모바마는 그저 예쁘게 보이는 것보다 패션 자체에 대한 관심을 드러낼 줄 아는 퍼스트레이디다.

준야 와타나베는 콤데가르송의 디자이너 레이 가와쿠보의 수제자로, 지금은 독립 브랜드를 갖고 있지만 아직 콤데가르송의 식구이다. 2009년 봄 컬렉션에 아프리카 테마를 선보였는데 아마도 모바마의 눈길을 끌기도 했을 것이다. 이번에 입은 카디건은 전형적인 아가일 카디건을 변형한 것으로, 앞판 한쪽에만 아가일을 넣고 다른 한쪽은 반짝이 리본으로 처리, 사라진 아가일은 팔뚝으로 옮겼다. 기본적인 패턴에 장식을 덧붙이거나 없애는 단순한 가감의 공식보다, 자리를 옮기고 뒤바꾸는 '치환'의 방법론은 가와쿠보, 와타나베 모두에게 전형적이다. 아, 이렇게 정신적으로 재미난 패션을 퍼스트레이디에게서 보게 된 것이 매우 기쁘다.

비싼 '여자들'

2009. 4

한 사람의 컬렉션을 들여다보는 것은 짜릿한 경험이다. 허구한 날 카탈로그로 주문한 옷만 입어도, 맛없는 치즈를 내놓아도, 벽에 걸려 있는 게 흥미롭다면 사람을 다시 보게 된다. 벽에 걸린 게 부실한 이유가 돈이 없어 그렇다는 건 설득력이 별로 없다. 돈이 없다면 눈이 있으면 된다. 아이가 어쩌다 잘 그린 그림이나 잡지에서 본 사진을 오려 걸어놓을 수도 있고, 길거리에 흥미롭게 찌그러진 타이어라도 골라다 놓을 수 있다. 구두 한 켤레 가격으로 살 수 있는 건 얼마든지 있다. 예술 취향은 한 사람의 궁극적인 미감을 대표하고, 인간이 만들어내는 아름다움에 관한 문제는 결국 예술에서 집약된다.

스티븐 코언Steve Cohen, 1956~ 같은 거부의 컬렉션에서 한 개인의 맥락 있는 취향을 찾기는 힘들지도 모르겠다. 어떤 사람이 '사고 싶은' 것과 '살 수 있는' 것은 분명 다를 텐데 그의 헤비급 컬렉션들을 보면 코언이기에 '살 수 있는' 작품들이라는 생각이 든다. 지난 몇 년간 코언은 자기 수입의 20퍼센트(거의 8조 원에 해당한다고 하니 모마를 새로 지은 가격에 이른다)를 예술품 사는 데 썼다는데, 이 사실은 그에 대한 무엇인가를 말해주긴 한다. 모든 억만장자가 예술에 그런 돈을 쓸 수 있는 건 아니니까. 그 비율이 십일조의 두 배에 이르니 종교조차 넘어서는 뭔가 절실한 것이 있다는 얘기가 아닐까.

그 스티븐 코언이 요즘 재밌는 일을 벌이고 있다. 팔 것도 아니면서 소더비즈에 컬렉션의 일부를 전시하는 것(옥션하우스에선 대개 옥션이 있기 전 며칠 동안 옥션에 나올 작품들을 전시한다). 코언은 세계에서 가장 값비싼 그림들을 갖고 있는 것으로 유명하고, 그 그림들을 공짜로 볼 수 있는 기회를 제공하는 건 미술관도 하지 않는 일이다. 물론 장기적인 비즈니스 계산은 있을 것이다. 자본주의가 빛을 발하는 건 누군가의 이득과 공공서비스가 창조적으로 한자리에서 만날 때이다.

스토리는 이렇다. 스티븐 코언이 집에서 저녁 파티를 했고, 그 자리엔 소더비즈의 사장과 함께 소더비즈의 스타 경매사 토비아스 마이어가 있었다. 마이어는 저녁을 먹으면서 식당에 걸려 있던 피카소의 〈라르포〉와 거실에 걸려 있던 앤디 워홀의 〈터키옥색 메릴린〉을 노려보고 있었다. 분명 두 그림의 두드러진 공통 색깔 터키옥색이 먼저 눈에 들어왔을 것이다. 그러다가 갑작스런 전시 제안을 했다. 당신의 컬렉션 중 '여자'만 추려서 전시를 하면 어떻겠냐고. 안 그래도 침체되는 마켓이 모두 걱정이었을 것이다. 소더비즈에 지분까지 갖고 있는 코언은 바로 승낙을 했다. 코언의 입장에선 소더비즈가 잘되는 것이 자기에게도 이득이고, 또 당장 그림들을 팔 생각은 없다 해도 그림들의 인지도를 높이는 데 기여할 터였다(나중에 개인 미술관을 지을 계획이라는 소문이다). 동시에 소더비즈 쪽에선 침체된 마켓에 새 기운을 주는 똘똘한 전시가 될 거였다.

어쩔 수 없이 전시는 좋았다. 전시의 주제는 저녁식사에서 제안된 그대로 '여자들'이었는데, 어쩌면 미술관 전시에선 쓰기 힘든 광범한 제목이다. 이런 제목이 가능했던 건 전시가 스티븐 코언이라는 개인 컬렉션이었기 때문이리라. 태초부터 끊임없이 예술의 소재가 되어온 '여자'를 두고 전시를 이

끌어내기란 거의 불가능하지만 한 개인이 모은 그림 중에 어떤 여자들이 있는가는 흥미로울 수 있기 때문이다. 코언의 '여자들' 간에 공통점은 별로 없는 듯하다. 비싸다는 사실을 제외하면 말이다. 잭슨 폴록의 그림에 이어 세계에서 두번째로 비싼 그림으로 기록되어 있는, 1조 4천억 원 가까이에 거래되었던 윌렘 드 쿠닝Willem De Kooning, 1904~1997의 〈여자 III〉를 비롯해 언젠가 가격에 대한 크고 작은 뉴스를 만든 그림들이 포함되어 있기 때문이다.

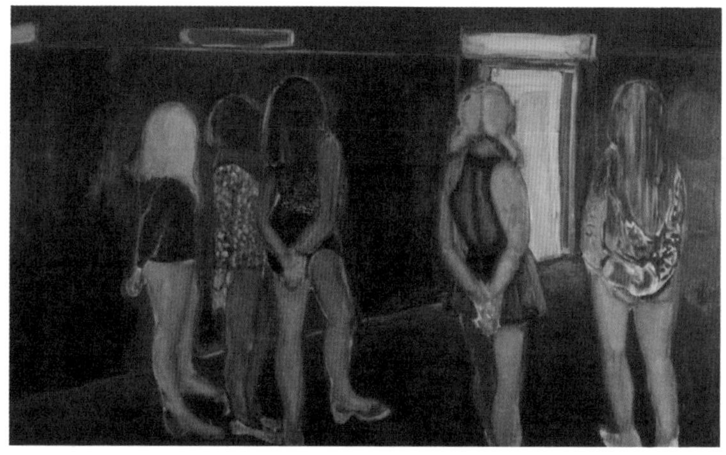

Marlene Dumas, *The Visitor*, oil on canvas, 1995

드 쿠닝의 〈여자 III〉은 그의 〈여자〉 시리즈 여섯 작품 중 현재 미술관에 들어가지 않은 유일한 작품이다. 아마 그래서 그렇게 비쌌을 것이다. 미국을 대표하는 사조인 추상표현주의의 '표현성'에 구상을 접합하는 데 중요한 역할을 한 〈여자〉는 드 쿠닝의 '여자를 미워하는 태도misogyny'를 담고 있는 것으로 또한 유명하다. 악마적인 표정에, 길게 자란 톱날처럼 삐죽거리는 손가락, 탱크 같은 젖가슴, 또 전체적으로 거친 붓자국으로 인한 폭력적인 분위기로 새로운 '여성상'을 창조한 것이다. 남자들의 misogyny는 보통 열등감에서 비롯된다. 오랫동안 아름다운 여자에 대한 열망이 미술의 원동력이 되어온 것처럼, misogyny 또한 보편성을 띤 주제가 될 수 있는 것이다. 하지만 이 정도로 과격한 misogyny를 걸어놓고 즐길 만한 남자도 보통 남자는 아니다.

미술품의 가격은 그 기준이 불분명하고 거의 자의적이라 느껴질 때도 있지만, 어떤 면은 꽤 절대적이기도 하다. 예를 들면 잭슨 폴록의 평균 가격은 언제나 벤 샨의 그것보다 높을 것이고, 피카소의 그림 중 못 그린 그림은 잘 그린 그림의 가격을 넘을 수 없다. 그러니까 역사적인 조정을 통해 작품의 질에 관한 합의가 일어나고 그 가격 형성도 이루어지는 것이다. 작품의 질이라는 것을 판단하기 힘들다 할 수 있겠지만 지금껏 셰익스피어나 톨스토이가 읽히는 것이 이러한 합의에서 기인한 것임을 떠올릴 때 이해가 쉬워진다. 물론 역사적인 합의도 변하고, 트렌드도 작용하고, 어떤 작업에 대한 재평가도 이루어지지만 미술사라는 커다란 프레임과 평가의 기준은 사뭇 견고한 것이다. 한 작가의 작업 안에서도 물론 평가는 일어난다. 피카소의 〈파이프를 든 소년〉이 큐비즘의 어떤 걸작보다 중요해서 비싼 건지는 알 수 없어도, 분명 피카소가 그린 평균 작품들보다 질에서 월등한 건 사실이다. 코언의 손에 걸려든 최고가의 작품들이 곧이곧대로 세계 최고인지, 그렇게도 엄청나게 비싸야 하는 건지는 알 수 없어도 해당 아티스트의 작품 중 질적으로 매우 훌륭한 편에 속한다는 건 부인할 수 없는 사실이다. 이건 그림 앞에 서 보면 알 수 있는 일이다.

2008년 옥션에서 예상가를 뒤집고 높은 가격에 팔렸던 마를렌 뒤마Marlene Dumas, 1953~의 〈방문자〉를 볼 수 있었던 것도 큰 즐거움이었다. 솔직히 얘기해서 지난 번 모마에서 봤던 그녀의 회고전 전체보다 이 그림 하나가 더 큰 즐거움을 주었다는 걸 부인하지 못하겠다. 내가 뒷모습을 좋아하는 건 사실이지만 꼭 그것 때문만은 아니다. 이 그림에선 새로운 스타일을 만들기 위해 머리 쓰고 있다는 생각이 들지 않는다. 뒤마의 트레이드마크인 흐물거리는 붓자국에서 진정성이 느껴지고(여기서 뭉크의 영향이 강하게 느껴졌는데, 오른쪽 옆에 걸려 있는 뭉크의 〈마돈나〉와 함께 명석한 조화를 이루었다) 작가 자신의 절실한 내적 필요에 의해 그린 그림이란 생각이 드는 것이다. 겹겹이 겹쳐지는 색들은 마술적이고 그리다 지운 형상에까지 그 과정과 고민이 드러난다. 그림이 가지는 진지함과 함께 서사적인 미스터리도 흥미롭다. 도대체 이 여자들은 무엇인가? 창녀인가? 아니면 댄서? 함께 서서 누구를 기다리는가? 눈이 아플 정도의 노란색이 칠해진 문은 실제 누군가 들어올 수 있는 '열린 틈'이라기보다 그림의 시선을 수렴하는 색채로서 존재하고, 그 사실을 깨닫는 순간 여자들은 이야기보다 그림 자체에 종속된다.

세상에서 가장 아름다운 허브 2009. 5

오늘은 파머스 마켓에 가서 '보는' 꽃뿐 아니라 '먹는' 꽃도 샀다. 세상에서 가장 아름다운 허브라고 불리는 나스터춤과 아루굴라 꽃이 그것. 아루굴라 꽃은 아루굴라와 똑같은 맛인데 약간 매콤하다. 나스터춤은 무맛이 나고 아루굴라 꽃보다 더 맵다. 생긴 것과는 아주 다른 맛이다(왜 그런 사람들도 있잖은가). 샐러드용 조그만 상추에 밥알을 스무 알쯤 얹고, 얼마 전 각종 야채를 넣어 묽게 만든 쌈장을 얹고, 그 위에 이 꽃들을 얹어 싸 먹었다. 눈과 입과 기분이 꽃의 형태와 색깔만큼 들뜨고, 세상은 겸손한 방식으로 화려해진다.

장례식 다음날

2009. 5

친구가 이 사실을 알면 날 죽이려 할까? 그가 지금 팔기 위해 전력을 다하고 있는 호퍼의 수채화 〈장례식 다음날〉을 블로그에 올린 것을 안다면. 혹시 내가 이 그림을 살 만한 사람을 알까 하여 나에게까지 부탁이 왔지만 내가 아는 사람 중에 에드워드 호퍼의 그림을, 그것도 수채화를, 그것도 제목에서부터 죽음의 그림자가 드리운 이 그림을 10억 원이 훌쩍 넘는 가격을 주고 살 사람은 아무리 생각해도 없는 것 같다. 하지만 아름다운 그림이어서 혼자 보기 영 아까운 걸 어쩌나. 이렇게 사적인 매매가 일어나는 경우에는 주변에 알리지 않는데, 이걸 일종의 퍼블리시티로 봐준다면(그림은 책이나 잡지 등에 많이 실릴수록 가격이 뛴다) 날 꼭 죽이려 들진 않을지도 모르겠다.

이 그림을 보는 순간, 나는 일단 그림을 통합시키는 두 개의 '고리'의 시적인 울림에 감동받았다. 하나는 주철로 만든 것으로 보이는 가로등, 다른 하나는 길게 늘어난 인도가 그리는 고리이다. 이 두 개의 곡선이 섬세하게 엮이면서 그림의 텅 비고 하얀 공간에 뼈대가 잡힌다. 눈으로 붓을 잡는다 생각하고 인도의 선을 따라갔다가 다시 가로등을 따라 선을 그려보면 마치 예민하고 아름다운 누군가와 손가락을 걸고 있는 듯한 기분이 든다. 뭔가를 약속하듯.

Edward Hopper, *Day After Funeral*, water color on paper, 1925

다음으로 떠오르는 건 〈케이프코드의 아침〉(1950)이다. 왜냐면 이 그림을 1925년에 먼저 봤기에(실제로 제작 연도는 이 그림이 훨씬 후다) 기억이 간섭한 거다. 왼쪽에 튀어나온 저 창에서 창밖을 내다보던 그 여인은 어디에 있을까, 그 여자의 부재가 강하게 느껴지면서 〈장례식 다음날〉의 감상을 더 서운하고 허전한 것으로 만든다. 여자가 사라진 자리를, 기다림이 박탈된 상황을 보고 있는 것 같다. 이 두 그림은 실제로 거의 상반된다. 〈케이프코드의 아침〉은 컬러풀하고 공간은 꽉 차 있다. 여자의 시선 때문에 방향성이 강하게 느껴지고, 빛의 존재감 역시 강렬하며, 건물의 깨끗한 직선과 숲의 거칠거칠한 표면도 강한 대조를 이룬다.

반면 〈장례식 다음날〉은 텅 비어 있는 듯한 공간에, 선도 연약하고, 색깔도 미색이 주조를 이루어 전체적인 느낌이 소프트하다(호퍼가 그린 그림 중에 눈 덮인 풍경은 몇 되지 않는데 그중 하나이다). 조용하고 비어 있고 힘도 없지만 〈케이프코드의 아침〉에선 보이지 않는 불길함이 느껴진다. 압도하지 않아도 부정할 수 없는 불안함이다.

세번째는 물론, 검고 이상한 두 사람의 실루엣이다. 어쩌면 그림을 처음 보는 순간부터 이들이 먼저 눈에 들어왔을지도 모른다. 계속 보고 있으면서 심리적으론 눈을 피하고 있었는지 모른다. 다리를 보면 두 사람이라는 걸 알 수 있는데 머리는 하나만 눈에 들어온다. 다른 사람은 짐 같은 걸 지고 있는 듯하지만 잘 가늠이 되지 않는다. 머리가 보이는 사람이 지팡이를 짚고 있다. 이 애매하고 까만 이미지가 그림에 불길한 느낌을 주는데 결정적인 역할을 한다. 정확한 기록은 없지만 이 그림은 조지 벨로스의 죽음 이후 그린 것이라 한다. 동갑내기 동료 화가의 부고(벨로스는 마흔둘에 복막염으로 죽었다)를 접하고, 또는 장례식에 다녀와 창밖으로 이런 풍경을 본 걸까? 아니면 지팡이까지 짚고 먼길을 떠나는 동료를 부축이라도 하고 싶었던 걸까?

내가 평생 1밀리언 달러짜리 그림을 살 수 있을까? 오늘 아침, 그 가격의 수채화 한 점을, 꿈을 꾸듯, 두 눈으로 훑고 껴안으며 잠시 소유했었다.

희열 2009. 5

이따금씩 이런 생각을 할 때가 있다. 모든 사람들은 지금 이 순간 너무 기뻐 팔짝팔짝 뛰어야 한다고. 누구나 이 순간 자신의 마음을 소유하고 있기에. 어떤 행동을 하건, 어떤 말을 하건, 나의 마음만은 아무도 알 수가 없다. 내 키만한 초록색 덤불로 빙 둘러진, 넘볼 수 없는 정원이다. 누군가에게 사랑한다고 말하는 순간, 권태로운 표정을 짓고 있는 순간, 혐오로 치를 떠는 순간조차 나의 마음은 나만의 것이다.

베이컨 회고전 2009. 6

생의 어느 시기에 어떤 그림이 어떻게 찾아오는가. 어제도 아침부터 편두통을 안고 일어났다. 며칠 전 친구랑 저녁을 먹으며 술을 마시다가 막판에 '크레이지 우먼'의 얘기가 나오는 바람에 마무리가 상쾌하지 않았다. 덕분에 다음날 끔찍한 숙취로 고생했고, 편두통까지 얻었다. 이 편두통은(이게 편두통이라면) 가장 최악의 종류로, 한쪽 귀를 사시미 칼로 저미는 듯한 고통이 심할 때는 5초마다 찾아온다. 그럴 때면 한쪽 손이 귀로 올라가고 저절로 으윽 소리가 나온다.

한쪽 귀가 아파도 할 일은 해야 했고, 얼마 전 시작한 프랜시스 베이컨Francis Bacon, 1909~1992의 전시도 보고 싶었다. 일요일이었지만 아침부터 서둘러 메트로폴리탄으로 향했다. 지하철 안에는 어딘가 짧게 길을 떠나는 사람들로 가득했다. 해변이나 바비큐 분위기의 복장들. 한편으로 부럽기도, 한편으론 생각만 해도 어지럼증이 났다. 밖에 나가기보단 벽으로 둘러싸인 공간 속에 있고 싶은 날.

이른 일요일 아침이라 거리는 한가했고, 미술관 역시 그랬다. 부지런하지 못한 관광객들에게 약간 배신감을 느낄 정도로 미술관의 밀집 정도는 적당했다. 역시 미술관엔 일찍 오는 게 유리하군, 다시 절감하며 중앙의 커다란 계단을 올라 베이컨의 전시가 열리는 방으로 들어섰다. 작품 설명을 들을 수 있는 헤드폰을 나누어주는 전시실 입구에 걸려 있는 오렌지색 트립틱triptych이 눈에 들어왔다. 그의 초기작이자 대표작인 〈십자가 책형 하단 그림에 들어갈 인물들을 위한 세 가지 습작Three Studies for Figures at the Base of a Crucifixion〉. 동공이 커지고 마음이 주저앉는다. 우와, 내가 드디어 예술을 보러 왔구나.

첫 방을 지나 사방에 베이컨의 그림이 걸려 있는 다음 방으로 들어서니 갑자기 고급 카펫 위를 걷듯 발걸음이 가벼워졌다. 인간사 괴로운 드라마가 그림으로 옮겨가 있었고, 내 고통은 반쯤 비워낸 기분이었다. 그의 그림 속에서 인물은 (때론 반쯤 썩어가거나 온통 짓이겨진) 고깃덩어리와 다르지 않은데, 다만 고뇌하고 소리지르고 섹스할 뿐이다. 매우 비참한 상황을 보여주는 것 같지만 그들은 사실 화려해 보이는 색과 표면 속에 있다. '더러운' 인물에서 극단적으로 분리되며, 오렌지로 빨강으로 분홍으로 검정으로 완전히 평평해지는 배경은 얼음보다 깨끗하다. 나는 거의 도덕적인 질투를 느낀다. 어쩌면 저리도 깨끗할 수 있을까.

프랜시스 베이컨은 사실 가장 더러운 곳에서 작업했다. 이번 전시엔 그의 작업실도 하나의 작품으로 포함되었는데, 그럴 만하다. 예술가의 작업실 중에 그의 것처럼 알려진 작업실도 없다. 몬드리안 정도? 유명세는 비슷할지 몰라도 베이컨의 작업실은 더럽기 짝이 없고, 이 역설에서 나는 예술의 구원적(!) 힘을 체험했다. 비유가 아니라 살아 있는 증거로서. 시궁창처럼 더

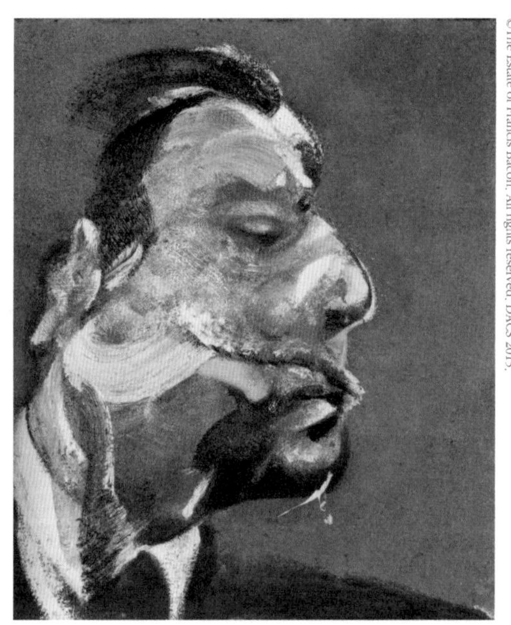

Bacon Francis, *Study for Head of George Dyer*, oil on canvas, 1967

럽고 카오스처럼 혼란스러운 곳에서 이렇게 아름다운 것들이 나왔으니 내 삶이 아무리 비루하다 한들 어찌 변명이 있을 수 있을까.

벽에 붙은 자료 글 속에서 예전 한 비평가가 했던 혹평을 읽었다. 베이컨의 그림은 '아무 의미도 없는 악몽 같다'는. 난 그 말을 읽으며 소리내어 웃

었다. 하하하, 맞네. 의미 없는, 대체로 악몽 같은 이 상황, 삶. 베이컨의 삶은 어쩌면 의미 없는 악몽보다도 힘겨운 종류였다. 1909년 철학자 베이컨의 먼 자손으로 태어난 그는 어린 시절 천식 때문에 학교에 가지 못하고 집에서 목사에게 개인 교습을 받았다. 하지만 틈틈이 마구간의 마부들과 섹스를 하거나 어머니의 속옷을 훔쳐 입다가 결국 집에서 쫓겨나고 만다. 그는 니체와 엘리엇을 읽으며 베를린, 파리, 런던을 떠돌았고, 온갖 잡일을 하면서 하류 인생들과 어울리며 술과 도박을 일삼았다. 그런 삶이 그에겐 교육이 되었다. 정규 미술교육도 받은 적이 없는데 자연스럽게 미술사 속에 자신을 위치시켰다. 그가 초기부터 관심을 갖던 일련의 이미지는 폭력과 고통과 고깃덩어리 같은 것들이었다. 푸생의 〈유아 대학살〉, 에이젠슈테인 감독의 〈전함 포템킨〉에서의 고통스런 이미지 등에서 영감을 받아 뒤틀어지고 기괴한 형상들을 그린 것인데, 문제는 그가 그린 이 형상들이 들여다볼수록 새롭게 아름답다는 것이다. 그는 '물감이 신경계에 직접 가서 닿는' 어떤 상태를 원했고 물감의 자율성을 존중했다. 큰 붓을 사용했고 그의 이성과 지성과 습관이 물감을 컨트롤하지 않도록 했다. 색이 겹치고 붓질이 오가고…… 우리가 볼 수 없었던 이상하고 기이한 이미지가 공포스럽게 느껴지기도 하지만 결국은 이제껏 보지 못했던 세심한 붓질이 망막에 맺힌다. 그의 그림은 완벽하지 않다. 그보단 매우 세심하고 진정성 있는 날것이다. 사랑에 이유를 댈 수 없는 것처럼 아름다움을 설명할 수 있을까. 내 악몽은 한번도 아름다운 적이 없었는데 그가 묘사한 악몽들은 이토록 아름답다. 이 그림들 앞에선 내 악몽도, 두통도 사소하게만 느껴진다.

모래 한 알

2009. 6

요즘 명상할 때 모래 한 알에 집중하는 연습을 한다. 머릿속에 모래 한 알을 떠올리고 그에 집중하다가 나중엔 그 모래 한 알이 되기까지 하는데…… '모래 한 알에―' 하는 요가 선생님의 목소리를 들을 때마다 또다른 모래 한 알이 떠오른다. 얼마 전 존 치버의 일기장에서 발견한 모래 한 알. 무척 다른 것 같지만 결국 같다는 생각도 든다.

자기 파괴적인 생각이 처음 마음속에 파고들 때 이는 모래 한 알보다 크지 않다. 두통일 수도 있고 대수롭지 않은 소화불량일 수도 있고 상처 난 손가락일 수도 있다. 하지만 결국 8시 20분 기차를 놓치고 빚 상환을 늦춰달라 부탁하는 미팅에 늦게 도착한다. 점심을 함께 먹자고 만난 옛 친구는 신경을 거스르고 그걸 견디느라 결국 칵테일을 석 잔이나 마시고 그때쯤 되면 벌써 하루는 형태와 의미를 잃어버린다. 하루의 목적과 아름다움을 되찾기 위해 칵테일파티에서 술을 더 마시고 다른 사람의 부인에게 수작을 부리다 결국 멍청하고 추잡한 짓으로 하루를 마감하고 다음날 아침엔 그냥 죽어버렸으면 한다. 하지만 이 구렁텅이로 어떻게 빠져들게 되었나 가만히 되짚어 생각해보면 결국 마주하는 건 작은 모래 한 알이다. (1952)

어디에도 없는 갤러리

2009. 6

어제 첼시를 돌아다니며 찍은 사진들을 보니 존 맥크라켄의 작품도 있고, 헨리 다거로 타투를 한 아가씨도 있고, 첼시의 프랭크 게리 빌딩도 있는데 벨웨더 갤러리Bellwether Gallery는 없다. 벨웨더 갤러리는 사진에도 없고 어디에도 없다.

이제는 어디에도 없는 벨웨더 갤러리가 문을 닫기 전 내가 그 갤러리에 발을 들여놓은 마지막 손님이었고, 갤러리의 주인 베키의 화를 받아주어야 했다는 사실을 아는지. 일주일 전쯤 벨웨더 갤러리가 문을 닫는다는 이메일을 받고 잠시 황망했었다. 벨웨더가 처음 문을 열었을 때의 기억이 너무나 생생했기 때문이다. 베키는 예일 미대를 나와 브루클린의 그린포인트에 작은 갤러리를 열었다. 벨웨더라는 삼삼한 이름과 함께 이 조그맣고 획기적인 갤러리는 나의 부러움을 샀을 뿐 아니라 여러 사람의 시선을 끌었다. 뉴욕타임스 매거진에서 큰 기사를 써주었고 사진 속 거구의 베키는 큰 모란송이처럼 화려했다. 그곳에서 윌리엄스버그로, 윌리엄스버그에서 첼시로 벨웨더는 승승장구했다. 벨웨더에 들를 때 가끔 그녀에게 뭘 물어보면 언제나 성실하고 진지하게 답해주었다. 그러던 베키가 어제는 나에게 막 화를 낸 것이다. 물론 그녀가 날 기억했거나 나라는 특정인에게 화난 건 아니었다. 하지만 나를 포함한 관객들에게 몹시 화가 나 있었다. 자주, 많이 오지 않는다고. "오늘 문 열고 네가 겨우 네번째야." 나에게는 거의 소리를 질렀다. "아무도 와주지 않는 갤러리를 열고 있는 게 이젠 정말 신물이 나." 난 상상하지 못했다. 그녀가, 그녀의 갤러리가 이런 일로 화나 있을 줄. "지금은 나도 몰라. 앞으로 뭘 할지. 당분간 아무것도 안 할 것 같아." 그녀가 계속 화난 목소리로 이렇게 답했다. 그녀가 화를 내는 것이 당황스럽기도, 반갑기도 했다. 난 별로 잘못한 것이 없는 것 같은데 화를 받아주어야 한다는 사실은 당황스러웠지만 이 세상에, 첼시에 아직 인간이 남아 있구나 싶어 반가웠다. 사실 내가 잘못한 게 있을지도 모르는 일이었다. 행운을 빌고 악수를 나누고 갤러리를 나왔다. 그녀의 갤러리 앞엔 평행으로 하이라인이 통과하고 있었고, 토요일 오후 하이라인은 사람들로 가득했다. 어떤 사람들은 베키가 신진 예술가들을 너무 많이 떠맡았다고 하기도 했다. 얼떨떨한 기분으로 22번가로 들어섰더니 그곳 역시 인파로 제법 붐볐다. 한 갤러리에서 러시아 재미교포들을 끌고 갤러리 투어를 하는 여자 팔 위에 사람들을 그린 문신이 새겨져 있었다. 그녀에게 "이거 헨리 다거니?" 물었더니 그렇단다. 칭찬을 하고 돌아섰더니 러시아 여자 몇이 내 옆으로 따라붙는다. 다거가 누구냐고. 한참 설명을 해주었더니 잭슨 폴록처럼 유명한 사람이냐 묻는다. 다거와 잭슨 폴록. 아, 가깝고도 먼 거리. 벨웨더와 첼시 사이에, 벨웨더와 우리 사이에 이런 거리가 있었던 걸까.

막바지

2009. 7

정말 자러 가기 싫은 밤이 있다. 계속 와인이나 홀짝이며, 음악이나 들으며, 쓸데없는 얘기나 하며, 또는 책이나 설렁설렁 읽으며 그냥 자러 가기 싫은 그런 밤이 있다. 곧 끝나버릴 방학 같고 시시해도 축제 같아서 계속 앉아 있고 싶은 심정. 내일을 위해서 자야 하는데 자고 싶지 않다. 하루를 끝내기 싫을 때도 있지만, 책도 그럴 때가 있다. 읽다가 끝이 보이면 더이상 읽기 싫은 거. 끝나는 게 싫어서. 그렇게 환상적인 세상도 아니었지만 그동안 정들었던 주인공들과 그 스토리와 헤어지는 것이 아쉬워서. 애인이 다리를 감아 놓아주지 않을 때처럼 그대로 그렇게. 별별 감정의 통로를 다 통과했는데 이렇게 벗어나기 싫어 벼랑에 서 있는 듯한 기분. 좀더 위에 서 있고 싶은 기분. 이렇게 바라보면서, 바람도 쐬고, 냄새도 맡으면서, 소리도 들으면서.

죽을 때 기분이 이럴까. 별 볼 일 없는 삶이었지만 조금만 더 머물고 싶을까. 자러 가기 싫은 이 기분처럼 조금만 더 있다가 눈을 감고 싶은, 이런 기분일까.

초기작

2009. 7

이 작품은 사진작가 **그레고리 크루드슨**Gregory Crewdson°의 초기작이다. 크루드슨은 할리우드식으로 작업을 한다. 결과물이 영화가 아니라 사진일 뿐이다. 에드워드 호퍼의 강력한 영향을 받은 사람 중 하나인데, 호퍼 그림이 주는 '소원'한 느낌과 '기이'한 느낌을 확장해서 영화를 제작하듯 대규모로, 대단하게 작업하는 것으로 알려졌다. 이를 테면 〈무제오필리아〉와 같은 이미지로 유명하다.

크루드슨은 이렇게 미국 평범한 중산층의 일상을 기발한 상상력과 치밀한 연출력으로, 또한 극적으로, 탈바꿈한다. 보는 순간 마음이 동하는 이미지라는 걸 알 수 있다. 익사한 오필리아를 연상시키는 드라마틱한 장면이지만 세팅은 평범한 가정집이다. 이미지가 기이한데도 보는 즉시 마음이 끌리는 건 누구나 저런 기분을 느껴본 적이 있기 때문이다. 이 일상이 주는 권태에, 그 참을 수 없는 사소함에, 외로움에 잠겨버리는 것 같은 느낌.

하지만 내가 오래 좋아할 수 있는 이미지는 초기작인 창문 사진이다. 이상하려고 노력하지 않고, 세상에 대한 평이하지만, 특별한 감각을 전달하는 작품이다. 평이하게 보일수록 고도의 능력을 필요로 한다. 서툴해야 하니까. 〈무제오필리아〉가, "와아, 여자가 거실에서 물에 잠겨 떠 있구나!" 하는 첫인상의 순간을 지나면서 점점 시들해질 수밖에 없다면, 창문 사진은 그 알 수 없음 때문에 오래 머무른다. 쉽게 그 신비로움의 이유를 드러내지 않는 거다. 흔히 볼 수 있는 창문의 모습인데 일상에선 느끼지 못하는 드라마가 있다. 무얼까. 앞으로는 창가를 무심하게 지나치지 못할 것 같다. 그런 파워가 있다.

ㅇ**그레고리 크루드슨**(1962~)
미국의 사진가. 브루클린에서 자라 퍼처스 뉴욕 주립대학SUNY Purchase에서 사진을 전공한 후 예일 대학에서 석사를 받았다. 미국 교외의 집(또는 실내)과 동네를 영화를 찍듯 세심하게 세팅 작업한 후 촬영하는 사진으로 알려졌다. 실제로 영화 작업에 참여하는 스태프들과 함께 작업하여 영화의 한 장면 같은 극적인 효과와 함께, 주로 일상적인 장면 속에 벌어지는 기이하고 불길한, 초현실적인 이미지를 만들어낸다.

Gregory Crewdson, *Untitled*, c print, 1986~1988

물론 크루드슨은 응접실에 빠진 여자로 기억될 것이다. 그럼에도 내가 그의 초기작을 더 좋아하는 것은 꼭 내가 별나서만은 아니다. 언제나 한 작가의 초기작은 주목을 끈다. 그리고 실제로 중요하다. 그래서 알 만한 컬렉터라면 초기작에 관심을 기울인다. 거기엔 여러 가지 이유가 있다. 대가의 초기작은 제작연도가 일러도 일단 작품이 솔리드하다. 일찍부터 작가의 미적인 역량이 드러나는 것이다. 그러면서도 작가의 성숙한 스타일의 기미를 담는다. 처음에 어디서 영향을 받았는지, 어떻게 발전했는지 작품에 드러난다. 크루드슨만 해도 평범한 미국의 모습을 담았다는 측면에서(그는 자기 자신을 '미국 사실주의 풍경 작가'라고 일컫는다) 워커 에번스나 윌리엄 에글스턴의 선상에서 파악할 수 있다. 하지만 그의 사진에선 처음부터 그들보다 기이하고 정적인 드라마가 존재하는 걸 엿볼 수 있다.

이에 더하여 초기작이 구하기 힘들다는 점도 컬렉터의 가슴에 불을 지른다. 초기엔 물론 자기가 유명해지리란 걸 의식하지 않은 경우가 많고, 작품을 제대로 관리하지 않거나, 또는 고의적으로 파기하거나(이런 경우도 아주 많다) 다 팔아버리거나 해서 나중에 초기작을 찾는 일 자체가 힘들 때가 많은 것이다. 유명해진 다음에 다작할 이유는 너무나 많고, 상대적으로 초기작의 숫자는 제한되어 있다.

마지막으로 가장 중요한 이유는 초기작엔 작가의 초심이 실린다는 것이다. 성숙하고 기교적인 테크닉보단 자기가 예술가가 되어야 하는 절실한 이유가, 마음이 거기 실려 있다. 신디 셔먼의 초기작 필름 스틸 시리즈가 요즘 작품보다 훨씬 평이해도, 뭔가 사람의 마음을 움직이는 데는 그런 이유가 있는 것이다. 물론 가격이 작품의 진가를 말해주는 건 아니지만, 피카소 그림 중에 가장 비싸게 팔린 그림이 그의 초기작이라는 사실도 시사하는 바가 크다. 초심은 되찾을 수 있는 것이 아니기에 절절하다. 작업 자체를 위한 초기의 절실함은 작업을 할 수 있게 된 상황에선 갖기 힘들고, 후기에 가면 작업 내적인 문제들로 더 고민하게 된다. 이미 강을 건너고 있는데 배를 어찌 만들지 고민하진 않는 것이다. 어떻게 노를 저어 강을 건널지가 문제인 것이다.

베리만의 귀신들 2009. 8

그동안 미루어두었던 영화, 〈베리만 섬〉을 보았다. 어느 영화였는지 정확히 기억은 안 나는데, 보너스 피처에 실린 잉마르 베리만Ingmar Bergman, 1918~2007의 인터뷰를 본 적이 있다. 그렇게 솔직하고 인간적이고 사람을 놀라게 하는 인터뷰는 보다 처음이었다. 그리고 베리만이 죽었다. 그가 죽었을 때, 그러니까 2년 전, 넷플릭스에 그의 다큐멘터리 〈베리만 섬〉을 신청해놨었다. DVD가 넷플릭스에 풀리는데 상당히 시간이 걸렸고, 나도 바빴고, 어제서야 마침내 영화를 볼 수 있었다.

베리만은 예전에 봤던 인터뷰에서보다 많이 늙어 있었다. 내가 할아버지를 좋아하긴 하지만, 그 인터뷰에서 보던 강렬함, 긴장감이 사그라지고 많이 부드러워진 것이 왠지 서운했다. 하지만 그는 어떤 면에선 여전했다. 쉰여덟 살에 비로소 사춘기를 벗어났다고 주장하는 그는 아직도 내가 아는 누구보다 인간적이었다. 소재가 소재인 만큼 영화는 강력한 동시에 한계가 있었다. 아무리 못 만들어도 소재가 흥미롭기에 플러스가 있지만, 아무리 잘 만들어도 베리만 영화의 미학과 비교하면 못 미치는 게 사실이다. 이 영화는 볼 때마다 눈길을 끄는 부분이 달라지는 종류라 예상되는데, 이번엔 영화의 마지막 부분이 눈길을 끌었다. 인터뷰어가 "당신의 디몬demon은 무엇인지요?"라고 물었다. 디몬은 악령, 악마, 귀신 등 여러 가지로 해석될 수 있겠지만, 일상적으로 말할 때는 자신의 어떤 치명적인 약점, 언제나 붙들고 싸워야 하는 자기 자신만의 내밀한 귀신을 일컫는다. 베리만 할아버지는 이 질문에는 특별히 답을 적어 준비를 해왔다면서 꼬깃꼬깃한 종이쪽지를 떨리는 손으로 꺼낸다. 이 할아버지가 귀여워서라도 나는 그의 귀신에 관심이 있었다. 받아 적어봤다.

—재앙의 귀신 : 언제나 모든 걸 완전히 망치고 말 거라는 생각.

—두려움의 귀신 : 개와 고양이, 곤충, 새 들을 무서워할 뿐 아니라 어떤 종류의 사람들(!), 또 모여 있는 사람들을 두려워한다.

—분노의 귀신 : 양쪽 부모에게 물려받은 어쩔 수 없는 성향. 걷잡을 수 없이 화를 내고 마는 성격.

—원한의 귀신 : 30~40년 전의 일까지 기억하는, 끔찍한 기억력의 소유자. 그야말로 뒤끝이 무시무시한 사람.

그에게 한 가지 없는 귀신(따라서 이건 자랑에 가까웠다).

—무nothingness의 귀신 : 창의력과 상상력은 한 번도 그를 떠난 적이 없다고.

결혼을 다섯 번 했지만 계속해서 바람을 피웠고, 자식을 아홉이나 낳았지만 한 번도 책임지고 돌본 적이 없는 그는 자신이 가족을 위해 한 건 '제로' 에 가깝다고 고백한다. 그랬음에도 그의 귀신 중엔 '죄의식' 이나 '후회' 가 없으니 신기할 뿐이다. 자식을 키웠든 안 키웠든, 후회를 했든 안 했든 이 세상 위대한 예술가 중에 세상의 도덕률에 쉽사리 굴복한 사람은 없다. 스스로에게 안일한 만족감을 주는 가면을 쓰기보단 자신의 못난 귀신들과 매일을 싸우며 괴로워하는 것이 직업적 소명이자 재해인 것이다. 영화 속 한 장면을 차지한, 그의 실내화에도 자신을 괴롭히는 귀신이 그려져 있는 걸 보면 그의 인생은 과연 귀신과의 전면전이었다. 1995년, 24년 동안 함께 산 부인 잉그리드가 죽고 난 후엔 대부분 혼자서 지냈고, 2004년부턴 포뢰 섬을 거의 떠나지 않았다. 자기만의 섬에서, 혼자서 인생을 마감했다.

시인의 소포

2009. 8

얼굴도 모르는 사람에게, 내가 만나보지도 않은 저자 사인본을 이렇게 다수로 받아보긴 처음이다. 타인의 정성이란 걸 두 손에 받는 감동의 순간이 지난 후, 그 멤버를 해체하지 않고 승전물처럼 테이블 위에 모셔두었다. 오늘, 내가 두려워하는 흐린 아침, 오렌지주스, 딸기주스 다 건너뛰고 페퍼민트차 한 잔을 끓였다. 라디오 목소리 같은 게 듣고 싶어졌다. 똑똑한 브라이언 레어(뉴욕의 공영 라디오 방송에서 방송되는 〈브라이언 레어 쇼〉의 진행자) 말고 음악도 틀어주는 다정한 한국 사람의 목소리. 책을 쌓아놓은 곳으로 가서 책 중에 한 권을 펴 들고 거기서 막 파란 하늘을 찾았다. '이스탄불의 첫 아침' 이란 페이지가 나온다. 파란 하늘, 바다를 배경으로 소금 결정 같은 하얀 건물들이 보이는 사진. 그 옆 싸구려 숙소에서 예상치 않게 아침을 공짜로 얻어먹은 이야기가 있다. 시커멓고 쭈글거리는 얼굴을 가졌을 주인장이 문을 열고 삶은 계란 바구니를 내밀었다고. 라디오 환청이 완벽하게 실현되었다. 시인이 챙겨준 소포가 삶 속에 이런 식으로 스민다.

마침내 여름 2009. 8

30도가 넘는 날이 계속되니 비로소 여름 같다. 그 사람, 살 만하니 그렇게 가버렸다고들 하는데 올여름, 더울 만하면 그렇게 가버릴까 벌써 걱정이다.

우리 동네 맥케런 공원에서 아이들이 금쪽같은 열기를 즐긴다. 아이들은 진지하게 놀고 있다. 일을 하듯 웃지도 않고 아주 심각한 표정으로 물을 튀기고 진흙탕에 발을 구른다. 오늘, 지금, 그것도 열정적으로 해야만 하는 일이라는 듯. 하긴 놀이는 아이들의 일이다. 그 기초 작업 없이, 아련한 물방울들의 기억 없이 어른이 되어버리면 황당해진다. 황량해진다.

유니언스퀘어 파머스 마켓. 찌는 듯한 날씨에 어슬렁거리기 딱이다. 리뷰 번역 때문에 아침부터 반스앤노블에 뛰어가서 필요한 책을 사고, 눈에 들어온 책 한 권을 더 샀다. 벤치에 앉아 새로 산 책을 펼쳐본다. 이대로 집에 들어가기 싫어서 아, 조금만 더 조금만 더를 되뇌며 여기저기 기웃거렸다. 음악도 듣고 신선한 채소들도 구경하고 오랜만에 깻잎과 쑥을 봤다. 그러고 보니 한국인 농부들도 꽤 눈에 띈다. 그야말로 길들지 않을 땅을 길들이는 사람들. 공짜로 주는 노란 수박을 한입 받아먹고 팥죽색 상추와 한국의 파와 닮은 파를 사 들고 돌아오는 길에 행복했다. 저 태양이 그대로 길에 쏟아지게 버려두고 들어오는 아쉬움은 접어두고.

오, 월리스

2009. 8

아침에 읽은 기사가 하루종일 머리에 머문다. 월리스 스티븐스Wallace Stevens, 1879~1955의 새 시선집이 발간됐다는 기사였는데, 책과 함께 그의 인생 이야기가 짤막하게 함께 실렸다. 변호사로 일하면서 시를 썼다는 사실만 알고 있었지 그가 그런 불행한 삶을 살았는지 몰랐다. 그의 시를 읽으면 그가 보통의 삶조차 살지 않았을 것 같은데, 그저 학자처럼 어디선가 시만 썼을 것 같은데, 심지어 불행한 삶이라니. 부모가 반대하는 결혼을 했고, 그 결혼 이후 아버지가 돌아가실 때까지 부모를 보지 않았단다. 그렇게 결혼한 부인에겐 정신질환이 있었고 둘은 결국 불행했다. 그가 암으로 죽기 전 병원에 입원했을 때도 부인은 한 번도 병원에 오지 않았다고. 그의 시 「**눈사람**The Snow Man○」과 그의 불행한 결혼을 겹쳐보니 마음이 더 쓰렸다. 내가 만약 시인이 된다면 그를 닮고 싶었을 텐데. 이런 불행이 유독 남의 일 같지 않다.

○**The Snow Man**
One must have a mind of winter
To regard the frost and the boughs
Of the pine-trees crusted with snow;

And have been cold a long time
To behold the junipers shagged with ice,
The spruces rough in the distant glitter

Of the January sun; and not to think
Of any misery in the sound of the wind,
In the sound of a few leaves,

Which is the sound of the land
Full of the same wind
That is blowing in the same bare place

For the listener, who listens in the snow,
And, nothing himself, beholds
Nothing that is not there and the nothing that is.

월리스는 생전에 시인의 양심에 대해 이렇

게 말했다. "모든 시인은, 아무리 모자란 시인이라도 어떤 양심에 따라 살아간다. 여기서 양심이란 그들의 마음과 정신 속에 있는 시라는 위대함을 좇는 것을 의미한다. 나는 양심을 좇는다고 말하는데 그 이유는 진정한 믿음을 가진 모든 시인에게 있어 한 줄의 진실한 시야말로 바로 양심에서 나온 행위 그 자체를 의미하기 때문이다."

번개 들판 유감

2009. 9

9월 중순에 미국 남부 로드 트립을 계획하고 있는데, 그 여정에 들어갔던 〈번개 들판〉이 오늘 좌절되었다. 미국의 대지 미술가 **월터 드 마리아**Walter De Maria°의 작품인 〈번개 들판The Lightning Field〉(1977)은 뉴멕시코 주 한복판에, 차를 타고 지나가면서 절대 볼 수 없는 장소에 있단다(도대체 어떤 장소이기에!). 이 작품은 광활한 들판 위에 높이 7미터인 사백 개의 스테인리스 기둥을 길이 1.6킬로미터 폭 1킬로미터 간격으로 일정하게 꽂아놓은 것인데(제목 그대로 번개가 치고 또 운이 좋아 번개가 기둥에 꽂히면 하늘과 땅이 번개로 이어지는 장관을 이루

° **월터 드 마리아**(1935~2013) 미국의 대지 예술가. 초기에는 해프닝, 미니멀리즘의 영향을 받은 작업들을 하다가 점차 드넓은 미국 남서부 사막에서 빛과 날씨에 따른 변화가 주는 강력한 경험에 관심을 갖게 된다. 그 대표작이 〈번개 들판〉이다. 다른 주요작으로 〈뉴욕 흙방New York Earth Room〉과 〈부러진 킬로미터Broken Kilometer〉 등이 있다.

게 된다), 이를 감상하려면 반드시 통나무집을 예약하고 그 집에서 하루 자야만 한단다.

게다가 개인 승용차로 접근이 불가하고 이 작품을 관리하는 디아Dia 미술관 측에서 제공하는 차량을 타고 가야 한다. 전기 반입이나 사진 촬영이 절대 금지되어 있는 이 황량한 장소에서 열아홉 시간 동안 멀뚱멀뚱 있어야 하는 것이 이 작품의 감상 포인트. 실제로 번개가 치는 일은 거의 없다니 들판을 슥슥 지나가는 토끼나 여우의 소리에 깜짝깜짝 놀라거나, 별을 황망히 바라보거나, 해가 지고 뜰 때 이 알루미늄 기둥들의 변화를 관찰하는 일이 전부라는데 숙박비도 싸지 않다. 번개 칠 확률이 더 낮아지는 비수기에도 150달러. 예술은 독재고 사기야, 툴툴거리며 그런 데서 누가 자겠어? 나니까 자주지, 하면서 연락을 했는데 예약이 다음해까지 밀려 있다는 것. 원한다면 웨이팅 리스트에 올려주겠다니 감사할밖에. 다시 〈번개 들판〉에 갈 수 있는 날이 언제 또 올지. 이번엔 그냥 그 옆 동네라는 '파이 마을'에서 파이라도 먹으며 혹시 마주칠지도 모르는 〈번개 들판〉 감상자들을 기다려봐야 할지.

생일

2009. 11

평일 오후에 회전목마를 타러 온 사람은 주로 유모가 딸린 아이들이었다. 조금 쓸쓸한 감정으로 아이들과 함께 목마에 올랐다. 조악한 축음기 소리를 내며 목마가 돌아가기 시작하자 바로 행복해졌다. 바람에 머리를 날리며 〈라

라의 테마〉를 들으니 드라마틱한 생의 한가운데를 통과하는 느낌이었고, 〈오블라디 오블라다〉가 나올 땐 목마를 함께 타는 이 아이들과 내가 아직도 공유하는 게 있다는 기분에 사로잡혔다. 어느 쪽이든 기분이 좋았다. 2불짜리 행복, 더블로 하고 싶어 두 번 탔다. 생일이니까.

예전에는 십 메도에 자주 왔었다. 방금 끝낸 책의 한 구절이 생각났다. "저녁이 오기 전 투명한 빛이었다. 공원을 향해 난 천 개의 창문 위로 지는 해가 빛났다." 천 개의 창문 위로 지는 해가 빛나다(여기서 보면 빛나는 창문이 스무 개쯤 보이지만)…… 모든 빛나는 것이 아름다운 이유는 인류가 어둠을 두려워했기 때문이 아닐까. 어둠이 내리기 전 그 빛 속에서 사람들의 실루엣이 잠시 더 선명해졌다가 흐려진다.

얼마 전 기하학

2009. 12

얼마 전 미술평론가인 지인이 이런 내용으로 시작하는 글을 보냈다.

"원래 기하학은 홍수 등으로 지형이 심하게 변하는 땅의 면적과 그 소유권에 대한 시비를 없앨 목적에서 출발하였다. 땅의 형태는 계속 변하고 있으니 시비를 가릴 불변의 기준을 잡을 필요가 있었기에, 기하학이 성립되는 공간의 기준점이 끊임없이 변하는 땅, 그 자체가 될 수는 없었다. 땅Geo에서 출발하였으나 기하학의 운명은 처음부터 땅을 떠나야 했는지도 모른다."

여기서 기하학은 형태로, 땅은 삶 또는 현실이라는 말로 대체 가능하겠다. 글이나 그림에 부여되는 형태는 무질서하게 일어나는 삶과 현실에서 출발하지만 결국은 그들과 거리를 갖는다. 글이나 그림이 현실 속의 구체적 형태나 내러티브에 기반하더라도, 그 자체의 내재적인 형태와 질서에 의해 지배되기 때문. 자연과 인위라는 극단을 생각하면 그 거리는 더 굉장해진다. 심지어 일기나 자서전이라도 잘 쓴 글이라면 그 인물과는 별로 상관없는 것이 될 수 있다.

얼마 전 첼시에 갔다가 션 스컬리Sean Scully, 1945~의 그림을 보았다. 보기로 계획하지 않았던 전시였다. 볼 기회가 되면 보지만 일부러 찾아서 보지는 않는 작가였는데 그날 첼시에서 본 그림이 유독 머리에 남는다. 스컬리는 색이 다른 스트라이프나 사각형들을 대개 불규칙적으로 겹치며 그만의 기하학을 펼치는데, 벨라스케스의 팔레트(한 화가가 주로 쓰는 색채)를 연상시키는, 이번 전시의 색채는 위대한 문명처럼 화려하고 깊었다. 갤러리에서 유화 냄새를 맡으며 한참을 머물렀다. 평생 비슷한 형태를 변주하는 션 스컬리에게 기하학적 형태는 모란디에게 정물과도 같은 '모티프'였을 것이다. 그 자체로 현실이자 형태인, 형태이자 현실인.

앨리스 먼로 2009. 12

내가 어둠 속을 걸을 때 별을 보며 길을 찾아야 한다면, 그 별의 자리에 놓고 싶은 사람들이 몇 있다. 그중 하나가 앨리스 먼로Alice Ann Munro, 1931~이다. 신간 『Too much Happiness』가 나왔고, 출판사에 그녀 작품의 번역을 제안했다. 먼로를 제안한 것은 영화 〈어웨이 프롬 허Away From Her〉(먼로의 단편 「The Bear Came Over The Mountain」을 영화화했다) 이후 두번째인 듯하다.

먼로는 어디서나 찬사와 존경의 말밖에 듣지 않는 보기 드문 작가이지만 내가 그녀에게 특별한 관심을 갖게 된 것은 매우 사적인 이유에서였다. 그녀는 어디에선가 자신의 독서 습관에 대해 말했다. 대개 소설을 처음부터 끝까지 읽지 않는다고. 아무데서나 출발해서 앞으로 가거나 뒤로 가기도 한다고. 그 이야기에서 무슨 일이 일어났는지 궁금하지 않고, 다만 그 안에서 왔다갔다하며 자신의 시각을 변화시키는지, 어떻게 변화시키는지를 발견하려 한다고. 이 글을 읽는 순간 나는 내가 한 말을 읽은 줄 알았다(살다보면 누구나 이런 착각의 순간을 경험할 것이다. 그 순간부터 그 사람과 나는 어떤 보이지 않는, 그러나 유의미한 끈으로 이어진다). 그러니까 나의 독서 습관은 먼로의 묘사와 매우 흡사하다(하지만 나는 그녀가 정말로 그럴까 의심하곤 한다). 종종 내가 '자폐적'이라 묘사하는 나의 독서 습관은 극단적인 경우 단 한 줄에서 끝나는 경우도 있다. 어떤 한 줄을 읽고 심하게 실망하면, 또는 심하게 만족하면 책을 덮는다. 실망해서 덮은 책은 다시 읽지 않고, 만족해서 덮은 책은 다시 야금야금 손을 댄다. 내러티브나 플롯엔 애초부터 관심이 없었다. 그래서 처음부터 끝까지 읽는 책은 별로 없었고 내 침대 맡엔 언제나 읽다 만 책들이 수북했다. 다음 이야기가 못 견디게 궁금한 종류의 책들은 끝까지 읽게 되긴 하지만, 그런 책은 읽고도 남는 것이 없어 언제부터인가 아예 손을 대지 않는다. 내가 좋아하는 책이란 어디를 펴도 흥미롭게 읽을 수 있는 그런 책들이다. 나의 이러한 습관이 굳이 창피하진 않았지만 그렇다고 자랑스럽지도 않았는데, 언젠가부터 인정하게 되었다. 어쩌겠어, 일종의 난독증이야. 내러티브 결핍 증후군. 아니, 넌 그냥 그런 둔재야. 그런데 먼로의 글을 읽고, 그녀의 말을 전적으로 믿는 건 아니지만, 무척 반갑고 고마웠다. 하긴 먼로도 그런 습관 때문에 단편소설에만 몰두했는지 모를 일이다.

실제로 내가 처음부터 끝까지 읽는 건 주로 단편소설이다. 단편소설은 내러티브가 별로 없는 경우가 많아서 내 취향이다. 먼로의 소설들은 처음에 읽기 쉽지 않았다. 영어로 읽는 것이 익숙지 않을 무렵 가뜩이나 짤막한 주의력을 더 짤막하게 만들었기 때문이다. 그후로 기회가 생길 때마다 들추어 보면서 그녀의 문장이 무척 평이하고 건조하며, 스타일 같은 건 거의 느껴지지 않는다는 걸 알게 되었다. '특징 없는' 문장들이었다. 대개 소설은 클라이맥스, 즉 이야기의 오르막에서 정서가 폭발하며 독자들을 사로잡는다. 먼로가 독자들을 사로잡는 것은 그냥 시골길 같은 평지에서다. 보통으로 쓰인 듯한 글에서, 아무 일도 일어날 것 같지 않은 장면에서 사람을 갑자기 놀라게, 황망하게 한다. 사건이 엄청나서 놀라는 것이 아니라 무언가 생각지 못했던 사실을 발견하게 되어 놀라는 것이다. 캐나다 온타리오 주 시골에서 주부를 가장하고 사는 먼로는 일종의 잔인한 천사이거나, 진짜로 차가운 별 같은 것임이 틀림없다.

자유, 거스턴 2010. 1

이 세상 아티스트의 업무 중 하나는 우리의 도덕적 삶을 섬세하게 하는 것. 그런 대표적인 케이스가 바로 필립 거스턴48페이지 참조. 어쩌면 예수가 우리의 죄를 지고 십자가에 못 박힌 것처럼, 세상에서 가장 나쁜 놈들이라는 KKK의 흰 자루를 뒤집어쓴 자신의 모습을 그렸다. 우스꽝스럽고, 불온하고, 답답하고, 다소 애처로운 형태로 아주 나쁜 놈이 된 것이다. 그가 전에도 이런 흉흉한 이미지를 그린 적이 있지만 이 새로운 자화상은 아무래도 그가 즐겨 읽었던 이사크 바벨의 영향을 받았을 공산이 크다. 바벨은 언젠가 이렇게 말했다.

"동지들, 우리 솔직해집시다. 이건 매우 중요한 권리입니다. 글을 잘못badly 쓸 권리! 그걸 우리에게 앗아가는 것은 사소한 일이 아닙니다. 이 권리를 포기한다면 그때는 하느님, 우리를 도우소서! 하느님마저 없다면, 나도 알 수 없습니다. 스스로 돕는 수밖에."

절절하게 우아한 추상화를 그리던 거스턴이 갑자기 이런 그림을 그리자 미술계에선 한바탕 난리가 났었다. 특히 그가 어울리던 서클이 추상표현주의자들이었으니 말할 필요도 없다. 화가건 비평가건 할 것 없이 그의 그림을 비난했다. 순수한 추상 외의 것들은 불순하다고 생각하던, 특히 팝아트는 죄악이라고 생각하던 그들이었다. 구상의 이미지를, 그것도 팝아트식으로 만화에서 온 듯한 이미지를, '더러운' 색깔을 사용해 조악하게 그렸으니 모두가 경악하고 만 것이다. 거스턴은 잘나가던 그의 커리어를 다 집어던지

Philip Guston, *Untitled(Rome)*, oil on canvas, 1971

고, 진짜로, 실제로, '배드 가이bad guy'가 되었던 것이다.

이번 맥키 갤러리McKee Gallery의 거스턴 전시가 매력적이었던 것은 책에서 보던 이 사진 속 작품들이 대거 전시되었기 때문이었다. 1968년 이 사진

은 1966년부터 시작된 그의 작품의 '급작스런' 변화를 고스란히 담았다. 그 때, 그의 집. 전화도 끊고, 잠도 안 자고 일하던 그 당시 공기를 담은 바로 그 사진. 이번 전시엔 그때 벽에 걸려 있던 책도 있고, 구두도 있고, 컵도 있고, 담배도 있고, 후드도 있었다.

거스턴의 이 변화를 알아준 사람은 몇 되지 않는다. 그 가운데 드 쿠닝의 반응은 거의 신화가 되었다. 그는 이렇게 말했다. "왜 다들 당신이 정치적인 그림을 그린다고 불평하고 난리들이지? 당신의 진짜 주제는 자유인데 말이야. 자유로워지는 것, 그게 아티스트의 첫번째 의무 아닌가?" 인간에게 중요한 도덕은 '나쁜' 짓을 하지 않는 금기에 관한 것이 아니라 원더풀한 파격을 행하는 자유 속에 놓인다.

간만에 자전거 2010. 1

마지막으로 자전거를 탄 것이 언제였던가. 오후 4시, 쏟아지는 졸음을 커피로 달래는 대신 밖에 나가기로 했다. 날씨도 조금 풀렸겠다, 오늘 저녁 약속도 취소되었겠다, 요즘 안 아픈 사람이 없다. 만나기로 한 친구들 중 한 명이 식중독으로 새벽 2시에 일어나 토하고 6시에 일어나 다시 토했단다. 다른 친구 한 명에게 이메일로 알리고, 못 만나, 내주에 만나, 했는데 별로 친하지 않은 그 친구가 문득 보고 싶다는 생각이 들었다. 그 사람에게 처음 든 감정. 그러고 보면 참으로 원더풀한 감정이다. 눈앞에 없는데 아른아른하는 상태.

일레인 스카리가 『아름다움에 관하여』라는 책에서 그랬었다. 인간에겐 아름다운 것을 재현하고자 하는 본능이 있다고. 미인을 자꾸 쳐다보게 되는 것도 그런 본능의 결과라고. 누군가 보고픈 건 그와의 만남이 아름다워 그 만남을 재현하고 싶은 것일까. 어쨌든 보고 싶다 썼더니, 저도 보고 싶단다.

자전거를 끌고 나갔다. 날씨가 쌀쌀해진 이후로 거들떠보지도 않았었다. 평소보다 크게 느껴지는 자전거를 타고 내가 가장 좋아하는 길을 달리기로 했다. 집에서 와이트 애버뉴를 따라 다섯 블록쯤 올라가 좌회전하면 이런 뷰가 나온다. 엠파이어도, 크라이슬러도 보인다. 그 중간에 버티고 있는 물탱크도 무시 못한다. 다 재현하고프다. 매일 이쯤만 오면 아차, 하는데 오늘은 다행히도 가방 속에 카메라가 있다. 새로 산 카메라. 조그만 게 꽤 광각이라 기특하다. 렌즈도 샤프하고. 내가 좋아하는 길, 아름다움. 드디어 이렇게 재현했다.

내가 소중히 여기는 다니자키 준이치로Tanizaki Junichiro, 1886~1965의 책. 검색해보니 한국에는 『음예공간예찬』으로, 다른 에세이와 함께 묶여 『그늘에 대하여』라고 나온 적이 있는 것 같다. '음예'와 '그늘'이라는 단어가 아름답다. 누가 그랬던가. "해는 절대 모를 것. 언젠가 벽에 그 몸을 떨어뜨리기 전까지." 이 책을 읽은 건 거의 10년 전쯤인 듯한데, 며칠 전 다시 집어들었다. 이 책의 존재는 언제나 기억하고 있다. 나의 내부의 스위치를 끄는 미적 태도를 배우게 한 책이기에. 무언가를 감상할 때, 어떤 식으로 존재하길 원할 때, 내 안에 있는 디머 스위치dimmer switch를 조용히 내릴 것을 가르쳐준 책이다.

다시 읽어보니 이 책이 바로 취향에 관한 책이었다. 음예, 그늘이라는 렌즈를 통해 문화 전반을 들여다본 것이다. 자본주의에 순응하기보단 오히려 '급진적' 인 성격을 갖는(물론 서양 문화 유입에 시비를 거는 다니자키의 목소리는 국수주의적이다. 하지만 지금 나의 시선으로 볼 때, 기존의 문화, 기득권을 뒤엎는 생각을 제시하는 측면에선 급진적으로 들린다). 한국은 '무소유' 나 '일체유심' 을 부르짖는 불교적 전통 때문에 미적인 판단에 대한 거부감이 항상 존재했다. '몸' 보다 '정신' 을 '색' 보다 '공' 을, '유' 보다 '무' 를 은근히 위에 두는 경향은 문화적으로는 득보다 실을 가져왔다. 그런 경향은 위선으로 흐를 가능성이 높고, 사회질서 유지에는 도움이 될지 몰라도 예술에선 그렇지 못하다. 예술에 있어서는 억압이나 위선적인 태도야말로 취약이기 때문이다. 인간의 심미적 불만족, 까다로운 욕망이 인정되지 않는 곳에서 무슨 예술이 있을 것인가. 우스운 것은 한국 사회가 돈과 지위를 드러내는 취향에 대해선 매우 수용적인 반면, 개인의 '변태성'을 드러내는 취향(그러니까 '변태적'으로 용감한)만 유독 억압이 되어왔다는 점이다. 동아시아 세 나라 중 교조적인 종교의 영향을 가장 적게 받은 일본은 개인의 '변태성'이나 차별적 시각에 대해 수용적이었다. 일찍이 다니자키에게서 이런 미학이 나올 수 있었기에 후대에 일본에서 훌륭한 건축가들이 많이 성장할 수 있었을 것이다.

다니자키가 1936년에서 1943년까지 살았다는 이 집이 그 집은 아닌 듯하지만, 「음예예찬」이란 에세이는 그가 집을 지어본 경험에서 크게 영감을 받은 것이 분명하다. 자기의 입맛에 맞는 완벽한 집을 지을 수 없었던 답답함에서 말이다. 그가 이 책을 통해 해낸 일본 전통 '변소'의 묘사는 그야말로 압권이다. 변소 가는 즐거움에 대해서 쓰는 것 자체가 변태적이고, 그 아름다움에 대한 섬세하고 까탈스러운 태도 또한 그렇다. 나쓰메 소세키 또한 "생리 현상을 경험하는 축복"으로 느꼈다는 변소 가는 즐거움. 이런 변소의 전제 조건은 어스름할 정도로 어둡고, 완벽하게 깨끗하고, 모기 소리가 들릴 정도로 조용해야 한다고. 안채와 떨어져 있는 이런 변소에서야말로 고요해야 들리는 곤충의 울음소리와 나뭇잎에 듣는 빗방울 소리를 감상하며 계절의 변화를 느낄 수 있다고 했다. 그러면서 추운 겨울 변소에 가는 고충에 대해서도 잠깐 언급하지만 바로 이런 시적인 반박을 한다. 시인 사이토 료쿠는 "우아함은 차다"라고 했다면서, 오히려 서양식 화장실의 온기가 얼마나 불쾌한지 불평한다. 집안에 있는 화장실 가는 것조차 몸을 움츠리게 되는 나, 어느 겨울밤 소파에 웅크리고 이 책을 읽다가 키득키득 웃고 말았다. 추위를 싫어하는 나는 우아함과는 거리가 멀겠구나. 하지만 한편으론 내 몸이 차서 그런 것이니 우아함 자체로 봐주어도 되는 것 아니야, 하면서 또 한 번 키득키득. 이래저래 계절의 그늘, 겨울에 어울리는 책이다.

그림과 그림자 2010. 1

애초에 그림자 생각을 하게 된 건 요즘 휘말리게 된 '어둑함'에 관한 생각때문이었다. 이름도 라틴어로 '달'인 사람의 맛난 글을 읽다가 영어 단어 shadow에 대해 생각하게 되었고, 내가 갖고 있는 『그림자의 짧은 역사A Short History of the Shadow』를 들여다보게 되었다. 그리고 아래 그림에 시선이 멈추었다. 언젠가 본 기억이 난다 했더니 보스턴 미술관Boston Museum of Fine Arts에 있다고 써 있다. 거기서 봤을 수 있다. 1872년 윌리엄 리머William Rimmer, 1816~1879라는 사람이 그린 〈도주와 추격〉. 호기심이 생기는 그림이다. 그림 전경에서 뛰어가는 남자는 도망자일까 추격자일까? 그의 뒤에 그림자가 보이긴 하는데 달려오는 사람 같지 않고, 또 뛰어가는 남자는 도망가기보다 누군가를 쫓아가는 것 같다. 아니, 들여다볼수록 알 수가 없다. 그런데 뒤쪽으로 뛰어가는 사람이 또하나 있다. 사람인가 싶었지만 자세히 보면 약간 투명하다. 칼 같은 걸 손에 들고 머리까지 드레이퍼리를 뒤집어쓰고 있다. 자세로만 보면 오히려 이 유령이 도망하고 있는 것 같다. 뛰고 있는 이 유령은 다른 그림자를 통과시키고 있을 뿐 아니라 자기도 그림자를 드리운다. 그런데 shadow의 의미 중엔 분명 유령이란 뜻도 있다.

방에서 방으로 이어지는 입구가 끝없이 계속되고 있음이 보이는 이 그림은 애초부터 '돌고 도는' 구조로 구상이 된 듯하다. 제목부터 〈도주와 추격〉인데 누가 누굴 쫓고 있는지 애매할 뿐 아니라 우리를 쫓아와야 할 그림자를 우리가 쫓고 있는 게 아닌가 하는 듯한 인상을 주기 때문이다. 엊그제 기본 케이블에서 해주는 〈본 얼티메이텀The Bourne Ultimatum〉을 부분적으로 다시 보았다. '본 시리즈'는 내가 점수를 많이 준 액션 영화인데, 그중에서도 이 영화 속 역에서의 도주 장면은 최근 액션 영화 시퀀스 중 가장 뛰어나

William Rimmer, *Flight and Pursuit*, oil on canvas, 1872

지 않은가 싶다. 스스슥 스스슥 사람 사이에서 보였다 안 보였다 나타났다 사라졌다 하는 그 안타깝고 아스라한 느낌. 그 느낌이 바로 이 그림을 닮았다는 생각이 문득 들었다. 표정도 없는 제이슨 본이 온갖 말도 안 되는 고생을 하면서 쫓아가는 건 결국 자기의 기억인데(기억이야말로 결국 그림자 같

은 것?), 그가 천신만고 끝에 찾은 기억 속에는 대단하게 기억할 만한 '자기'가 없었다는 건 허탈한 동시에 강한 설득력이 있다. 그 자신이 그가 그렇게 도망치던, 자기를 죽이겠다고 쫓아오던 적들과 크게 다르지 않은 존재였다는 사실은 그림 속의 뺑뺑 도는, 속이 텅 빈 추격전을 연상시킨다.

플리니 장로는 『자연사』에서 그림의 시작은 사람 그림자의 윤곽선을 그리는 것으로부터 시작되었다고 하였다. 현실보다 오래가는 현실의 재현, 그림이 그림자에서 시작되었다는 건 아이러니하다. 그러고 보면 어차피 아스라하게 쫓고 쫓기는 관계가 아닐까. 이미지가 현실을 쫓아가고 다시 현실이 이미지를 쫓아가고 영감이 고개를 내밀었다 사라지고 또 고개를 내밀고…… 잡힐 듯 말 듯 그림자를 쫓는 듯한 느낌은 내가 세상에 관해 갖고 있는 중요한 정서 중 하나이다.

소호 밤길

2010. 1

오랜만에 저녁 먹으러 나가는 길. 소호는 사실 몇 개의 길만을 제외하면 인적이 드문 곳이다. 밤이면 더욱 한적해진다. 한적하다못해 황량한 느낌까지 드는데 밤에 이 으슥한 길들을 걸어다니면 언제나 추억처럼 되어버린 이 길들 자체의 이미지가 동시에 떠오른다. 어두운 길과 그 모퉁이를 빠르게 걸어다니던 어떤 느낌과 이미지가 되살아나는 것이다. 저녁식사 후 약간의 취기, 친구들과의 만남, 기다림, 한 음식점에서 다른 음식점으로 가는 길, 겨울, 어

떤 장면들…… 구체적인 일화가 아니라 구체적인 일화 주변의 느낌과 분위기랄까. 그러니까 이 어두운 길들은 언제나 기억과 함께 경험하는 셈인데 생각해보면 이건 좀 특이하다. 그렇게 자주 오지 않아서 그런가도 싶지만, 오는 빈도수로 따지면 예를 들어 센트럴파크에 가는 것과 비슷하다. 그런데 센트럴파크는 어떤 기억이 활발하게 되살아나기보다 새롭게 탐험하는 느낌이 크지 않은가. 어두움과 관련된 어떤 현상인지 확실치 않다.

파슬리 **2010. 1**

겨울이라 모든 게 엉망이다. 몸을 웅크리게 되어 그런지 내가 추구하던 '날숨적' 생활에도 지장이 크다. '날숨적' 생활이란 '들숨'보다 '날숨'에 신경

쓰는 태도를 말하는데(이리 말하니 거창하게 들리지만) 어차피 잘하는 '들숨' 보다 특별히 신경을 쓰지 않으면 잘 안 되는 '날숨적' 인 것에 더 주의를 두는 것이다. 여기엔 신선한 채소와 과일처럼 몸을 깨끗하게 씻어주는 음식들을 즐겨 먹는 것도 포함된다. 그런데 겨울엔 이 일에 지장이 많다. 일단 채소가 별로 안 당기고 운동도 하기 싫고 들숨이고 날숨이고 숨쉬기조차 귀찮으니 그냥 동면이나 하면 좋을 것을.

실제로 반쯤 동면하고 있는지도 모르겠지만 먹기는 또 먹어야 한다. 원래 점심은 가볍게 하는 편인데 엊그제는 웬일로 점심으로 쌀이 먹고 싶었고, 귀찮게도 생전 안 먹고 싶던 김치볶음밥이 먹고 싶어졌다. 그래, 만들자. 먹고 싶은 거 있을 때 먹어야지. 채소를 많이 넣고, 특히 '날숨적' 허브 파슬리를 잔뜩 넣고.

주로 접시를 장식하는 데 쓰이는 파슬리는(전통적으로 왼편에 놓는다는데) 내가 냉장고에 떨어뜨리지 않는 허브이다. 언제나 한 단씩 사다놓고 아무데나 넣어서 먹는다. 샐러드에도 넣고, 이렇게 볶음밥에도 넣고, 파스타에도 넣고 얼마 전엔 간장을 넣어 만든 오징어 볶음에 듬뿍 넣었더니 맛이 좋았다. 파슬리는 남유럽 지중해 근처에서 비롯되었고, 고대엔 음식보다 약으로 쓰였다고 한다. 고대 로마에선 이뇨 작용을 촉진하는 약으로 썼다니까 디톡스에 좋다는 소문이 근거가 있다.

'지루하고 싸구려 같은' 생각은 노력 안 해도 쉽게 머릿속을 파고든다. 그래서 훌륭한 사람들은 언제나 우리에게 조언한다. 좋은 책을 읽고 좋은 생각을 하려무나. 음식도 마찬가지. 몸을 처지게 하는 '지친' 음식들은 쉽게 들어간다. 몸에 기운을 주는 신선하고 생생한 음식은 준비하기도 힘들고 때로 먹기도 쉽지 않다. 하지만 신선한 채소와 허브가 주는 감각적인 즐거움이란! 게으르고 둔해진 코에 파슬리를 갖다대니 정신이 번쩍 든다. 언젠가 들었던, 사랑에 빠진 사람은 파슬리를 칼로 썰지 말라는 말이 또 생각나서, 사랑 없는 사람처럼 퍽퍽 칼로 써는 게 무정할까 한 잎 한 잎 손으로 따면서 긴긴 겨울의 한토막이 그렇게, 조금 흘러갔다.

착한 사람 호세 2010. 2

대부분의 사람들이 얘기할 상대가 없다는 걸 난 알고 있었다. 자신의 얘기를 진지하게 들어줄 사람 말이다. 결국 자기가 하는 일에 대한 얘기를 들어줄 상대가 나타났을 때 그 얼굴에 번지는 표정은 정말 볼만하다. 그렇다고 오해는 하지 마시길. 나는 사람들을 기쁘게 해주기 위해 휘파람을 불며 다니는 착한 사람 호세 페레 같은 종류는 아니다. 그런 착한 사람들은 실제로 남의 얘기를 듣고 싶어하지 않고, 나처럼 이기적이지도 않다. 그들은 그냥 착해서 죽도록 지겨워하면서도 얘기를 들어주고, 얘기를 하는 사람들도 그렇게 신나지만은 않는다. 마음씨 착한 호세가 할머니를 기쁘게 하는 장면에서 나는 절망에 빠진 두 사람을 본다. 우리 어머니는 자주 나에게 이기적으로 살지 말라고 했지만 나는 그 조언에 대해 무척 회의적이다. 아니, 나는 이기적이기 때문에 이기적이지 않다.

—워커 퍼시Walker Percy, 『영화광The moviegoer』

살다보면 실제로 자신이 착하다고 생각하는 사람들을 만나게 된다. 자기

입으로 자기가 착하다는 말을 정말로(!) 하는 사람들이 상당수 되는 것이다. 이 말을 듣는 순간 나는 회의에 빠질 수밖에 없다. 스스로 착하다는 생각이 드는 순간은 도대체 언제일까? 대개 그러한 순간은 자신이 상대방을 위해 양보하거나 손해를 감수하거나 희생을 하고 있다고 생각할 때일 것이다. 착한 사람 호세처럼 남이 하는 듣기 싫은 말도 지겨워하면서 들어주는 것이다. 그러곤 스스로 자신이 착한 일을 했다고 생각하는 것이다. 만약 그 일이 실제로 즐거웠다면 상대방에게 고마워할 일이지 스스로를 착하다 생각하진 않을 것이다. 따라서 타인에게 진지한 관심을 기울이는 데 실패하는 이러한 텅 빈 제스처를 반복한다면, 그건 자신의 '셀프 이미지'를 위한 서비스일 뿐이다. 일종의 허약한 나르시시즘인데 안타까운 것은 자신이 착하다고 생각하는 사람들은 대개 자신이 피해자라는 생각에 빠지게 된다는 것이다.

Originality vs Authenticity

2010. 2

독일에서 첫 소설을 내고 표절 시비에 말려든 열일곱 살의 저자 헬렌 헤게만이 이런 말을 했단다. "There' s no such thing as originality anyway, just authenticity." 좀 뻔뻔하다는 생각이 안 드는 건 아니지만 표절 시비에 말린 저자가 생각해낼 수 있는, 어쩌면 최고의 발언인지도 모르겠다. 예술계에선 언제나 'originality' 즉 독창성에 대한 논의가 있다. 흔히 어떤 작가들을 두고 '독창적'이라 말하지만, 에즈라 파운드가 언젠가 말했듯 "완벽한 독창성이란, 물론, 있을 수 없다". 단어의 의미를 엄격하게 생각해서 나에게서 'origin'한 건 없다는 뜻이다. 어떤 예술작품이 아무리 새로운 것 같아도 그건 오래오래 계속되는 기나긴 대화의 일부이다. 예를 들어 잭슨 폴록이 정말 황당하게 독창적인 걸 그려낸 것 같지만 초현실주의 없이 잭슨 폴록은 가능하지 않았을 것이다.

그렇다면 'authenticity'란 무얼까. 안 그래도 얼마 전에 authenticity라는 단어의 가장 알맞은 번역어가 무엇일까 고민한 적이 있는데, 읽던 그 책에선 '진정성'이라 했었다. authentic이라는 단어는 예를 들어 어떤 골동품이 진품일 때 쓰는 말이다. 그러니까 가짜가 아닌 진짜라는 의미를 갖는다. 일상생활에서 "He is authentic"이라는 말은 "He is original"이라는 말과 크게 다르지 않은 의미를 갖는다. 이건 꼭 예술가에게만 쓰는 말은 아니고, 어떤 사람의 말이나 행동이 타인의 시선이나 관습에 좌지우지되지 않고 소신에 의거한 경우를 두고 하는 말이다. 즉 남의 생각을 빌리지 않고 자신만의 생각을 하는, 다른 어느 누구도 아닌 유일무이한 자기 자신으로 존재한다는 의미를 지니므로 '독창성'과도 통하는 것이다. 번역어인 '진정성'이 썩 내키지 않았던 건 진정하다는 말은 거짓이 없이 솔직하다는 의미에 더 가깝다는 생각이 들었기 때문이었다. 타인과 구별되는 개인의 고유성이란 솔직함과 관련이 있지만, 겹치지 않는 부분도 있다. 단어의 번역이 어려운 건 일반적으로 한국 사회에 그런 콘셉트 자체가 없어서이고 그럴 때는 어떤 단어를 사용해도 어색한 건 매한가지다. 자신만의 생각을 가진 사람을 두고 한국어로는 아마 "그는 참 특이한 사람이야" "그는 괴짜야"라고 표현하는 경우가 많지, "그는 진정해" 또는 "그는 독창적이야"라고는 잘 표현하지 않기 때문이다.

미국의 시인 W. H. 오든은 이런 말을 했다. “어떤 작가들은 때로 authenticity와 originality를 혼동하는데, authenticity야말로 언제나 추구해야 하는 것이지만 originality에 대해선 생각할 필요조차 없다.” 오든의 말은 두 가지로 생각할 수 있을 듯하다. 독창성이라는 건 엄격한 의미에서 불가능하니 그런 건 잊어버리고 자기 자신이 되라는 얘기, 또는 독창성이라는 것은 추구한다고 얻어지는 게 아니고, 다른 누구도 아닌 자기 자신에게 진실하고 충실하다보면 저절로 따라오는 거란 얘기. 결론은 어차피 같다. 그 누구도 아닌 자기 자신이 되어라.

헬렌 헤게만은 또한 자기 작품은 “표절이 아니라 믹싱mixing”이라고 했다는데, 믹싱 또한 저작권 문제가 대두될 때 자주 사용되는 단어다. 남의 것을 갖다가 섞는 기법을 썼다고 해서 자기 자신에게 진실하고 충실한 authenticity는 어디 가지 않는다는 얘기인데 이런 경우는 그 기법이 변명이 아닌, 하나의 문학적인 기법으로서 얼마나 형식적인 새로움을 갖느냐를 판단해야 할 것이다. 남의 것들을 대충 버무리는 게 아닌, 이 세상에 둘도 없는 자기 자신이 되게 하는 것은 쉬운 일이 아니고, 변명은 아무리 독창적이어도 변명일 뿐이다.

모피를 입은 비너스 **2010. 2**

뉴욕타임스에서 기사를 읽은 〈모피를 입은 비너스Venus in Fur〉를 보러 갔

클래식 스테이지 컴퍼니 극장 입구

다. 마광수 선생님의 수업을 들을 때 읽은 책이었고, 데이비드 이브가 썼다고 하고, 〈아메리칸 뷰티〉에 나왔던 웨스 벤틀리가 나온다고 했다(그 가슴 미어지게 아름답던 소년!). 이스트빌리지 13번가에 있는 '클래식 스테이지 컴퍼니'라는 작고 명망 있는 극장이었다.

연극은 대성공이었다. 연극을 좋아하는 큰 이유가 위트 있고 종종 코믹한 대사 덕분인데, 데이비드 이브의 대사도 좋았지만 코믹함을 타이밍 정확하게 전달한 배우들도 대단했다. 이렇게 웃으며 연극을 즐긴 것도 오랜만이었다. 특히 여배우 역을 한 니나 아리안다는 대사 전달의 정교함, 폭발력을 모두 갖춘 배우였고, 웨스 벤틀리도 그 강렬하고 깊은 눈빛을 내뿜으며 멋지게 연기했다. 연극 속에서 웨스 벤틀리는 자허마조흐의 소설 『모피를 입은 비너스』를 각색하고 있는 극작가이자 연출가 토마스 역을 맡았고, 상대역은 그의 오디션에 온 여배우 반다였다. 이 둘 사이에 벌어지는 힘싸움을 바짝 바짝 조여드는 긴장감 넘치는 대사 속에서 즐길 수 있었다. 결정적으로 엔딩이 맘에 안 들었지만 그게 요즘 시대에 걸맞지, 하는 생각이 들었다.

나는 연극 제목에 맞춘다고 싸구려 모피 코트까지 입고 가는 요란을 떨었는데 나오다가 웨스 벤틀리와 니나 아리안다가 함께 담배를 피우고 있는 걸 보았다. 그들에게 다가가 말을 걸고 함께 사진도 찍었으니 브로드웨이였다면 도저히 일어나기 힘든 일이었을 것이다. 웨스 벤틀리는 〈아메리칸 뷰티〉 이후에 힘든 시기를 겪었던 배우다. 영화가 대히트를 친 후 알코올과 약물 중독으로 오래 고생했던 것. 내가 본 그의 얼굴은 유명한 할리우드 스타의 그것도 헤로인 중독의 그것도 아니었다. 송곳으로 찌르듯 집중된 눈빛을 가진, 한 사람의 청년이었다. 뉴욕 시내를 걷다가 우연히 마주칠 법한. 그는 뉴욕타임스와 인터뷰에서 자신의 약물 중독 경험에 대해 말했다. 그러곤 살바도르 달리가 한 말을 인용했다. 사람들이 달리에게 당신의 작품을 보면 꼭 약을 했을 것 같다고 했더니 달리가 그랬단다. "나는 마약을 할 필요가 없어요. 내가 마약이거든요."

다운힐 레이서

2010. 2

동계 올림픽도 기념할 겸, 제임스 설터가 극본을 쓴 영화 〈다운힐 레이서 Downhill Racer〉(1969)를 보았다. 설터 특유의 멋진 대사를 기대했지만 그보단 로버트 레드포드의 매력이 두드러지는 영화였다. 실제로 그의 영화였다.

그가 기획했고, 출연했고, 설터를 기용한 것도 그였고, 설터와 함께 다니며 캐릭터를 만들었고, 감독도 그가 선택했다. 처음엔 로만 폴란스키가 하기로 되어 있었으나 당시 〈로즈메리의 아기Rosemary's Baby〉 제의가 들어와 도중하차했다(실제로 이 영화에 레드포드도 남편 역할로 함께 제의를 받았다고. 하지만 〈다운힐 레이서〉 때문에 거절했단다). 폴란스키가 이 영화를 만들었으면 상당히 다른 영화가 되었을 텐데, 궁금해진다.

말했듯 로버트 레드포드가 인상적이었다. '올드 아메리칸'의 외모와 캐릭터가 알프스의 눈만큼이나 머리를 시원하게 했다. 젊음에 영악함보단 예민함이란 것이 두드러졌을 시절, 말이 없고 좀 시건방진 아웃사이더 역할이었다. 애초의 콘셉트가 서부 영화 〈하이눈〉과 다르지 않았다. 다른 이의 자리를 대신하기 위해 외부에서 온 '뉴페이스'가 그 동네 인물 중 인물이 된다는 설정에서. 미국이 유럽에 열등감이 컸을 무렵이고 스키는 그때까지만 해도 유럽의 스포츠라 해도 과언이 아니었다. 여기에 시골 촌놈 레드포드가 재능으로, 캐릭터로 그 스포츠의 승자가 된다는 건 다분히 미국적인 설정이나, 그 설정을 제법 스타일 있게 소화했다. 미국의 전형적인 스포티한 룩이나 무뚝뚝한 농부의 아들 캐릭터를 그만큼 멋지게 표현하기도 힘들 것이다.

기억할 만한 대사는 둘 정도. 농부인 아버지가 왜 스키를 타느냐고 질문하자 아들이 "유명해질 수 있잖아요. 챔피언이 될 수 있고요"라고 대답하니, 아버지는 "세상은 이미 그런 이들로 꽉 찼다"고 한 대답. 명예나 최고의 자리는 그 자체로 목표가 될 수 없다는 옛날 미국인의 올곧음과 우직함을 보여주는 순간이었다.

또, 레드포드의 친구가 사고로 누워 있는 병상에서 스포츠의 정의가 뭐냐는 얘기에 코치가 "끝없이 희생하는 것"이라고 한 대답. 가장 개인적인 이유로 경기를 할 것 같은 경주자에게 '희생'이라는 단어를 얹은 것이 놀라웠다. 그러고 보면 온 인류가 관심 있는 '더 빠름' '더 강함'이라는 추상적 목표에 운동선수들은 엄청난 시간과 노력을 바치고, 다치고, 심지어 목숨까지 잃기도 한다. 이번 올림픽에서도 비극이 있었지만 한편으론 신체적인 부상뿐 아니라 그들이 때론 자신들도 모르게 희생하고 있는 것, 잃고 있는 것이 무엇일까도 생각해보게 된다.

팜 코트 2010. 3

며칠 전 한국에서 온 지인과 칼라일 호텔에서 애프터눈 티를 했다. 뉴욕의 은행에서 일한다는 지인의 친구가 어퍼이스트사이드에 살았고, 지인과 나는 메트에 들렀다가 칼라일로 건너왔다. 오랜만의 호사였다. 내가 선호하고 즐기는 종류의 호사는 아니었지만(애프터눈 티는 지나치게 영국 귀족풍인데다가 빵 종류의 음식 양이 많다) 나름의 즐거움이 있다. 이 즐거움은 언제나 온몸을 열어 향유한다. 입에서 살살 녹는 파테를 빵에 바르고, 은제 티스푼으로 홍차를 젓고…… 결국 음식이 많이 남아 아까웠지만 이 럭셔리 레이디들은 별로 개의치 않았다.

택시를 타고 5번가를 따라 내려갔다. 오른쪽으로 호텔+럭셔리 콘도로 개보수를 끝낸 플라자 호텔이 보였다. 지인이 "거기 새로 생긴 지하 몰은 별로라며?" 한다. 칼라일이 우디 앨런의 재즈 연주로 유명하다면 플라자는 스콧 피츠제럴드와 트루먼 카포티로 유명하다. 피츠제럴드는 『위대한 개츠비The Great Gatsby』 속에 이 호텔을 등장시켰고, 트루먼 카포티는 『인 콜드 블러드 In cold blood』를 이 호텔에서 지내며 끝냈다. 카포티는 책이 성공하자 여기서 유명하고도 악명 높은 '화이트앤블랙 볼' 파티를 열었다.

플라자 호텔의 팜 코트가 다시 개보수한다는 소식을 읽었다. 팜 코트는 제임스 설터의 『어젯밤Last Night』에 등장하는 뉴욕의 명소. 나도 아마 팜 코트를 보긴 했을 테지만 애프터눈 티를 해보진 못했고, 역시 플라자 호텔의 명소였던 오크 룸에서 굴을 먹었던 것은 기억난다. 플라자 호텔이 오랜 기간 개보수를 마치고 럭셔리 콘도로 다시 개장을 하면서 팜 코트도 함께 문을 열었는데 오래지 않아 문을 닫고 말았다. 애프터눈 티의 가격이 포시즌스보다 20달러나 비쌌고, 분위기도 별로였다는 게 사람들의 평이다. 4월에 다시 문을 연다는데 설터의 이야기 속 옛 연인들이 만날 때와는 사뭇 달라진 모습이겠지만, 여전히 그곳에서 누군가를 만날 기대감에 설레어 하며 5번가를 걸어올라가는 사람들은 사라지지 않게 되었다.

뉴욕의 젊은 시절 2010. 5

PS1 컨템포러리 아트 센터지금은 MoMA PS1으로 이름이 바뀌었다에서 〈그레이터 뉴욕〉 전시가 오픈한다기에 잠시 만사를 제쳐놓고 롱아일랜드시티로 건너갔다. 온갖 아티스트들이 놀러오는 곳, 나에겐 뉴욕의 젊은 시절이다.

중국계 캐나다 작가 테렌스 코Terence Koh, 1977~의 퍼포먼스가 내가 염두에 두었던 이벤트. 알 수 없는 이미지들을 슬라이드로 크게 보여주며 뭔가 쉴새없이 말하는 것이 퍼포먼스의 내용이었다. 그런데 그가 하는 말은 하나도 알아들을 수가 없는 말이었다. 사람들이 모여 있고 뭔가 진지한 이야기를 하는 듯한 시늉을 하니 의사소통을 하고 있다는 착각에 빠졌지만, 실제로 그가 한 시간 동안 쉬지 않고 떠들던 것은 지구상에 없는 '지버리시gibberish' 언어였다. 그러니까 말이 안 되는, 말을 닮은 소리였던 것이다. 생각해보면 뭐, 그리 낯선 상황만도 아니었지만, 밀가루를 뒤집어쓴 귀신처럼 온통 하얗게 분장을 하고 의미 없는 말들을 쏟아내는 그는 약간 무섭기도 하고 우습기도 했다.

공간에도 결이 있을까? 어느새 길게 한 조각 두 조각 떨어지는 기억처럼, 결결이 방을 수직으로 가로지르는 마스킹테이프. 언제나 글자에 매료되는 나. 또 한참 들여다보고 있었다. 전시대만 세워놓은 방도 있었다. 최근에 LA 컨템

퍼러리 미술관The Museum of Contemporary Art 관장이 된 제프리 다이치도 왔다. 언제나 뉴욕의 젊은 시절, 예술적 시절. 당분간 굿바이.

미스터리

2010. 5

얼마 전에 놀란 사실이 있다. 어떤 사람을 만났는데, 멀쩡한 사람이었다. 정말로, 매우 멀쩡했다. 얼굴도 괜찮고, 돈도 잘 벌고, 말도 잘하고. 그런데 뭔가 이상했다. 도무지 시간을 같이 보내고픈 생각이 들지 않았다. 도대체 그게 뭘까 생각했다. 그러다 얼마 안 가서 퍼뜩 깨달았다. 아, 미스터리가 없구나. 마치 코나 눈 한쪽이 없는 것처럼 그건 명백한 사실이었다. 어딘지 알 수 없다는 생각이 들지 않으니 알고 싶은 게 없었고, 그와 같은 장소와 시간을 공유하는 의미가 느껴지지 않았다. 설마 알아갈 것이 전혀 없는 사람은 아니었을 것이다. 미스터리는 일종의 퀄리티다.

예술에 미스터리가 없다면 아무것도 아니다. 예술이 지금 같은 예술이 아니던 시절에도 사람이 만든 것에 미스터리가 존재했다. 이를테면 라스코나 알타미라 동굴 벽화는 미스터리 그 자체다. 우리가 그 시절에 대해 완벽히 알 수 없기에 미스터리는 더욱 강해지지만 알 만한 것들을 알게 된다고 해도 알 수 없는 것들은 남는다. 그림을 위한 그림은 없는 시절이고 주술적 목적 같은 실질적인 이유가 있었다지만, 아니 정말, 어찌 그렇게 그렸을까 말이다. 미스터리다.

예술이 지겨울 정도로 많아진 요즘, 미스터리는 상대적으로 사라져가고 있는 느낌이다. 명백한 의도, 이러한 개념에 의해서 나는 이런 작품을 한다는 그 의도가 너무 뻔히 보이면 재미가 없어진다. 미술사의 흐름이 사물 그 자체보다 개념이 강해지는 방향으로 흐르고 있고, 개념을 바탕으로 한 작업들은 개념이 드러나면 종종 그 신비로운 힘을 잃어버리는 것이다. 명백한 의도가 결과물을 압도하기 때문이다. 반면 훌륭한 작품들은 의도와 결과물 사이에 깊고 넓고 알 수 없는 세상이 있는 듯하다. 그 세상에서 감히 이해가 불가능한 마법적 사건이 일어나는 것이다.

얼마 전 모마에서 루이스 부르주아Louise Bourgeois, 1911~2010의 바느질 작품들을 보았다. 노인네가 꿈지럭꿈지럭 어찌 이런 걸 만들었을까 하는 생각에 감탄이 나왔다. 부르주아는 지금 거의 백 살이 다 되어가는데, 작품의 제작 연도를 보니 불과 몇 년 전이다. 벽에 한꺼번에 가지런히 붙어 있는 이 작품은 거의 '너무' 예쁠 뻔하지만 하나하나 살펴보면 사람을 놀라게 하는 작은 전복들이 숨어 있다.

루이스 부르주아는 어쩌면 저렇게 끊임없이 창작해낼 수 있을까, 그런 생각이 들게 하는 작가이다. 또 어딘가에서, 어디 사이에서 쉴새없이 갈등하고 있다는 게 작품을 통해 느껴진다. 정해지지 않은 부정의 공간에서 고민하고, 그 안에 자기를 던진다. 예전에 영화인가 텔레비전 프로인가에서 그녀의 영상을 보았다. 그녀가 어떤 질문을 받았는데, 그 지푸라기처럼 바싹 마른 두 손을 비비며 "아, 모르겠어요, 모르겠어요"를 연발했다. 평론가 루시 리파드는 그녀를 두고 "독립과 의존, 포용과 배척, 공격성과 연약함, 질서와 혼돈 사이"에 몰두한다고 평했다. 그뿐이 아니다. 앎과 모름, 단단함과 물렁물렁함, 예쁨과 못생김, 큼과 작음. 예술가가, 한 인간이 맞닥뜨릴 수 있는 모든 양극 사이에서 그녀는 끊임없이 흔들리고, 또 움직인다. 그 세상에서 종종 알 수 없는 마법의 사건이 일어나는 듯하다.

서늘했다

2010. 6

한줄기 바람에 패인 뺨, 불완전한 걸음걸이, 세상에 스미지 않는 부조리한 실루엣, 어른의 벨트를 맨 가는 허리는 휘청이고…… 서늘함이란 어디서 오는 걸까. 수치심, 아직 정해지지 않음, 결핍, 떨림, 탐색?

언제나처럼 입을 다물고 다소 수줍게, 다소 진지하게 음식을 먹는 친구의 입에서 서늘함을 느낀 날.

누군가 알려주어 처음 발을 내딛게 된 디비전 스트리트. 갑자기 베트남이나 중국 시골에 온 기분. 지도를 살펴보면 애매하고도 짧은 길이다. 상권은 로어이스트사이드와 이어지기도 하지만 위치로 보면 커낼 스트리트 밑이라 차이나타운이라 볼 수 있다. 유명한 뉴욕 속 무명의 거리.

조금 걷다가 내가 항상 궁금해하던 조그만 자전거를 놓고 서 있는 남자애들을 발견하고, 뚫어지게 쳐다봤다. 그랬더니 친절하게도 먼저 말을 걸어주는 것이 아닌가. 사진 찍고 싶으냐고. 안 그래도 우리 동네에 엄청 돌아다니는 이 조그만 자전거의 정체가 뭘까 궁금했는데 기회는 이때다, 질문을 했다. 그랬더니 얘네 뉴욕 애들 맞나 싶을 정도로 친절하고 성실하게 대답해주는 것이 아닌가. 알고 봤더니 자전거는 BMXBicycle Motocross라 불리는, 일

종의 묘기용 자전거였다. 스케이트보드와 성격이 비슷했다. 교통수단이 되기도 하지만 결국은 점프하고 돌리는 맛으로 타는 자전거. 이상한 것은 스케이트보드 타는 애들이나 빈티지 오토바이를 타는 아저씨들도 친절하게 말을 잘 해주더라는 사실. 아웃사이더풍 취미를 가진 이들이 보여주는 일종의 감사 표시인가.

사진을 찍는다고 뻣뻣하게 포즈를 취하기에 또 용기를 내어, 자전거를 타는 모습을 한번 보여줄 수 있겠냐고 했더니 바로 자전거에 올라타고 달려와 점프를 보여주는 것이 아닌가. 이들이 이 거리에 있었던 이유는 바로 이 디비전 스트리트 위 자전거 숍, 다 숍 때문이었다. 이름도 간판도 멋지다. 이 가게의 주인도 친절하긴 마찬가지였다. BMX 자전거의 문화를 들려주며 함께 묘기를 부리는 비디오까지 틀어주었다. 그 집 옆에는 바카로라는 멋진 레스토랑이 있고, 또 그 옆에는 프로젝트8이라는 쿨한 부티크도 있었다. 앞으로 자주 들러야겠다. 자전거 가게에서 놀다가 밥도 먹고 쇼핑도 하고. 오래되고 후미진 디비전 스트리트에서.

애틋한 뉴욕

2010. 6

아침의 커피숍. 문을 열고 들어서니 엘리엇 스미스의 낮익은 목소리가 흘러나온다. 술렁이던 아침이 제자리를 찾는다.

지하철에 타면 언제나, 내가 꿈꾸어보지 못한 꿈들이 가득 피어 있다. 얼

굴들. 그리운 얼굴들.

태즈메이니아에서 온 브리짓이 호주 억양으로 쉴새없이 떠들어댄다. 뉴욕의 최저 임금은 왜 이리 낮은지, 물건값과 세금을 왜 따로 받는지, 의료 보험은 왜 이 모양인지, 한국에서 온 나를 만나 얼마나 기쁜지, 뉴욕을 얼마나 사랑하는지.

오늘따라 발이 아프다. 새로 산 구두가 발을 조이는 건지, 오늘따라 이 거리가 무심한 건지.

맨해튼의 풍경은 언제나 내 것이 아닌 것에 품는 동경을 불러일으킨다. 처음이나 지금이나 마찬가지다.

양쪽으로 흐르는 강, 오, 허드슨 리버. 우리는 수면에 부서져 반짝이는 햇빛을 좋아했다.

당분간, 그대로 있기를. 지금 내 눈 안에 있는 모습 그대로.

Saul Steinberg(1914~1999)

Graph Paper Architecture, ink and collage on paper, 36.8×29.2cm, 1954, Collection of Leon and Michaela Constantiner.

Dancing Couple, pencil and crayon on paper, 49.5×36.8cm, 1965, Private collection.

Francis Bacon(1911~1990)

Study for Head of George Dyer, oil on canvas, 198×147.5cm, 1967

걸어본다 **03** | 뉴욕

나의 사적인 도시

My Own Private City

초판 1쇄 발행 2015년 4월 15일
초판 7쇄 발행 2023년 8월 1일

지은이 박상미
펴낸이 염현숙
편집인 김민정
디자인 한혜진
모니터링 이희연
저작권 박지영 형소진 최은진 서연주 오서영
마케팅 정민호 박치우 한민아 이민경 박진희 정경주 정유선 김수인
브랜딩 함유지 함근아 박민재 김희숙 고보미 정승민 배진성
제작 강신은 김동욱 이순호
제작처 영신사
펴낸곳 (주)난다
출판등록 2016년 8월 25일 제406-2016-000108호
주소 10881 경기도 파주시 회동길 210
전자우편 nandatoogo@gmail.com **인스타그램** @nandaisart **페이스북** @nandaisart
문의전화 031-955-8865(편집) 031-955-2689(마케팅) 031-955-8855(팩스)

ISBN 978-89-546-3546-2 03810